心霊探偵 八雲

Psychic Detective YAKUMO

COMPLETE FILES

角川書店

Contents

INTRODUCTION——「心霊探偵八雲」の終わりとはじまりに寄せて

＊

その青年は、通っている大学の部室棟に〈映画研究同好会〉という嘘の看板を掲げ、住みついていた。

彼の名前は、斉藤八雲《さいとうやくも》。

トレードマークは寝グセだらけの髪と、だらしなく胸元が開けられた白いワイシャツ。左眼は燃え上がるような赤い瞳だが、普段は黒いコンタクトレンズで隠していた。

その閉ざされたドアを、一人の女性がそっと開けた。

彼女の名は、小沢晴香《おざわはるか》。

ショートカットにやや垂れ気味で黒目がちの瞳、愛嬌のある口許には、少し幼さが残る。彼女は、心霊現象に悩んでいる友人を救うべく、伝手《つて》を頼って彼がいる部室に辿《たど》り着いた。八雲という男が、心霊絡みの相談に乗ってくれるという話を聞いたのだ。だが、彼はすっと手を出して言う。「報酬は？」。死者の魂が見えるという八雲の話を半信半疑でとらえていた晴香は、怒りにまかせてその場を立ち去ろうとする。そんな晴香に、八雲は、彼女しか知りえないはずの真実を語り始める——。

＊

晴香と出会い、いくつもの事件を解決するうちに、八雲の周りには個性豊かな人間関係が広がっていく。

八雲を温かく見守る叔父の一心《いっしん》。母親の手にかけられようとしていた幼い八雲を助け、大学生の今になっても何かと気にかけてくる刑事・後藤和利《ごとうかずとし》。後藤に憧れて刑事となった石井雄太郎《いしいゆうたろう》も初めこそ八雲に苦手意識を持っていたが、一緒に事件を解決していくうちに、八雲の中の優しさに気づいていく。警察署長の娘である新聞記者の土方真琴《ひじかたまこと》は、幽霊に憑依され危機的状況に陥ったところを、八雲と石井に助けられ、彼らと親交を深めていった。双子の姉を失った過去に囚われ、自分のことを責めてばかりいた晴香もまた、死者の魂を見ることができる八雲との交流を重ねるうちに、彼に惹《ひ》かれていくのだった——。

＊

一見正反対に見える八雲と晴香は、根底で似た孤独を抱えているからこそ、共鳴しあったのかもしれない。さまざまな事件の真相を明らかにする過程で、人々が抱える業に対峙することで八雲は成長していったのだろう。八雲本人は否定するかもしれないが、八雲と周囲の人々の人生の糸は、やがて交錯し、八雲を中心に円を描いていく。

そんな八雲に、圧倒的な「悪」としての存在である七瀬《ななせ》美雪《みゆき》が立ちはだかる。美雪は八雲だけでなく、八雲が大切に思う人々をも、絶望の淵に叩きつけるのだった。さらにその美雪の後ろには、忌むべき父親の存在があった。

かけがえのない仲間たちは、最大の敵と対峙し、苦悩する八雲を助け出すために奔走する。

八雲は深淵から抜け出すことができるのか――。

＊

二〇〇二年に自費出版された『赤い隻眼』からその歴史が始まった「心霊探偵八

雲」。

死者の魂が見える赤い左眼を持つ主人公・斉藤八雲の成長とともに大きく進展してきた本シリーズも『心霊探偵八雲12　魂の深淵』を以《もっ》て十六年の歴史にピリオドを打つ。

いまここに、最高潮の盛り上がりを見せる物語に徹底的に迫る。

また、この物語は、一人の無名だった作家・神永学の出世作でもある。ベストセラーとして続刊が読者に求められ続ける一方で、作者もまた、デビューから一貫して激動の軌跡を辿る。様々な困難を乗り越え、本シリーズは連続アニメやコミカライズ、舞台化と、多方面に展開する作品となった。この物語の魅力はどこにあるのか。作品群からその世界を多角的に解剖する「COMPLETE FILES」、ここに誕生！

二〇二〇年六月

角川文庫編集部

スペシャル対談I

神永 学

Manabu Kaminaga

小説とはすべて

1994年に『姑獲鳥の夏』で鮮烈なデビューを飾って以降、常に第一線で独創的な作品を生み出し続けてきた小説家・京極夏彦さん。神永さん自身がファンであると公言する憧れの存在です。アイデアを生み出す秘訣や互いの異世界観、先輩作家の目から見た「心霊探偵八雲」シリーズの魅力をじっくり伺いました。

※『心霊探偵八雲 12　魂の深淵』のネタバレを含みます。

取材・文：朝宮運河　　写真：ホンゴユウジ

京極夏彦

Natsuhiko Kyogoku

妖しく異なものである

求められる限りは続けていきたい

京極　ファンの皆さんにとって十一巻の刊行から十二巻発売までの一年は長かったでしょうね。十一巻があああいう終わり方をするとは思わなかったでしょうから。事件は全然解決していないし、晴香は大変なことになっているし。一瞬「後半落丁か」と思いましたよ。

神永　（笑）。一度やってみたかったんです。二冊を上下巻で同時に出すことも考えたんですが、少し間を空けた方が楽しんでもらえるかと。

京極　発売前のテキストを読ませていただいたので、僕はやっと心が落ち着きましたけど、世間にはまだ待っている方がたくさんいるわけですよね。なんと残酷な（笑）。

神永　「心霊探偵八雲」だからできた冒険でしたね。実験をしても読者が付いてきてくれるという信頼感があるんです。

京極　十二巻についてはネタバレにならないように気を遣って話しますが、「あの黒幕」との関係にも決着がつき、一巻以来の事件にひとつの句点が打たれましたね。気になるのはこれで「八雲」はおしまいなのか、ということなんですが。

神永　そうですね、すぐにではないですが、何らかの形で書き継いでいけたらいいなと思います。八雲や晴香の物語を、書かなくなることはありません。

京極　それを聞いて安心しました。キャラクターが生きている限り、いつまでも続けられるスタイルですからね。読者のためにどんどん続きを書いてください。僕は一巻みたいなオムニバス短編集もまた読んでみたい。

神永　今後の展開については、すでにいくつかアイデアがあるんです。まあ、いくら書きたいと言っても、出版社が書かせてくれなければそれまでなんですが（笑）。

京極　この十二巻をたくさん買っていただけると、案外すぐに復活するかもしれない。どんなに心の籠もったファンレターも、販売数の説得力には敵わないですからねえ。心配は要らないと思いますが（笑）。

神永　自分一人だけのシリーズではないと思っていますし、求められる限りは続けていきたいです。

初めてのミステリであえてやってみた禁じ手

京極　「八雲」の一巻目は神永さんのデビュー作ですよね。自費出版された作品を、改稿したものと伺っています。

神永　はい。自費出版した『赤い隻眼』は、初めてミステリに挑戦した作品でした。幽霊を登場させたのは、普通のミステリを書く自信がなかったから。先行する作家さんには逆立ちしても敵いませんし、あえて禁じ手をやってみようと。原稿は新人賞に応募したんですが、一次選考も通りませんでした。

京極　それはどこの新人賞だろう。下読みの方には猛省をうながしたい。それまでも小説はお書きになっていたんですか。

神永　趣味として書いていました。ラブストーリーが多かった気がします。

京極　それは分かる気がしますね。「八雲」も全十二巻にわたる大河ラブストーリーとして読むこともできます。ミステリの体裁は取られているけど、その底を流れているのは群像心理劇ですよね。しかも意図的にキャラクター同士をくっつけるような恋愛ゲームじゃなく、イヴェントを重ねることでごく自然に関係性が醸成されていくスタイル。僕の周りには「ミステリの塊」みたいな人がうようよいるんですが（笑）、ミステリの場合、作品を成立させるために人間の感情も「駒」として使用するケースが多いわけです。もちろんそれは悪いことじゃないんですが、「八雲」のタイプは明らかに違いますね。

神永　人間関係の中で八雲をはじめとする各キャラクターがどう変化していくか、ということに主眼を置いています。

京極　八雲と晴香なんて、つかず離れずの状態がずっと続くわけでしょう。『めぞん一刻』なみに

を楽しんでくれているようです。主人公に人気があると、ヒロイン役が反感を買うこともありますが、晴香に関してはそういう声も少なくて。

京極　でしょうね。それにしたって晴香、わずか二年半の間に何回危機に陥っているんだよ、という疑問はあるんですが（笑）、心情に重きが置かれているから気にならない。

神永　確かに誘拐されすぎですよね。

いつまで経っても読者目線が抜けない

京極　神永さんはキャラクターに対して優しいですね。僕なんかはキャラクターは小説の部材に過ぎないと見限っているので、思い入れはまったくないんですね。死んでもまったく心が痛まない。神永さんはご自分のキャラクターがお好きでしょう。

神永　最初はそうでもなかったんですが、長年書いているうちに愛着が湧いてきました。

京極　後藤があんな温かい家庭を手に入れるなんて（笑）。気の短い作者だったら三巻でくっつけちゃいますよ。

神永　僕も書いていて「早くしろよ」と思わないではないんですが（笑）、ファンは微妙な距離感て夢にも思わなかったし、石井にしても真琴にしても、最終的にはちゃんと幸せになっている。すべてのキャラクターの面倒をちゃんと見てあげているのが、「八雲」シリーズの人気の秘密なんだろうなと。僕にはとても真似ができません。

神永　京極先生の描かれるキャラクターは、本の中で生きているように感じます。

京極　幸せになっている人はあまりいませんけどね。大抵死んじゃうし。

神永　僕がこれまで読んできた中でもっとも好きな小説のラストは、『嗤う伊右衛門』なんです。確かに伊右衛門も死んでいますが（笑）、あの死があるからこそ美しさが際立つ。

京極　『嗤う伊右衛門』はほぼ全滅ですね。同じシリーズの『覘き小平次』も『数えずの井戸』も全滅。考えてみれば僕はなんてひどい作者なんだ（笑）。神永さんがすごいと思うのは、あの七瀬美雪にすら愛情をそそいでいるところ。これまで散々八雲たちを苦しめてきたラスボス的存在ですし、理屈の通じないサイコパスですよ。当然手酷い報いを受けるのだろうと思っていたら……彼女にまで救いが用意されていた。あれには参りましたね。敵にも味方にも均等に愛情を注いでいる。やっぱり優しいんですよ。

神永　十二巻の美雪のシーンは、書きながら自然と浮かんできました。あまり自覚はなかったですが、美雪にも愛着が湧いていたのかもしれません。

京極　どんなに切迫した状況でも、定番の台詞や掛け合いが必ず入るのもいいですよね。後藤をク

『嗤う伊右衛門』
（角川文庫）

『覘き小平次』
（角川文庫）

マ呼ばわりするとか、石井が「石井雄太郎でありま
す」と名乗るとか。最終巻は状況が切迫しているからさすがにないだろうと思ったら、ちゃんとあった（笑）。あれはファンにはたまらない。滑らないタイミングでお約束を盛り込むのは結構大変なんだけど、見事に全部拾ってましたね。

神永　ウケを狙って入れているというよりは、会話の流れで出てくる感じです。このキャラクターならこう言うだろうな、という台詞なんです。

京極　僕の何割かは時代劇でできているんですが、似たところがありますね。定番の台詞や掛け合いが基調にあるから、読んでいて安心できる。

神永　「待ってました！」と声を掛けたくなるお約束の展開。落語や講談にもある、日本人の好きなパターンです。

京極　それと優しいといえば、神永さんは読者に対しても優しい。世の中には読者に喧嘩をふっかけるような尖った作風の小説もありますが、神永さんの作品はそういう世界と対極にある。物語を平易に見せていくのがとてもお上手なんです。

神永　以前とある書店員さんから「君はいつまで経っても読者目線が抜けないね」と言われたことがあるんですが、僕は褒め言葉だと思ったんです。鋭い作家目線で書かれる人たちがいる一方で、読者と同じ目線で書いていく作家がいてもいいのかなと。

京極　僕もユーザーフレンドリーでありたいと常に肝に命じているんですが、ただ職人的に作っていくことしかできないので、読者のことを考えれば考えるほどテクニカルな部分で四苦八苦することになるんですね。神永さんのように優しくはないと思う。

神永　京極先生ほど難しいことを分かりやすく伝えてくれる人はいないと思いますが。

京極　大沢在昌さんに「難しいことは簡単に書けるのに、簡単なことはどうしてこんなに小難しく書くんだ」って言われて、そうかあと思いました。出力のレベルが同じになってしまうんですね。

神永　それは分かる気がします（笑）。

小説とは読者が完成させるもの

京極　どんな理由があったにせよ、ミステリに幽霊を出すのは結構な冒険ですよね。今でこそ特殊設定ミステリと呼ばれる作品がたくさん書かれていますが、十五、六年前はまだ「ミステリで幽霊かよ」という雰囲気があったと思います。皆無ではないにしろ、あまり先例が思いつかない。

神永　それで当時はかなり批判されました。「ノックスの十戒」（作家・ロナルド＝ノックスが提唱したミステリ小説のルール）を破るなんてけしからん、とか。

京極　八雲は死者の魂が見えるし、たまに声も聞こえるけど、お祓いのようなことはできない。その部分の設定がしっかり作られているから、枠からはみ出すものはトリック、内側にあるものは心霊現象だと判断できる。心霊系の特殊設定ミステリとして、とてもよく練られています。

神永　この世界で幽霊はどういう存在なのかを詳しく設定しました。そこを決めておかないと、何でもありのファンタジーになってしまうなと思ったんです。

京極　最初は途中から超能力バトルが始まったりしたらどうしよう、と思いながら読んでいたんですけど、ミステリの一線を越えることなく踏みとどまっていたので大変好感を持ちました。作中のセオリーはラストまで守られている。そこ、大事ですよね。現実に幽霊はいないだろうし、僕はずっとそういう小説を書いているわけですけど、フィクションとして閉じているからこそ、そんな僕でも安心して楽しめました。

神永　編集者から「別の能力者を出せ」と言われたこともあるんですが、少年マンガのようなバトルを描くと収拾がつかなくなってしまう。必死で断りました。

京極　作中では幽霊は人の思いのかたまりだと表現されています。こうした霊魂観は、神永さんご自身の考えと重なるんですか。

神永　あくまで小説を成り立たせる設定として書いています。僕自身は幽霊を見たことがありませんし、見ていたらこういう描き方はできないと思う。だから読者から心霊相談をされると、困ってしまうんですよ（笑）。

京極　それ、困るんですよね。話は変わりますが、『八雲』には個性の強いキャラクターがたくさん出てきます。でも意外に外見描写が少ないですよね。

京極夏彦（きょうごく なつひこ）
1963年、北海道生まれ。小説家、意匠家。94年、『姑獲鳥の夏』でデビュー。96年『魍魎の匣』で日本推理作家協会賞、97年『嗤う伊右衛門』で泉鏡花文学賞、2003年『覘き小平次』で山本周五郎賞、04年『後巷説百物語』で直木賞、11年『西巷説百物語』で柴田錬三郎賞を受賞。

神永　自由にイメージしてもらうのが小説だと思うので、描写のしすぎには気をつけています。単行本の二巻目からカバーに八雲のイラストが付くようになったんですが、当初これにも抵抗がありました。こちらのイメージを、できるだけ読者に押しつけたくないと思っています。

京極　なるほど。「八雲」は単行本にも文庫にもイラストが使われているので、神永さんがどう考えているのか、前から気になっていたんですよ。

神永　イラストレーターさんにも、こういう八雲を描いてほしいとは伝えません。単行本は加藤アカツキさん、文庫は鈴木康士さんがそれぞれ自由にイメージした八雲です。先日、八雲の等身大パネルを制作することになって、康士さんから「八雲の身長は何センチですか」と尋ねられたんですが、一度も考えたことがなかった（笑）。

京極　知らないよねえ（笑）。小説は読者が完成させるものですから。身長は何センチと書かれていなくても、好みの高さを想像して読むべきものなんですよ。僕はお年寄りキャラが好物なので、住職の英心と監察医の畠がお気に入りなんですが、二人とも外見的特徴がほとんど描かれていないですね。この手のキャラは往々にして、髪型や服装が描写されがちだけど、潔くカットされている。これは嬉しかったです。

神永　アニメ化した際に、「畠はこういう髪型なのか」と新鮮に感じました。キャラクターにしても情景描写にしても、情報量でいったら映像には敵わない。小説はあえて「不足」を作ることで、読者にイメージしてもらうしかないと思うんです。

京極先生のキャラクターも、外見が描かれていないのに姿が浮かんできますね。
京極　デビュー作の頃から、極力ビジュアルを思い浮かべないように努めて書いています。映像を浮かべながら書くと、それはただの説明になってしまう気がするので。『姑獲鳥の夏』で中禅寺というキャラクターが黒い着物を着ているのは、単に字面の並びが面白かったから。そういうビジュアルを思い浮かべたわけではないんですよね。

ラノベでも純文学でも面白いものは面白い

神永　ところで京極先生はスランプになったことはありますか。
京極　スランプにはならないけど、小説は常に書きたくないですね（笑）。できるものなら引退したい。神永さんは書くのがお好きですか。
神永　書くのも読むのも好きなので、趣味を仕事にしている感じです。口ではよく「もう書きたくない」と言うんですが、一作書き終えたら次のことを考えていますね。京極先生をはじめ、目標としている作家さんの新刊を読んでうちのめされるのが執筆の原動力。大沢在昌先生にしても、あのポジションでまだ新しいことにトライされている。僕ごときが怠けているわけにはいかないなと。
京極　素晴らしいですね。僕はデビューして二十六年も経つんですが、感覚としては新人と変わらないんですね。だから僕より後にデビューした作家さんはみんな同期という気がするわけです。その人たちがそれぞれの道を究め、面白いものを書いてくれるのが、何より嬉しいんです。神永さんたちが活躍してくださるなら、僕はもう引退して一読者になりたいくらい。
神永　何をおっしゃるんですか（笑）。
京極　文学賞を受賞していようがいまいが、ラノベだろうが純文学だろうが、面白いものは面白い。自費出版からスタートされて、第一線で活躍してこられた神永さんの存在は、これからの若い作家のいいお手本になると思います。

神永　文学賞やランキングは気にするとキリがないですし。気にしてどうなるものでもないので、自分が面白いと信じるものを書き続けるしかないのかなと思っています。

京極　それがいいですね。内田康夫さんもデビュー作は自費出版ですが、あれだけのご活躍をされました。今野敏さんも自らはペーパーバックライターだという強い自負を持たれて長年書き続けられている。そのすばらしい功績は周知の通りです。お二人の仕事ぶりを見ていると本当に頭が下がりますし、勉強にもなる。僕も一生通俗娯楽小説職人であるべく心がけようと思っています。進むべき道を定め、読者に喜んでもらうためだけにこつこつ仕事を続けることは、斯界の評価に拘泥するよりはるかに意義があることだと思います。

神永　そう言っていただけると、光栄です。京極先生はずっと憧れの存在で、『姑獲鳥の夏』の映画が公開された時は、京極先生の舞台挨拶見たさに四時間並んだこともあるんです。今日はこうしてお話しできて、夢のようでした。

京極　四時間も並ばれたんですか（笑）。そこまでして見るような挨拶じゃなかった気がしますよ。申し訳ないことをしました。今謝ります（笑）。神永さんと僕は、作品の傾向こそ違っていますが、「小説家ってこうありたいよね」という基本の部分がかなり重なっている気がします。そこのところが確認できて、とても楽しい対談でした。

神永　ありがとうございました。

『数えずの井戸』
（角川文庫）

『姑獲鳥の夏』
（講談社文庫）
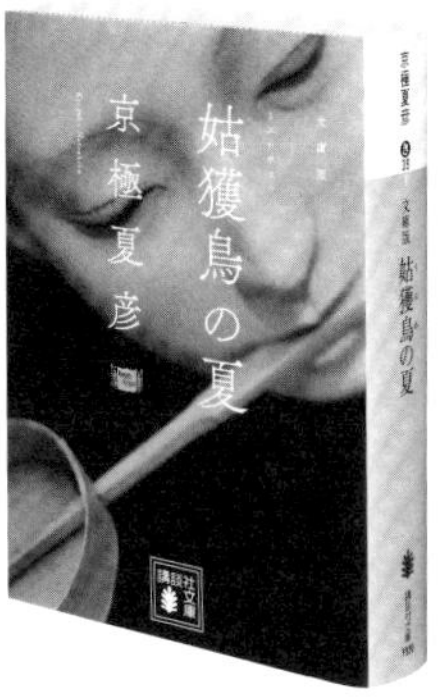

僕らを育てた街と、

神永学

Manabu Kaminaga

スペシャル対談II

神永学さんと、レミオロメンのフロントマンとして活躍、現在はソロアーティストとして日本の音楽シーンを牽引し続ける藤巻亮太さんは、二人とも山梨県で生まれ育った、いわば同郷のアーティスト。山々に囲まれ、清らかな風が吹く風景は、二人の作品にどのような影響を与えてきたのか、その魅力に迫ります。

取材・文：朝宮運河・編集部　写真：ホンゴユウジ

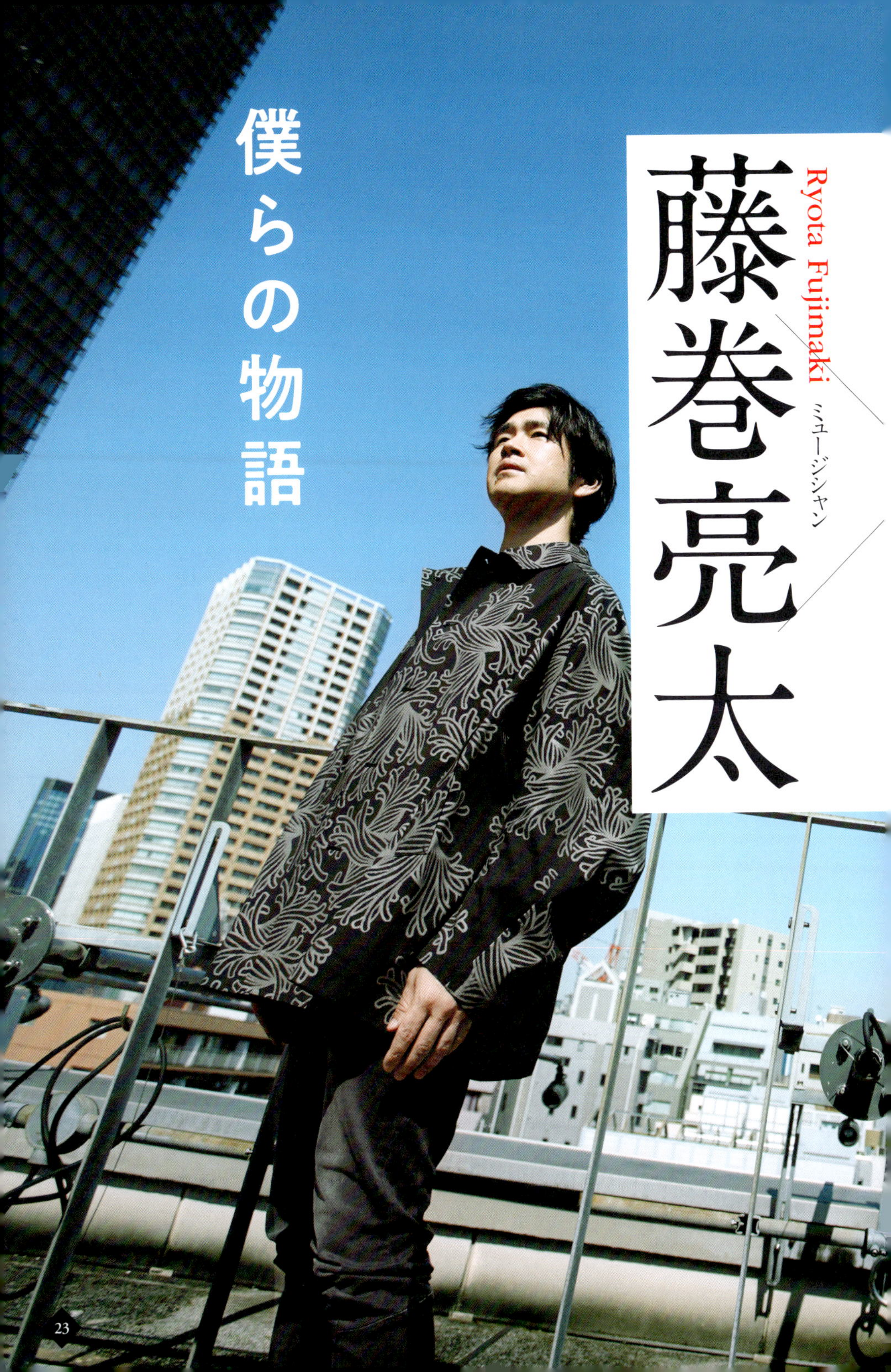

僕らの物語

藤巻亮太

Ryota Fujimaki

ミュージシャン

一番濃密な時期を過ごしていた

――お二人とも山梨のご出身で、年も近い。土地柄がそれぞれの創作に影響を与えた部分も多くあると思うんですが。

神永　あらためて地元が創作に与えた影響と問われると、一言であらわすのはなかなか難しいんですけど。藤巻さんも山梨は高校まででしたよね。

藤巻　高校までです。当時からバンドをやっていて、僕は大学が群馬県だったんですが、ベースは東京で、ドラムは山梨。自分たちで「遠距離バンド」と呼んでいました。練習もライブもままならなくて、あれよあれよという間に、このままでは無職で大学卒業か、となったんです。それで三人で覚悟を決めました。一回、山梨に帰ろう、卒業から八月までの間に結果が出なかったら、解散しよう、と。お金もある訳ではないのでスタジオ代を浮かすために、空き家を借りたんです。ちょうど近所に神社があって、その母屋を水道代ぐらいで貸してくれるって言われました。

神永　のっけから山梨らしい話ですね（笑）。

藤巻　その家の一番奥の畳敷きの部屋をスタジオに改装して、みんなで機材を持ち込んで、月曜日から金曜日まで、朝から夕方までひたすら曲作りをしました。ちょうど僕の家の近所だったので、ギターを背負って家を出て、ギター弾きながら神社に向かってました。石垣があって、苔むしていて。ああ、春って気持ちいいなあ、って思いながら。いま思うと、大丈夫か、って感じなんですけど（笑）。神社に向かうときに目にした風景のひとつひとつが、曲になったり、歌詞になったりして、特にデビューアルバムには色濃く反映されています。

神永　僕の作品も、舞台は東京になっているのに、山梨が溶け込んでいるパーツはたくさんありますね。じつはこのお寺は山梨のこのお寺で、とか、これはじつは母校の部室がモデル、とか。やっぱり一番濃密な時期を過ごしていたと思うので、そのころみた風景とか、話したこと、感じたことというのは、必ず頭に浮かぶんです。山梨って盆地で、山に囲まれていて、海がない。いま思うと、ちょっと特別な風景だと思います。

藤巻　そう、三六〇度山に囲まれて。僕自身は、世界はこんなに小さいはずがない、あの山の向こうにはいったいなにがあるんだろう、と思っていました。そういう好奇心を育むような環境はあったと思います。

神永　たしかに都会への憧れは強くありましたね。あと、身内の仲間意識が強い。

藤巻　無尽に代表されるような、いまでいう自助グループのようなものが昔からあります。もともと農家が多かったので、天候不順とか、不作のときに互いに助け合うために生まれたと聞いていますす。グループでお金を出し合って、その年にいちばん大変だった人にお金をあげたり。それが原点ですけど、いまは完全な飲み会のグループになっています（笑）。

神永　僕が地元を離れてしまっても、参加している無尽のグループがあります。地元では店が限られていて、居酒屋なんて三軒くらいしかないのに、必ずその三軒のどれかで飲んでいる（笑）。僕は作品で、血のつながり以上に仲間の大切さや絆を描くことが多いんですけど、ふと考えると、そういった土地で生まれ育ったということが、影響しているのかな、と思います。

藤巻　たしかに仲間に対して非常に親身になるところがありますね。

神永　僕が自費出版でデビューしたときに、地元の友人が近所中の書店から買い集めてくれたと聞きました。

藤巻　いい話ですね。お互い助け合うという精神は、山梨の文化として根強く存在していると思います。

神永　都会育ちとは違った感性を身に付けているのかもしれませんね。

劣等感がバネになった

――高校時代の思い出はありますか。

藤巻　僕は山梨で過ごした高校時代に、やりたいことがなかったので、友達とずっと無益な時間を過ごしていたんです。でも、その無益さが、いま思うと大事だったんだと思います。毎日友達の家に行って、なにをするでもなく話したり、漫画読んだり。一見無駄と思えるような時間のなかで、なにか磨かれていくものがあったのかもしれません。神永さんは、どんな高校生活だったんですか。

神永　高校まで、片道十五キロを自転車で通学していました。行きは下りだったからよかったんですが、帰りは上り坂。当時付き合っている子が反対方向だったんですけど、送っていってから帰ったりしてましたね。

藤巻　若いですね。

神永　若さですよね、パワーがみなぎっていたというか。

藤巻　本をまったく読んでいなかったそうですね。

神永　そうなんです。国語の成績も最悪でした。いま振り返ってみると、強要されることがとにかく嫌いだったんですね。国語には苦手意識があって。

藤巻　僕も国語の成績は悪かったんですけど。高校生までは、僕はなにか強くやりたいと願っていることっていうのはなくて、いろんなことを流されるままにやって、中途半端で終わって。劣等感しかないような気持ちのまま、大学受験も失敗したんです。劣等感を丸ごと抱えるようにして大学に入ったんですけど、結局その劣等感が僕のバネになって、初めてそこで音楽を作りました。自分の内側に刃のように刺さっていた劣等感が、音楽の力で肯定されたと感じたときに、あらためて音楽に魅せられて、そこからもう圧倒的にはまってしまって、音楽生活が始まっていくんです。十九歳のころでした。

――劣等感というのはお二人に共通するキーワードですね。

神永　僕も強烈な劣等感があったからこそ、作家になれたんだと思っています。それはものすごい力でした。

藤巻　なにものでもなかった時代を経て、デビューしてすぐの二十五歳ぐらいのころ、ありがたいことに「粉雪」がヒットしたんです。でも、それは早過ぎたんじゃないかと思うんです。それで、三十歳になって、レミオロメンではなく、藤巻亮太としてソロ活動を始めたら、また劣等感を感じ

始めて。その劣等感とは、いまだに戦っているんですけど。

神永　せっかく藤巻さんにお目にかかるので、ちょうど昨日、音楽と文学の違いについて考えていたんです。「おんがく」と「ぶんがく」、同じ「がく」といっても、音楽は「楽」で文学は「学」ですよね。この違いが大きくて、僕みたいなひねくれ者は学問と言われるだけで、拒絶反応を起こしてしまう。だから、小説は楽しむものっていう認識がなかったんです。本もそもそも読まなかったし、国語の授業も面白いと思えなくて。本を読み始めたのも、小説を書き始めたのも遅いんです。

藤巻　ミュージシャンは逆に、早くから音楽を始める人が多い。僕もそれについて考えてみたことがあるんですが、小説家というのは、自分の言葉というものが熟成されるまで、待つ時間って必要なんじゃないかな、と思います。一方、音楽は、衝動的なものを瞬発力で表現するっていうところの違いかな、とも思うんですけど。

年を重ねるにつれて論理性が鍛えられてくる

神永　音楽は感性で、小説は理屈。特にミステリは理詰めで組み立てるので、そういう傾向があるんですかね。僕も、最初はラブストーリーばかり書いていたんです。で、三十歳になる少し前に初めてミステリを書いて、それを自費出版していまにいたるんです。おそらく二十代のころに、ミステリを書こうとしても書けなかったと思います。というのは、ミステリっていうのは、論理的思考を積み重ねて書くんですよね。若さとか、勢い、感性だけでは書けない。
藤巻　ミステリだけの話ではないかもしれません。年を重ねるにつれて、論理性が鍛えられてくるというのは、とても腑に落ちます。僕も、若いころは感性で音楽を作っていたんだと思うんですが、いまは年齢とともに、作る音楽が変わってきたのかな、と。
神永　必然的に変わるものですよね。
藤巻　僕も若いころは音楽をただ「楽」しんでいて、学ぶことって面白いと思えなかったんです。でも、自分の殻を破って、その外に行かなかったらほんとうの意味で楽しめないって気づいたときに、「学」ぶってことに気づいたんです。他人の曲をコピーしてみたり、名曲って言われる曲はなんで名曲なんだろう、って分析してみたり。そういうときに自分が培ってきた経験値のなかにある楽しさを越えた楽しさに出会えたっていう感覚がありました。

自分の楽しいことをとことん表現する

――続けるうちに変わってくることってありますよね。
神永　僕も、やっぱり、いまはほんとうに自分が面白いと信じてやるしかないと思っていて。マーケティングを意識した瞬間に、絶対外すんだ、と。
藤巻　停滞して心が弱っている時期って、ついそういうことを意識しちゃいますよね。僕もスタッフさんに「なにが流行ってるの?」とか聞いたりして。でも、最終的にそれを採用するかどうか、っていうのは本人次第だし、あとは自分がいいと思うものを信じて出せるかどうか、ということが大事だと。
神永　面白いとはなにか、って、考えれば考えるほどわからなくなります。いい音楽って、わかるものですか。
藤巻　わからないんです。最近、僕は「違和感」という言葉をキーワードにしていて。自分のなか

藤巻亮太（ふじまき りょうた）
1980年山梨県笛吹市生まれ。2003年レミオロメンのメンバーとしてメジャーデビュー。「3月9日」、「粉雪」などのヒット曲の数々を生み出す。2012年ソロ活動を開始。2018年からは野外音楽フェス「Mt.FUJIMAKI」を地元山梨で主催するなど、精力的に音楽活動を続けている。

で経験値が上がってくると、いいと思うものがだいたいわかってくるんです。でも、そういうものに当てはまらない、「あれ、なんだこれ？」って思うようなものがある。「なんかちょっと引っかかるんだよな、この感じ」って。それが新しいというサインなのかな、と思っています。自分の経験値に振り回されないように、違和感を大事にしなくちゃいけないな、と。

神永　結局、自分が生み出すものなので、自分で信じるしかないですから。自分がいいな、と思うものを吐き出し続けるしかない。そこに相手がどう思うか、ということを意識しはじめると、見えなくなっちゃうんですよね。

藤巻　ああ、軸がぶれちゃうってことですね。

神永　ぶれてしまうと、書き手はぴたっと止まってしまうんです。それは悩みますね。

藤巻　僕も悩みます。でも、誰にもわかってもらえないようなライブをやるのはどうか、と思うところもあるんです。自分の思う歌だけ演奏して、客席がぽかーんとしているようなライブでいいのかな、という。僕は落語家の立川志の輔師匠の言葉が印象的で。高座に上がるときに、自分は芸術をやりたいのか、芸能をやりたいのか、その二つのどのあたりに落としどころをおいて今日演じるのか、腹を決めるというようなことをおっしゃっていたんです。つまり、芸術というのは、誰もわかってくれなくて構わないと思ってやることで、芸能というのは、お客さんが買ってくれたチケット代以上に楽しませる、と思ってやることなのかな、と思って。どこか芸能と芸術の間をせめぎ合って作っている部分もあるのかもしれないです。

神永　僕も最近感じるのが、基本的に人を喜ばせるのが好きなんですよ。それが自分の楽しい、につながるんです。だから自分の楽しいこと、面白いことをとことん表現する、それがひいてはその先の読者を喜ばせることにつながるんじゃないか、と。

——それも県民性でしょうか。

神永　どうでしょうね、他の山梨出身のクリエイターともお話ししてみたいですね。

Album
「RYOTA FUJIMAKI Acoustic Recordings 2000-2010」
（SPEEDSTAR RECORDS）

配信限定
「Heroes」
（SPEEDSTAR RECORDS）

Long Interview

神永学　ロングインタビュー

八雲とともに生きた16年間のこと

自費出版で刊行した『赤い隻眼』が、あるプロジェクトの目にとまり、そこから神永学さんの人生の舵は、ベストセラー作家へと大きく切られることになった――。その偶然と必然の面白さ、そして作品を生み出し続けてきた原動力やアイデアの源とは。読者に支持され育ったシリーズの16年とともに振り返ります。

※『心霊探偵八雲 12　魂の深淵』のネタバレを含みます。

取材・文：朝宮運河　　写真：ホンゴユウジ

誕生、幼少期、そして少年時代

――神永さんは一九七四年八月三日生まれ、ご出身は山梨県ですよね。

神永　厳密に言うと、生まれは東京の東久留米市です。それからすぐに母親の実家があった山梨県増穂町（現・富士川町）に越したんです。神永という姓は本名なんですが、父方の地元には多い苗字で、山梨にはほとんどいないと思います。

――高校卒業までを増穂町で過ごされたわけですよね。少年時代の神永さんはどんな景色を見て育ったのでしょうか。

神永　周囲は山ばかりで、高校の友人が遊びにくると「この辺は空気が薄い」というくらいの田舎でした。猫や兎や亀などの動物がやたら多かったですね。当時住んでいた家は、茅葺き屋根に土壁という時代錯誤な建物で、トイレは板の間に深い穴が開いているだけ。いくら昭和といっても、当時こんな家に住んでいる人は珍しかった。裕福な家ではなかったので、おもちゃを買ってもらった経験もありませんし、特殊な環境で育ったなと思います。

――子どもの頃、夢中になったことはなんですか。

神永　絵を描くのは好きでした。小学生の頃はマンガ家を目指していて、Gペン[*1]や紙を揃えたこともありますが、絵が下手なので諦めました。平面的な構図は描けても、奥行きや動きのある絵が描けるようにならなかったんです。ただ頭の中で物語を作ることは、ずっと続けていた気がします。当時父親の仕事の関係で、8ミリ映画[*2]のフィルムが家にたくさん転がっていたんです。ウルトラマンが怪獣と戦っていたり、髭を剃っている男が銃を持って外に飛び出していったりという、ごく短い無音のフィルム。それを見ながら、前後のストーリーを補完して、自分だけの映画を作っていました。おもちゃがないので、想像力を使った遊びをするしかなかった。作家になった今も、結局あの頃とやっていることは変わらないな、と思うことがあります。

――小・中学校時代、友達は多いタイプでしたか。

神永　ちょっと暗い話になりますが、小学校高学年くらいから自信が持てなくなってしまって、「自分が全部悪いんだ」と考える性格になってし

*1　Gペン
インクを付けながら書く、付けペンの一種。ペン先が柔らかいのが特徴で、表現の豊かさから、漫画を描くときによく使われるようになった。

*2　8ミリ映画
小型映画の一方式で、8ミリ幅のフィルムを利用した映画。パーソナル・ムービーなどとも呼ばれ、映写に免許が要らないことから家庭用を中心に広く普及した。

まった。学校でも一切口を利かなくて、空想の中だけが自分の生きる場所でした。そのせいで中学からいじめの標的にされて。いじめっ子にも二タイプいて、ただ陰湿にいじめてくる奴と、僕が何を考えているか分からないから、刺激を与えている奴がいるんですね。後者の連中は、僕が何に腹を立てるかが分かると態度が変わってきた。ある日、後者のグループから「今から家にこい」と呼び出されて、いやいや出かけていったら「麻雀の人数が足りないからお前も入れ」という誘いだった。以来そのグループがうちに遊びに来るようにもなって、少しずつ仲良くなっていくんです。

――そのグループも神永さんの存在が気になっていたんですね。

神永　中学校での人間関係が改善し始めました。僕が机の引き出しに隠していた絵をグループのリーダーが見つけ出して、神永はクラスで一番絵が上手いからと、卒業アルバムのイラストを任せてくれた。自分の存在を認められた、初めての経験でした。黙っているだけじゃ何も変わらないし、誰にも伝わらない。出会いによって人間は大きく変わるんだ、という「心霊探偵八雲」のテーマはこの時期の影響が大きいですね。彼らとは今でも関係が続いていて、地元に帰ったら一緒にお酒を飲む仲です。

映画漬けの日々、上京、そして挫折

――高校時代はどんな風に過ごされましたか。

神永　地元の公立高校に進学したんですが、家からの距離が片道十五キロもあって、山道を自転車で通っていました。勉強はまったくしませんでしたね。高校時代にはもう映画の道に進もうと決めていたので、授業中はずっと寝ていた。部活に顔を出し、バイトに行って、レンタルビデオ屋で映画を借りてきて夜通し見る。授業中は睡眠時間。毎日そのくり返しです。

――部活は何をしていたんですか。

神永　中学・高校と吹奏楽部でトランペットを吹いていました。高校のときはおもしろい人が多かったですよ。顧問の先生は壊滅的にリズム感がなくて、指揮につられてどんどん演奏が乱れていくんです。部長が「指揮を見るな」と命じるんだけ

ど、初心者はつい気になって見てしまう。するとそこからテンポがずれていって……という（笑）。三年生で副部長を任されたり、恋の伝言係をよくやらされたり、高校時代はそれなりに青春を謳歌しました。

——映画を好きになったきっかけは。

神永　父親が映画好きだったんです。西部劇が好きで、家でもよく『大いなる西部』[*3]のサントラを聴いたりしていました。僕は多人数で悪役をボコボコにする日本の戦隊ヒーローものが、子ども心にあまり好きじゃなかったんですよね。それよりはハリウッド系のアクション映画の方がしっくりきた。家の居心地がよくなかったこともあり、小学校高学年から映画館に通うようになりました。一人で甲府の駅前まで出かけて、上級生にカツアゲされたりしながら（笑）、ひたすら映画を観ていましたね。

——その頃、特に影響を受けた映画は。

神永　圧倒的に忘れられないのは、中学生の時に観た『プラトーン』[*4]です。当時映画はすべてエンターテインメントだと思っていて、『プラトーン』もそのつもりで観に行ったらまったく違った。あの映画で描かれているベトナム戦争の現実は、戦争を知らない僕には恐怖体験でした。観ていて「早く終わってくれ」と思った映画はあれが初めて。お蔭で好みが広がって、選り好みせずに色んな作品を観るようになりました。エンタメ系で好きだったのは、『インディ・ジョーンズ　最後の聖戦』[*5]。映画のクライマックスで、自分たちを裏切った女を、インディが助けようとするんです。

＊3
『大いなる西部』
アメリカ西部開拓時代に、有力者の娘と結婚するために東部からテキサス州にやってきた紳士が権力闘争に巻き込まれていく。映画史に残る西部劇の傑作。

＊4
『プラトーン』
監督のオリバー・ストーンが、自身のベトナム戦争の経験をもとに描いた大作。リアリティのある戦闘描写で、戦争の悲惨さを描ききり大きな話題となった。

＊5
『インディ・ジョーンズ　最後の聖戦』
一九八九年公開のインディ・ジョーンズシリーズの第三作目。インディ・ジョーンズが、ナチスドイツが奪ったという伝説の聖杯を求めて繰り広げる冒険活劇。

ヒーローの美学を感じて「こういう話を作る人になりたい」と猛烈に思いました。

――映画への夢を叶えるため、高校卒業後は日本[*6]映画学校に入学。東京での新生活がスタートします。

神永　山梨にいた頃は映画のことなら誰にも負けないと思っていました。でも映画学校には尋常じゃない知識の持ち主がごろごろいて、自分がそれほど大した奴じゃないと気づいてしまった。シナリオを書く授業では、提出した作品をけちょんけちょんにけなされました。「ストーリーもテーマも構成も駄目、唯一評価できるのは真面目さだけ」と言われて、プライドをばきっとへし折られた。監督や脚本家になろうという夢は、早い段階で諦めることになりました。

大沢ミステリとの出会い、乱読時代、卒業制作

――映画監督の夢を諦めた後は、映画学校でどう過ごしていたのですか。

神永　居場所を作らないといけないと思って、みんなが嫌がる「制作」の仕事に関わることにしました。スケジュール調整や予算の管理などをする役割です。監督や役者になりたい人からは、変な奴だなという目で見られましたよ。でも三年経って卒業制作を作る頃には、僕の取り合いになった（笑）。お金の計算ができ、スケジュールが立てられ、教務とのやり取りに慣れている学生は、他にいませんでしたから。卒業制作は最後だからと一番作るのが大変そうな作品に加わりました。新宿に巣くう詐欺師の話で、学生映画なのに学生が一人も出てこない。不破万作[*7]さんや平泉成[*8]さんに出演していただいたり、新宿でパトカーを走らせたり、卒業制作とは思えない規模の作品を作って、ぴあフィルムフェスティバルで賞をもらいました。授賞式では「もっと学生らしいことをしなさい」と叱られましたけど（笑）。

――大成功だったわけですね。読書も小さい頃から好きだったのでしょうか。

神永　それが山梨にいたころは一冊も読んだことがなかったんです。家族で本好きは一人もいませんし、国語の授業も正しい読み方を押しつけられるのが苦手でした。本の楽しさを知ったのは、映

＊6　**日本映画学校**
『黒い雨』『楢山節考』で知られる映画監督今村昌平が一九七五年に開校した「横浜放送映画専門学院」を前身とする映画の専門学校。二〇一一年に日本映画大学となる。

＊7　**不破万作**
俳優、一九四六年七月二十九日生まれ。名バイプレーヤーとして、映画やテレビドラマなどに多数出演。代表作に『スーパーの女』や『深夜食堂』など。

＊8　**平泉成**
俳優、一九四四年六月二日生まれ。『シン・ゴジラ』『酔いどれ博士』『その男、凶暴につき』『誰も知らない』など多数の作品に出演。

画学校時代ですね。映画学校には年上の同級生がたくさんいて、その中にすごく面倒見の良い先輩がいたんです。その先輩が「映画を作りたいなら小説を読んだ方がいい」と力説するので、何から読むべきか尋ねたんです。すると「楽しいものを読んだらいい。勉強のために読むんじゃないから」と言われた。それまで教科書しか読んだことがなかったので、「小説が楽しい」という感覚が理解できませんでした。

――どのように本の面白さに目覚めていったのでしょうか。

神永　これが面白いよ、と先輩が貸してくれたのが大沢在昌[*9]さんの『ウォームハート　コールドボディ』[*10]、新薬の力で不死身になった男がヤクザと戦うという小説です。それがまあ面白くて、小説に抱いていた先入観が吹っ飛びました。それから大沢さんの作品を読み漁り、国内のミステリにも手を伸ばすようになりました。作家の名前を知らないので、江戸川乱歩賞の受賞作を片っ端から読んで、気になった人を追いかける。東野圭吾さんにもそうやって出会いました。新しいドアが次々開いていくみたいで、充実した時間でした。

激務の日々と、初めてのミステリ

――日本映画学校卒業後は、どういう道に進まれたんですか。

神永　それなりに優秀な成績で卒業したので、就職先は選べたんですが、自分を追い込みたくてきつそうな映画制作会社に入りました。面接のつもりで会社に行ったら、そのまま群馬県のロケに連れていかれて、大雪の中撮影を手伝わされました。怖いことに入社したてで制作進行のチーフになり、今度は名古屋ロケに行くぞと。寝ないで働いて月給が九万円、交通費も食費もなし。さすがに暮らしていけないと思って、すぐ退社しました。でも映画学校まで行ったのに、映画と縁が切れてしまうのも嫌だったんです。それでフリーターをしながら小説を書き始めました。自分一人の頭の中で、映画を作っている感じでしたね。

――映画への夢が小説に変わったんですね。当時はどんな作品を書かれていたのでしょうか。

神永　ラブストーリーや純文学です。今思うと、こっ恥ずかしくなるほど暗い話が多かった。ハン

*9　**大沢在昌**　作家。一九五六年、名古屋市生まれ。七九年「感傷の街角」で小説推理新人賞を受賞しデビュー。主な著書に「新宿鮫」シリーズや『深夜曲馬団』『パンドラ・アイランド』など多数。

*10　**『ウォームハート　コールドボディ』**（角川文庫刊）

バーガー屋でバイトしながら、こつこつ小説を書いて、新人賞に応募するという生活を続けたんですが全然結果が出なくて。これじゃ駄目だと思って、サラリーマンの面接を受けに行き、採用されました。

――ミステリを書こうとは思わなかったんですか。

神永　自分には書けないだろうなと思い込んでいたんです。特殊な才能のある人だけが書けるジャンルだと思っていました。就職した会社では人事部に配属されて、面接と会社説明会のために飛び回ることになりました。全国で三〇〇人採用しろというノルマを課せられて、そのためには一〇〇〇人は面接をしなければいけない。へとへとになって会社に戻ると、たまった書類の処理。帰宅できるのは午前三時、みたいな生活がずっと続きました。ただどんなに忙しくても小説は書いていました。

――激務の中で小説を書き続けられた、最大のモチベーションは何だったのでしょう。

神永　作家になりたいとか、ベストセラーを出してお金持ちになりたいとか、そういう動機ではなかったです。純粋に楽しいからやっていた。子どもの頃に、色んな妄想をして遊んだことの延長です。だから深夜に帰っても「これから原稿を書くのか、嫌だな」とは一切思わなかった。借りていた部屋から会社まで電車で片道一時間半もあったので、読書も捗りましたね。京極夏彦さんの分厚い小説でも、三日あれば読めました。結局その会社では人員整理を任されて、上層部の考えが嫌になって辞めました。それで次の仕事を探すまでの

＊11　小泉八雲　作家、一八五〇年生まれ。ギリシャに生まれ、アメリカの出版社の通信員として来日し、そのまま日本に暮らした。代表作に『日本の怪談』（角川ソフィア文庫刊）。一九〇四年没。

期間に、これまで集中できなかった執筆に取り組むことにしたんです。これまで書きたくても書けなかったミステリに、初挑戦してみようと思いました。

——その時期に書かれた原稿が、『赤い隻眼』、つまり『心霊探偵八雲1　赤い瞳は知っている』の原型になった作品ですね。斉藤八雲というキャラクターは、どのように生み出されたのですか。

神永　正攻法ではすでに活躍中の作家に敵わないと思ったので、幽霊を出してはいけない、というミステリのルールをあえて破ることにしました。ヒントになったのは、当時読んでいた小泉八雲[*11]。小泉八雲が左目を失明していて、顔の左側は絶対写真に撮らせなかった、というエピソードを知り、その左目には霊が見えていたんじゃないか、だからあんなに怪談を書いたり集めたりできたのかも、と想像したんです。

——執筆期間はどのくらいでしたか。

神永　一か月くらいですね。できあがった原稿は某新人賞に投稿して、自分の中でひと区切りつけられたので、別の会社に就職しました。結果は一次選考落ち。自分は才能がなかったんだな、と納得できた。ただ諦めるにしても、これまで小説を書いてきた証がほしいと思ったんです。若い頃バンドをやっていた人は、自費制作でCDを出していたりするじゃないですか（笑）。ああいう記念品が僕もほしいなと思って、応募原稿を自費出版することにしたんです。

自費出版『赤い隻眼』が認められ、作家デビュー

——自費出版で知られる文芸社より『赤い隻眼』が出版されたのが二〇〇三年一月。そこからどう作家デビューへと繋がっていったのでしょうか。

神永　『赤い隻眼』は貯金を使って一〇〇〇部作りました。しかも文芸社の販売担当者が作品を気に入ってくれて、会社負担でもう一〇〇〇部印刷してくれた。いわば発売前重版。かなり異例のケースでした。一月に書店に並んで、山梨や東京の友達にも買ってもらえた。これで心残りはないなと思って、しばらく真面目なサラリーマン生活を送っていました。ところが勤務先が大手に買収されたことで、社内の雰囲気がおかしくなってきた

「心霊探偵八雲」年表

※書籍の版元について、注記がないものはKADOKAWA刊

2003年

1月　自費出版『赤い隻眼』（文芸社）をリリース

2004年

10月　プロデビュー
単行本シリーズスタート
単行本『心霊探偵八雲1　赤い瞳は知っている』（文芸社）

2005年

3月　単行本『心霊探偵八雲2　魂をつなぐもの』（文芸社）
7月　単行本『心霊探偵八雲3　闇の先にある光』（文芸社）
11月　単行本『心霊探偵八雲4　守るべき想い』（文芸社）

2006年

3月　単行本『心霊探偵八雲5　つながる想い』（文芸社）
4月　連続ドラマ『心霊探偵八雲』（テレビ東京）スタート
12月　単行本『心霊探偵八雲6　失意の果てに』（文芸社）

んです。そんな時期に、文芸社のYさんという編集者が携帯に電話をかけてきました。

――「心霊探偵八雲」シリーズの初代編集者として知られる方ですね。

神永 「話したいことがあるから文芸社に来い」と言われて、会社帰りに立ち寄りました。文芸社で新人作家発掘プロジェクトが立ちあがり、僕がその対象に選ばれたという話でした。後で分かるんですが、Yさんはとにかく無茶ぶりが多いんですよ。その日も、「やるかやらないか、今すぐ返事をしてくれ」と迫られて（笑）。その場でやりますと返事をしました。もし会社の居心地が良かったら、その場で決断はできなかったかもしれない。ちょうどいいタイミングでしたね。嬉しかったのはまだ一巻が出てもいないのに、Yさんが「早く続きを書け」と言ってくれたことです。

――記念すべきデビュー作にして、シリーズ開幕編である『心霊探偵八雲1　赤い瞳は知っている』が発売されたのが二〇〇四年十月。読者の反響はいかがでしたか。

神永 初版が四〇〇〇部でセールスは悪くなかったんです。ただ評価は散々でしたね。小説の体をなしていない、ミステリになっていない、と一部の読者に叩かれました。文芸社のイメージから「どうせ自費出版だろ」という色眼鏡で見られることも多かったです。人間は馴染みがないものに出会うと、とりあえず拒絶反応を起こしますよね。「心霊探偵八雲」への批判もそうだった。特殊能力を持った探偵が出てくるミステリ、ホラーを絡めたミステリは今でこそたくさんありますが、十六年前はほとんどなかったんです。ただ一部の書店さんは面白がってくれて、「うちに任せろ、売ってやるから」と大々的に展開してくれた。

――翌年の三月にはシリーズ初の長編『心霊探偵八雲2　魂をつなぐもの』が登場。その後も七月、十一月と四巻までがハイペースで刊行されます。

神永 つくづく恵まれていたと思うのは、僕の作品を信じてくれる人が、少数でもいたということですよね。担当のYさんも「本を出すのはおれの仕事、書くのはお前の仕事だ」と言ってくれて、執筆を後押ししてくれました。

――やがて「心霊探偵八雲」は十六年、全十二巻におよぶ大河ストーリーとなってゆきます。物語の流れは当初から出来上がっていたのでしょうか。

2007年

6月　単行本『心霊探偵八雲 SECRET FILES　絆』（文芸社）

11月　初のコミカライズ
コミック『心霊探偵八雲 ～赤い瞳は知っている～ 1』（白泉社）

2008年

2月　単行本『心霊探偵八雲7　魂の行方』（文芸社）

3月　角川文庫シリーズスタート
文庫『心霊探偵八雲1　赤い瞳は知っている』
舞台『心霊探偵八雲　いつわりの樹』
コミック『心霊探偵八雲 ～赤い瞳は知っている～ 2』（白泉社）

6月　文庫『心霊探偵八雲2　魂をつなぐもの』

9月　文庫『心霊探偵八雲3　闇の先にある光』

10月　DVD BOOK『舞台版 心霊探偵八雲　いつわりの樹』（文芸社）

2009年

2月　文庫『心霊探偵八雲4　守るべき想い』

神永　大枠はできていました。八雲と晴香の内面は一巻の時点で固まっていて、両眼の赤い男などの存在をシリーズ化が決まった段階でつけ加えた、という感じですね。当初から考えていたのは、屈折した一人の青年が出会いによって変化していく物語にしようということ。青年の成長物語というテーマは、僕自身の思春期の経験が明らかに反映されています。人間は出会いによって良い方にも悪い方にも変わる。八雲を取りまいているキャラクターも、出会うことによってお互いに影響を及ぼしていくんです。

深いところから湧き出てきたキャラクター

――シリーズ初期の八雲は、周囲を拒絶する空気を放った、皮肉っぽい青年として描かれています。

神永　よく誤解されるんですが、「かっこいいクールなキャラ」として設定したわけではないんです。クールに見える八雲にも、実は複雑な感情がある。でも過去のトラウマから、うまく表現することができない。自分の感情を表に出すと、誰かを傷つけてしまうかもしれないという怯えがあるからです。

――すべて必然性があるキャラクター設定なんですね。

神永　表情を動かさない、言葉を多く発しない、女性と付き合わない、これらの行動にもすべてバックボーンがあります。感じの悪い青年が人助けをするので、結果としてツンデレ系ヒーローに見えたということですよね。「心霊探偵八雲」がヒットした後よく、「八雲みたいなクールな主人公の出てくる話を書いてください」という依頼が来ましたが、すべてお断りしました。

――ヒロインの小沢晴香は、心霊事件の相談をきっかけに八雲と知り合うことになる大学生。具体的なモデルはいるのですか。

神永　特にモデルはいないですね。屈折した八雲と対極にいるキャラクターとして生まれました。ただし明るくて素直に見える晴香も、複雑なものを抱えている。十二巻で詳しく書きましたが、幼い頃に姉の綾香を失ったことが心の傷になっていて、姉の分までちゃんと生きなければ、と自分に言い聞かせて生きている。殻をまとって、本心を

6月　文庫『心霊探偵八雲5　つながる想い』
舞台『心霊探偵八雲　魂のささやき』
8月　単行本『心霊探偵八雲8　失われた魂』（文芸社）
10月　文庫『心霊探偵八雲　SECRET FILES　絆』
コミック『心霊探偵八雲』第1巻
11月　ドラマCD『心霊探偵八雲　赤い瞳は知っている』（フロンティアワークス）

2010年

2月　DVD BOOK『舞台版心霊探偵八雲　魂のささやき』（文芸社）
3月　コミック『心霊探偵八雲』第2巻
6月　初のファンブック『心霊探偵八雲　赤い事件ファイル』（宝島社）
9月　コミック『心霊探偵八雲』第3巻
文庫『心霊探偵八雲6　失意の果てに（上）（下）』
10月　テレビアニメ『心霊探偵八雲』放送スタート
12月　舞台『心霊探偵八雲　魂をつなぐもの』
コミック『心霊探偵八雲』第4巻

Long Interview

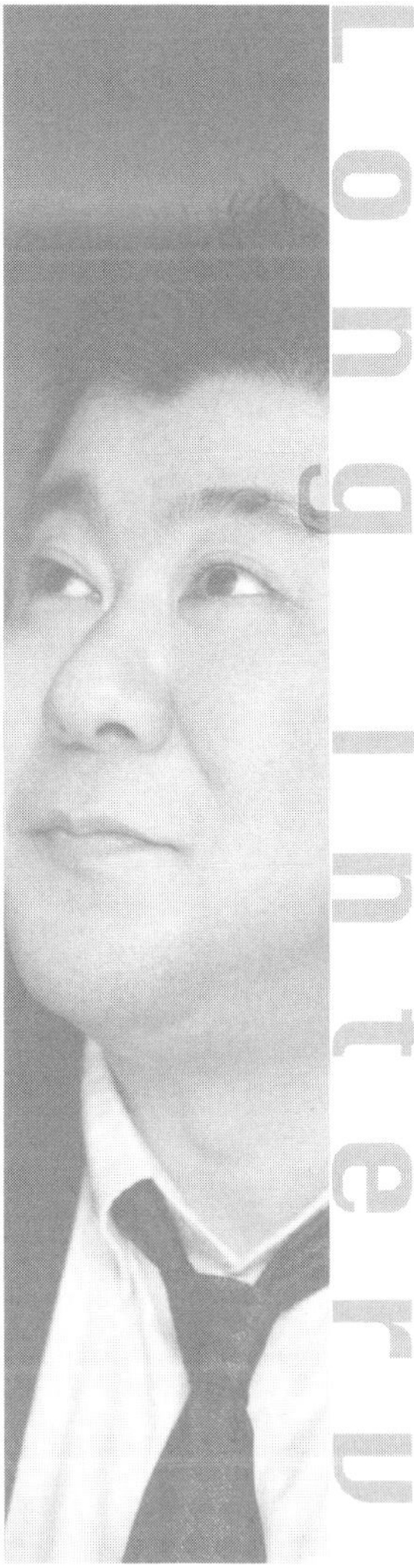

隠しているという意味では、八雲と晴香は似ているんです。一見対照的でも深いところで通じている二人が出会ったことで、それぞれ押し殺していた感情が溢れてきてしまう。八雲と晴香はそういう鏡の裏表のような関係です。

——出会いを描いた一巻の時点で、そこまで決まっていたのでしょうか。

神永　実はそうです。ただ一巻ではそこまで詳しく描いていないので「晴香がむかつく」という声もちらほらありました。そこは仕方ないなと。内面は小出しにしていくつもりで、初期の数巻はわざと表面ばかり描いていますから。いや、でも本当にそこまで考えていたかなあ。今ならこうして言語化できますが、当時は直感的に描いていたようにも思いますね。頭でひねったキャラクターというより、僕の深いところから湧き出てきた人たちですね。

——メインの二人以外に、特に思い入れのあるキャラクターは。

神永　斉藤一心には具体的なモデルがいるんです。僕が育った町のお寺のご住職。さっき話したように少年時代は辛いことが多くて、僕はよく祖父のお墓の前で泣いていたんですよ。ご住職はそれを見ていて、あの子は放っておけない、と思ったんでしょうね、さりげなく声をかけてくれるようになりました。そしてご住職と会話を交わすうちに、閉じていた心が少しずつ開いていったんです。「心霊探偵八雲」の根底にある、出会いによって人は変わる、というテーマはご住職の影響も大きい。もう亡くなってしまいましたが、僕の人生を

NHKアニメーション「心霊探偵八雲」ドラマCD『死者からの伝言』(FlyingDog)
単行本『心霊探偵八雲 VISUAL FILE』

2011年
5月 コミック『心霊探偵八雲』第5巻
7月 DVD BOOK『舞台版 心霊探偵八雲 魂をつなぐもの』(文芸社)
9月 文庫版ファンブック『心霊探偵八雲 赤い事件ファイル』(宝島社)
10月 コミック『心霊探偵八雲』第6巻
文庫『心霊探偵八雲7 魂の行方』

2012年
2月 コミック『心霊探偵八雲』第7巻
3月 単行本『心霊探偵八雲9 救いの魂』
8月 文庫『心霊探偵八雲8 失われた魂』
10月 コミック『心霊探偵八雲』第8巻

変えてくれた大恩人です。

――他に具体的なモデルがいるキャラクターは。

神永　後藤と石井は会社員時代の知人がモデルです。どちらもそのままなので、本人を見たら驚くと思いますよ。学生時代から今にいたるまで、なぜか変な人を引き寄せる運だけはいいんです（笑）。会社員時代は体力的にはきつかったけど、当時の人間観察が作家になってからは役立っています。

――「心霊探偵八雲」はセールスを伸ばし、二〇〇八年には角川文庫化。コミック、アニメ、舞台にもなるなど読者層を広げていきます。作品が読者に受け入れられたな、と感じた瞬間はいつですか。

神永　まだ訪れていませんね。謙遜でも何でもなくて、デビュー当時からの風向きが変わったとは思っていない。自分はまだまだだという思いが強いので、休まずに書き続けていられるんです。

「八雲くん、よかったね」と感じてくれるはず

――その後シリーズは新たな宿敵・七瀬美雪の登場、斉藤一心との永遠の離別、警察を退職した後藤の新たな門出、などさまざまな転機を迎えながら、クライマックスへと突き進んでゆきます。本編と並行して「SECRET FILES」「ANOTHER FILES」などの外伝も生まれ、「心霊探偵八雲」の世界はさらに広がりました。次々と迫力あるストーリーを生み出す秘訣はどこにあるのでしょう。

神永　「心霊探偵八雲」に限らず、ストーリーを作る時はいつも自分にハードルを課すようにしているんです。五巻なら八雲を登場させない、七巻ならいつもと違う土地を舞台にする、という具合です。それを乗り越えることで、物語に大きなうねりが生まれます。編集部の無茶ぶりに苦しんだ作品もありますが（笑）、それが結果として緊迫感のあるストーリーになっているんだと思います（※シリーズ各巻については、「全巻紹介」でも語っていただきました）。

――昨年（二〇一九年）に刊行された『心霊探偵八雲11　魂の代償』では、七瀬美雪によって晴香が拉致されてしまいます。シリーズ完結を目前に控え、八雲たちにとって晴香の存在意義があらた

2013年

3月　コミック『心霊探偵八雲』第9巻
7月　単行本『心霊探偵八雲　いつわりの樹 ILLUSTRATED EDITION　心霊探偵八雲シリーズ』
文庫『心霊探偵八雲　ANOTHER FILES　いつわりの樹』
8月　舞台『心霊探偵八雲　いつわりの樹（再演）』
9月　コミック『心霊探偵八雲』第10巻

2014年

1月　DVD『舞台版心霊探偵八雲　いつわりの樹』（ネルケプランニング）
3月　コミック『心霊探偵八雲』第11巻
6月　文庫『心霊探偵八雲　ANOTHER FILES　祈りの柩』
9月　コミック『心霊探偵八雲』第12巻
12月　文庫『心霊探偵八雲9　救いの魂』

2015年

2・3月　舞台『心霊探偵八雲　祈りの柩』

めて問い直される物語でした。

神永　十一巻では「ヒロインである晴香をほぼ出さない」というのが最大のハードル。晴香のために感情を露わにする八雲を描いていて、自分でも感慨深かったですね。色んな経験を経て、八雲がここまで変われたんだなと。逆に言うと、それだけの長さが必要な小説だったということですよね。一巻だけではとても描ききれなかった（笑）。

――このシリーズは八雲と晴香の物語であると同時に、八雲と父親・雲海の物語でもありますね。父子関係というもうひとつのテーマについては、どうお考えですか。

神永　シリーズの初期では、雲海はまったく理解不能な存在として描かれています。あれは僕自身の肉親に対する思いでもありました。血は繋がっているのに遠くにいる存在という感覚が、肉親に対してずっとあったんです。このシリーズを完結させるには、自分がまず家族を理解しないといけない、と思いましたね。物語が進むにつれて、徐々に雲海の内側が見えてくるのは、僕と肉親との関係性の変化が、影響を与えていると思います。

――そしてついに『心霊探偵八雲12　魂の深淵』が刊行されました。十一巻で描かれた衝撃の展開を経て、八雲と晴香の物語にひとつのピリオドが打たれる、堂々の完結編です。

神永　執筆は苦しかったですね。これまでの長編がマラソンだとしたら、十二巻は遠泳のようでした。ずっと水の中でもがき続けて、少しずつ前に進んでいったというイメージです。書くべき内容は浮かんでいても、それが無意識の深いところまで落ちてくるのに時間がかかった。書いては消すを延々くり返して、すべての要素がぎゅっと凝縮したところで、一気に吐き出すように書き上げました。

――絶望的な状況の中、後藤が、石井が、そして八雲が自分のなすべきことをする。「心霊探偵八雲」の結末はこれしかない、という迫力と感動に満ちたエンディングでした。

神永　僕がそう書いたというより、結末はここしかないというポイントに、キャラクターたちが自力でたどり着いてくれた、という感覚に近いですね。ずっと苦しみ続けた八雲に、ひとつの救いを与えることができた。長年シリーズを読んでくださった方なら、きっと「八雲くん、よかったね」

9月　文庫『心霊探偵八雲 ANOTHER FILES　裁きの塔』
DVD『舞台版心霊探偵八雲　祈りの柩』（ネルケプランニング）
11月　文庫アンソロジー『本をめぐる物語　小説よ、永遠に』にて、八雲の中学生時代を描いた「真夜中の図書館」掲載

2016年
1月　コミック『心霊探偵八雲』第13巻
9月　コミック『心霊探偵八雲』第14巻

2017年
2月　文庫『心霊探偵八雲 ANOTHER FILES　亡霊の願い』
3月　単行本『心霊探偵八雲10　魂の道標』
5・6月　舞台『心霊探偵八雲　裁きの塔』
10月　DVD『舞台版心霊探偵八雲　裁きの塔』（ネルケプランニング）

と感じてくれるだろうと思います。

――絶望と希望を描いたこの完結編で、神永さんが一番大切にしていたものはなんですか。

神永　生きる、ということじゃないでしょうか。大切な人を失っても、なお人間は生き続けないといけない。それは思考や哲学ではなく、深いところから湧きだしてくる感情だと思う。その普遍的なテーマを、八雲と雲海の関係を通して描きたかったんです。雲海がどういう形で去っていくのか、早い段階で決めてはいましたが、やっと書くことができて達成感がありました。

――今日のインタビューを通じて、「心霊探偵八雲」が神永さんにとって特別な位置を占める作品だということがあらためて理解できました。長年書き継いでいた物語が完結し、今どんなお気持ちですか。

神永　そうですね、思い返せばいろいろなことがありました。楽しい思い出も、辛い記憶も山ほどありますが、まずは完結させられてよかったですね。支えてくれた読者の皆さん、書店員さんのお蔭だと思っています。先日、うちの奥さんに「八雲が終わるけど淋しくない？」と尋ねられましたが、不思議と淋しさは感じません。多分、八雲たちはもう心の中に根づいているので、離ればなれになった気がしないんです。

――では、最後の質問です。作家として神永さんが今掲げている目標は。

神永　僕は自費出版からデビューした作家ですし、大きな文学賞にノミネートされたこともありません。でもひがみじゃなく、それでよかったと思う。変なプレッシャーを抱かずに、自分が面白いと信じるものだけを書いてこられましたから。その軸は今後も変わらないですね。読者の方だけを向いて、ただひたすらに面白い物語を書く。その結果、僕の本をまだ読んだことがない人、読む必要がないと思っている人たちまで振り向かせたい。「神永学を読まざるをえない」、というところまで世の中を変えたいんです。そのためには休まずに書き続けるしかない。僕はきっと、死ぬまで自分に満足することはないんでしょうね。今日お話ししてきて、どうもそんな気がしてきました。だから、死ぬまで小説を書き続けるのだろうと思います。

2018年

7月　文庫『心霊探偵八雲　ANOTHER FILES　嘆きの人形』

2019年

3月　文庫『心霊探偵八雲10　魂の道標』

単行本『心霊探偵八雲11　魂の代償』

11月　電子書籍『心霊探偵八雲　Short stories』

2020年

3月　文庫『心霊探偵八雲　ANOTHER FILES　沈黙の予言』

6月　単行本『心霊探偵八雲12　魂の深淵』

6月　単行本ファンブック『心霊探偵八雲　COMPLETE FILES』

キャラクター紹介

斉藤八雲

Saito Yakumo

大学生（明政大学）

イラスト：加藤アカツキ

【生活】

明政大学に通う大学生だが、映画研究同好会の部室に入りびたっている、というよりそこで生活している。コートは黒いフード付き、寝るときは紺色のジャージ上下を着て、寝袋にくるまっている。弱点は脇腹。


【外見】

長身で、陶磁器のように白い肌を持ち、白いワイシャツの胸元をややだらしなくはだけさせ、常にジーンズを穿いている。寝グセだらけの鳥の巣みたいな髪型で、まっすぐに伸びた鼻筋に尖った顎。黙っていればモテそうだが、人を寄せ付けない雰囲気を漂わせている。


【性質】

左眼の瞳は生まれつき燃えるように真っ赤。普段は黒いコンタクトレンズで隠しているが、その左眼は死者の魂を見ることができる。母親に殺されそうになっていたところを後藤に助けられた過去を持つ。他人に理解されないことも多く、孤独に生きてきた。

小沢晴香

Ozawa Haruka

大学生（明政大学）

【生活】

明政大学に通う大学生。教育学部に学び、教師を志して教育実習に行くなど、真面目に授業に出席して単位を取得している。オーケストラサークルに所属し、フルートを担当。

【外見】

垂れ目がちで大きな目に長い睫毛、あまり高くはない鼻、ショートカットの髪。

【性格】

双子の姉、綾香を７歳のときに事故で失っている。それ以来、姉の分もいい子でいようと努めてきた。「マイペースで生きているふりをしながら、ずっと周りの評価を気にしながら生きてきた。嫌なことを嫌と言わず、笑顔を絶やさず、願望や欲望といったものを、ずっと自分の胸の奥に閉じ込めてきた」。友人に相談されると放っておけない質で八雲を頼ることも多い。そのため、八雲には「トラブルメーカー」と評される。長野県生まれで、父の一裕と母の恵子は戸隠で蕎麦屋を営む。

後藤和利

Goto Kazutoshi

刑事
（世田町署未解決事件特別捜査室）

【外見】
クマのような巨体で、緩んだネクタイに、よれよれのワイシャツ。無精ひげを生やしている。ガニ股で、長い刑事生活によるものか、険のある目つきをしている。濁声。

【愛車】
一度も洗車したことがない、10年落ちの白いセダンに乗る。

【職業】
世田町署に新設された〈未解決事件特別捜査室〉所属。ただしよく職場で昼寝をしている型破りな刑事。

【性格】
不器用で口下手なために周囲に理解されないことも多い。妻の敦子とも当初は分かり合えず、不用意な発言で彼女をいたく傷つけ、関係が冷え切っていたこともあった。15年前、交番勤務の折に、母親が赤い左眼を持つ子どもを殺害しようとする現場に遭遇、子どもを保護する。それが八雲だった。

土方真琴
Hijikata Makoto

新聞記者（北東新聞）

石井雄太郎
Ishi Yutaro

刑事（世田町署未解決事件特別捜査室）

【仕事】

世田町署未解決事件特別捜査室に配属された刑事。もともと後藤刑事のことを崇拝していて、彼の近くで働くことを願っていた。


【外見】

眼鏡をかけている。よく転ぶ。いつも転ぶ。


【性格】

中学高校と女子生徒の数が圧倒的に少ない旧男子校に通う。そのため、女性に対する免疫がなく、ちょっとしたことですぐにどぎまぎする。


【外見】

切れ長の涼やかな瞳。スレンダーな体型で、グレーのパンツスーツなど、取材がしやすいような動きやすい恰好を好む。


【性格】

警察署長の一人娘で、その七光りで新聞社に就職したと言われることも多い。そういった逆風があっても、自らの仕事にブレずに邁進する。

斉藤奈緒
Saito Nao

斉藤一心
Saito Isshin

僧侶

【外見】

普段は紺色の作務衣に草履姿で過ごしている。剃り上げた卵形の頭に糸のような目は弥勒菩薩に似ており、温和な印象を与える。特筆すべきは左目が赤いことだが、これは八雲と同じ気持ちを味わうためにわざとコンタクトレンズを入れているから。


【性格】

非常に温和で、孤独な甥の八雲のよき理解者となっている。娘の奈緒を大切に育ててきたが、ある事故の犠牲者となり、命を落としてしまう。


【外見】

やわらかでつやつやな髪をボブカットにしている。耳が聞こえないが、意識を集中すれば相手の思念が伝わってくることがある。


【家族】

一心を失ったあと、後藤と敦子の養女となり、愛情を注いで育てられている。八雲も唯一の肉親として、非常に大切に思っている存在。

両眼の赤い男（雲海）

Unkai

【外見】
常に黒いスーツに、色の濃いサングラスをしている。その通称通りに、両眼は真っ赤に染まっている。痩身。

【家族】
母親の凜とともに長野県鬼無里の診療所に保護される。赤い眼と額の角から母子ともどもひどく迫害された過去をもち、それが現在に大きな影響を及ぼしている。八雲の父で、八雲の母親、梓のことを暴行、梓はそれで八雲を身ごもった。すでに亡くなり霊魂になっているが、八雲が行く先々に時折姿を現し、強烈な悪意で八雲を揺さぶる。七瀬美雪は彼に心酔しており、彼の頭部をホルマリン漬けにして保管していたほど。

対談

佐野大樹 Daiki Sano × 東地宏樹 Hiroki Tochi

物語を支えた愛すべきコンビ、登場！

2008年から再演も含め全6作が公開された舞台版「心霊探偵八雲」シリーズ。後藤刑事役の東地宏樹さんと石井刑事役の佐野大樹さんは、主要キャラクターとして物語を牽引し、コメディリリーフとして会場を沸かせ続けました。息の合ったコンビ成立の秘訣や演者の目から見た「心霊探偵八雲」シリーズ、キャラクターの魅力を存分に語ります。

取材・文：高倉優子　　写真：ホンゴユウジ

小説家から直々の出演オファーに驚く

東地　だいきっちゃん（佐野さんのニックネーム）は、舞台版の最初から携わっているんだよね。初演が二〇〇八年だから十二年前になるのか。この作品とも長い付き合いになったね。

佐野　東地さんが出演した「心霊探偵八雲」のドラマＣＤが発売されたのは二〇〇九年だから、お互い関わってきた年月は同じくらいってことになりますね。しかも東地さんは、テレビアニメ版でも後藤刑事を担当していたし。

東地　そうそう、テレビアニメの収録のとき初めて神永先生にお会いしたんだけど、突然「舞台をやりませんか？」と誘っていただいてびっくりしたことを覚えてる（笑）。いや、嬉しかったんだよ。でも原作者じきじきに声をかけていただけるなんて普通ないじゃない？　だから「えぇっー？」ってなったの。

佐野　確かに、小説家と話す機会自体、そんなにないですもんね（笑）。

――おふたりは、もともと面識があったんですか？

東地　二〇一三年に上演された『いつわりの樹』のチラシ撮影の日が初対面でした。だいきっちゃんは、僕が吹き替えを担当していた海外ドラマ『プリズン・ブレイク』シリーズの大ファンで、名前だけは知ってくれてたんだよね。

佐野　そうです、もう本当に大ファンで、これまで十五回くらいは観ています。僕、普段は字幕派で、吹き替え版は観ない。でもある日、たまたまテレビでやっていた『プリズン・ブレイク』を観たら、主人公の声がかっこよくて感動して。クレジットを見たら東地さんだったんです。つまり、いわばファンだったので撮影でご一緒したときは興奮していました（笑）。後藤に憧れを抱いている石井と重なる感じがしました。

東地　僕は人見知りだから、だいきっちゃんが人懐こくて助かったよ。だからすぐに仲良くなれたんだと思う。あと、ふたりともお酒を飲むのが好きだから、飲みニケーションで距離が縮まったっていうのもあるよね。思い返せば、この作品に関わっているときはいつも飲んでいた気がする（笑）。だいきっちゃんなんて『いつわりの樹』の稽古の後、店まで我慢できなくて、コンビニでビールを買って飲んでたもんね。

佐野　若かったなぁ。あ、いや今もまだやっているかも（笑）。最近の若い人はあんまり飲まないっていうけど、八雲役の久保田秀敏くんもお酒が強いし、反省会とか打ち上げと称して、しょっちゅう飲んでいた記憶がありますね。

東地　芝居論とかは誰も語らず、くだらないことで笑ってるだけの楽しい飲み会。ときどき、神永先生も来てくださってね。制作もキャストも含め、あんなに仲良しでチームワークのいい現場って珍しいと思う。八雲たちが成長しながら絆を深めていく姿と、どこかリンクする部分があった気もするね。

ギリギリで舞台に立った

――『いつわりの樹』は、二〇一五年に閉館した青山円形劇場が会場でしたね。

東地　円形劇場は演出するのは難しいだろうけど、役者にはやりがいがある箱でした。真ん中に大きな木があって、いろんなところから出たり引っ込んだりするんだけど、裏では大騒ぎで（笑）。僕はゲネプロのとき、立ち位置を間違えてしまったし。

佐野　みんなで見つめていたら東地さんが「あれ?」って顔をして、少しずつ元に戻っていったんですよね（笑）。僕も制作さんからのキュー出しが遅くて、本当にギリギリで舞台に立ったこともありましたよ。あと段差があるセットだった

佐野大樹（さの だいき）
1979年静岡県生まれ。2011年より兄、佐野瑞樹との兄弟プロデュースユニットWBBを発足し近年では役者業に加え舞台演出家としても活動している。

からつまずきやすくて実際に転んでいた役者もいました。僕ですけどね（笑）。

東地　公演の後半になると疲れも出てくるから小さな段差でも足を引っかけてしまったりするんだよね。でも大きなトラブルは少なくて、微笑《ほほえ》ましいものが多かった気がしない？　個人的には『祈りの柩』のとき、桐野光一役の高橋広樹くんが客席に飛ばしてしまった拳銃を、お客さんがポーンと投げ返してくれたのが印象的だった。真剣なシーンなのに笑いと拍手が起こったという（笑）。

佐野　僕はそのとき舞台上にいなかったので、笑い声が聞こえてきて驚いたんです。「え、誰か面白いことやったの？」みたいな。

――後藤と石井のコメディリリーフぶりも、舞台版の魅力のひとつだったと思います。演出家さんから「自由にやって」と言われたこともあったとか。

佐野　『いつわりの樹』のときは僕がストーリーを追うような脚本だったのでそれほど遊べなかったけど、『祈りの柩』からは好きにやらせてもらいましたね。

東地　「自由にやって」と言われるのは嬉しいけど大変でもあって。ふたりで何パターンか作っておいて「今日はあっちでやってみる？」と直前で決めるんだけど、客席の反応に一喜一憂していた気がする。そもそもは何回も観に来てくれるお客さんに喜んでもらいたくてかけあいを変えていたんだよね。

佐野　そう、喜んでもらいたい一心で。だけどうまくフィットしなくて、舞台上で「東地さん、助けて！」と思ってみたり。

東地宏樹（とうち ひろき）
5月26日東京都生まれ。主な出演作にアニメ『黒執事』やドラマ（吹き替え版）『プリズン・ブレイク』などがある。

東地　やらなくてもいいところでやっていたりするからね（笑）。『裁きの塔』のときは、一番ふざけてたかも。
佐野　八雲と晴香が主軸の話だったし、我々が自由にしていられる時間が多かったですからね。今、思い返すと「笑いを取りにいってやる」という邪念がありました。
東地　僕なんてはしゃぎすぎて足をくじいちゃったもん。大の大人が舞台の上で自由に騒いでケガまでして……恥ずかしい限り（笑）。まあ、それも今となってはよい思い出だけど。

演劇はハートが熱い人がやるもの

――ご自身と役柄には共通点がありましたか？
東地　原作を読んだり、ドラマCDやアニメにも携わらせてもらったから自分の中にもイメージがあったんだけど、だいきっちゃんの石井役は本当にハマっていると思った。ビビりなところと、しゃんとしているところの緩急が絶妙で。
佐野　それは僕も思いますよ。後藤刑事の信念の強さと、東地さんの筋が一本通った役者としての姿勢には重なるところがあるな、って。
東地　後藤と僕は似たところと全然違うところが半分くらいずつあると思う。だいきっちゃんはどう？　石井と似てるところはある？
佐野　少し卑屈なところが似ているかもしれない。暗くて闇があるんです（笑）。でも基本的に石井は単細胞ですからね。そこも含めて自分と近いと感じることが多かったです。
東地　それを言うなら後藤は後藤で単細胞だよ。考える前に行動してしまうのは僕も同じかもしれない。ただ、彼ほど直情型ではないけどね。僕もだいきっちゃんも熱いんだよ。演劇ってやっぱり、ハートが熱い人間がやるものだと思うから。
――それでは、原作者であり脚本も担当なさった神永学さんは、どんな方ですか？
佐野　あの人は野心家ですよ。読むのが追いつかないくらい

小説を書いていますからね。攻めまくってる！（笑）

東地　以前、「書いていないと死んでしまうんだ」って聞いたときは驚きました。マグロみたいだね（笑）。神永先生もやっぱり熱い人だと思う。でも舞台に関して「こういう風に演じてほしい」なんて言われたことは一度もなかったよね。

佐野　自分が書いた脚本が僕らによってどんな味わいになるのか、観るときの楽しみにしたいから何も言わなかったと後から聞きました。きっと舞台を観ることが好きだから、他のメディアと比べて興行的な苦労も多い演劇界に足を踏み入れる決意をされたんじゃないですかね？（笑）

——最後に、原作の魅力についてお聞かせください。

東地　感情表現を苦手とするポーカーフェイスの八雲が、霊や周りの仲間たちとコミュニケーションを取ることで人間らしさを出しつつ、事件を解決していく。幽霊たちにも出てくる理由があって、その悩みが解決されて、彼らの魂が解き放たれていくさまも痛快です。こんなに読みやすくて爽快感のある小説はなかなかないと思う。

佐野　キャラクターが成長していく姿を追えるのがシリーズものの楽しみのひとつですよね。僕はつい石井刑事の姿を追っちゃいます。そして彼の成長を見ると愛おしくなってくるんです。

東地　舞台やアニメで世界観を知り尽くしている僕らだからこそ、感情移入しちゃうよね。

佐野　十二巻で完結すると聞いて「え、終わっちゃうの？」と寂しい気持ちでいっぱいです。ずっと続いていくシリーズだと思っていたので……。でも神永先生のことだから、きっとセカンドシーズンを書いてくれるはず！（笑）

東地　そうだね。それを楽しみに僕らは待っていることにしましょう。

鼎談

八雲と駆け抜けた波瀾万丈の日々

「心霊探偵八雲」が産声を上げたちょうどその頃、才能ある二人のクリエイターが制作スタッフに加わりました。以来、約15年にわたって単行本版「心霊探偵八雲」と併走してきたお二人が、神永さんとともに波瀾万丈の日々を振り返ります。「心霊探偵八雲」シリーズの青春時代が明かされる、スペシャル鼎談！

神永 学×加藤アカツキ×谷井淳一

神永 学 Manabu Kaminaga

加藤アカツキ Akatsuki Kato（イラストレーター）

谷井淳一 Junichi Tanii（ブックデザイナー）

取材・文：朝宮運河　写真：ホンゴユウジ

15年以上の濃すぎるほど濃い付き合い

神永　お二人との仕事は『心霊探偵八雲2　魂をつなぐもの』が最初ですから、かれこれ十五年のお付き合いになりますね。

谷井　そんなになりますか。二〇〇四年に神永さんが文芸社の新人発掘プロジェクト（BE－STプロジェクト）でデビューされ、話題になっているのは知っていたんです。ただ一巻の時点では僕もアカツキ君も関わっていなかった。検索していただくと分かりますが、当初の一巻のカバーデザインは今とはかなり異なるテイストでした。

神永　一巻の時点では「心霊探偵八雲」をどういう方向性で売っていったらいいのか、僕にも出版社にも迷いがあったんです。そのうち初代担当編集者のYさんが、二巻からイラストを使おうと言い出した。

谷井　Yさんはもともとコミック編集者だったので、そこからの発想でしょうね。コンセプトに合わせてデザイナーも交代することになり、僕が〝チーム八雲〟に加わりました。

神永　イラストを使うといっても予算がない。それで専門学校でコンペを開くことになったんですね。僕とYさんがアミューズメントメディア総合学院まで出かけて、企画のプレゼンをしました。その公募で見事選ばれたのがアカツキ君。

加藤　学生といっても二十四歳でしたから、お二人と世代の差を感じることもなく、対等にお付き合いさせてもらいました。初めてお会いしたのは、二〇〇四年の年末でしたよね。

谷井　年末商戦に向けて、書店配布用のポスターを作ったのが最初でした。打ち合わせの時点で十二月二十日前後だから、ぎりぎりの進行だった。「三日後に絵を仕上げて」みたいな凄まじい話だったけど、アカツキ君の頑張りで間に合いました。

神永　Yさんはその手の無茶ぶりが多かったんですね。僕のデビューにしても「やるか、やらないかこの場で返事しろ」と言われましたから。考える余地を与えない（笑）。

加藤　当時は「これがプロの世界なのか、大変だな」と思っていたけど、後年あれはかなり特殊だったんだと気づきました（笑）。

小説のイメージと、イラストのイメージ

谷井　二巻のカバーイラストは八雲のアップですね。このデザインはスムーズに決まったんだっけ。
加藤　まずキャラクターが五人くらい並んでいるラフを描いたんです。そしたら神永さんが「この八雲だけをアップで描いてほしい」とおっしゃって。
谷井　八雲のイメージはすぐに浮かんできたんですか？
加藤　そこは問題なかったです。原作から自然とキャラクターが浮かんできました。八雲は黒髪の無造作ヘア、晴香はなぜかずっと金髪のイメージなんですよ。
神永　小説の面白いところですよね。原作では晴香の髪が何色かなんて一言も描いていないのに、読む人のイメージによって金髪にもなれば、黒髪にもなる。
谷井　シリーズ中盤まで、神永さんは「八雲の顔をはっきり描かないでほしい」と言っていましたよね。
神永　読者にこちらのイメージを押しつけたくなかったんです。今でこそ文庫版もコミック版もありますが、当時は単行本のイラストが唯一の公式ビジュアルでしたから。
加藤　六巻でやっと正面を向いた八雲を描かせてもらいました。それまではどうやって顔を隠すかが重要なミッションで（笑）。八雲には結構無理なポーズを取ってもらっています。
谷井　当時はカバーにキャラクターのイラストを使った文芸書自体ほとんどなくて、前例のないものをどう作ろうかという悩みがありましたね。一方で、新しいジャンルを切り拓いてゆく楽しさもありました。
神永　ソフトカバーの文芸書で、表紙にイラスト。今や常識になっていることを先駆けてやったのが「心霊探偵八雲」でした。僕がまだ駆け出しで、しかも文芸社というしがらみのない出版社だからできた冒険だったのかなと思います。
谷井　シリーズ開幕直後は、かなりハイペースで新刊が出ましたよね。
神永　四巻目までは一年ちょっとで出しているんです。無謀ですよね。

加藤　平均すると四か月に一冊！　当時は僕や谷井さんも忙しかったですが、神永さんが一番大変そうでした。

神永　デビューしてしばらくは休みなしでしたね。毎日ノートパソコンを持ってファミレスや喫茶店を転々としながら、深夜まで原稿を書いていました。ふらふらになって帰宅し、仮眠してまた会社に出勤するという生活。若くて体力があったから乗り切れましたけど、今じゃとてもできない。

ぶつかることもしょっちゅうだった

加藤「心霊探偵八雲」は文芸社の重大プロジェクトだったので、打ち合わせも多かった。でもYさんは自由な人で、神永さんと僕を引き合わせたら「あとは二人で決めてくれ」とイラストの打ち合わせに出てこない（笑）。

神永　そこは編集担当が決めてほしいですよね。たまたまアカツキ君とは家が近かったので、近所の喫茶店で合流してよく話し合いました。お互いクリエイターとしては世に出たばかりだし、手探りで物を作っている感じがありました。

加藤　まさに売れない劇団員とか、お笑い芸人のノリですよね。

神永　青春っぽかった。アカツキ君の好きなこと、苦手なことを知らなきゃいけないと思って、ご飯にもよく誘いました。

加藤　僕も段々と「神永さんはこういうビジョンを持っているんだ」ということが分かってきた。あの時期に交わした言葉は、シリーズを続けていくうえで役に立っています。

谷井　本気で向き合っているから、ぶつかることもしょっちゅうでした。よく覚えているけど、カバー表四（裏表紙）に女性キャラクターを載せるかどうかでずいぶん揉めたよね。僕は載せたかったけど、神永さんはうんと言わなかった。

神永　さっきの話と一緒で、イメージが固定されるのが嫌だったんです。谷井さんは華のあるカバーにしたい、アカツキ君はキャラクターを描きたい、僕はイメージを固定したくない。それぞれに強い信念やこだわりがあって、毎回そのせめぎ合いでした。

加藤　単行本版をお持ちの方は、あらためてカバーに注目してもらうと面白いかもしれませんね。二巻で晴香のイラストが描かれていたカバー表四が、三巻以降は男性キャラクターになったり、女性キャラクターの後ろ姿になったりしているんです。三人の駆け引きの跡がうかがえます。

神永　そのうえ出版社からの要望もあったしね。Yさんのトップダウンと僕のこだわりとの板挟みで、アカツキ君は苦労したんじゃないかな。

加藤　よく谷井さんに「助けてください！」と泣きついて、アドバイスをもらっていました。Yさんといえば、四巻の八雲のポーズを決めてくれたのがYさんなんです。どんなポーズを描こうか悩んでいたら、「二巻がチョキ、三巻がグーだったんだから、四巻はパーでいいじゃねえか！」って。嘘みたいですが本当の話です。

神永　クセのある人だけど、編集者としては一流なんですよね。シリーズ中盤で退職されましたが、Yさんは「心霊探偵八雲」の育ての親だと思います。

加藤　以前はプライベートでも三人でよく会っていましたよね。

谷井　飲みに行ったり、神永さんのお宅でご飯をご馳走になったりね。神永さんがプレイステーション3を買ったばかりだというので、みんなでゲームをしたのもよく覚えています。

神永　三人とも格闘技が好きなので、試合観戦にも行きました。そういう時は仕事の話は一切なし。忙しかったはずなのに、よくあんな時間がありましたね。

谷井　Yさんもよく飲みに連れていってくれました。「今から行くぞ！」と文芸社の前でタクシーを停め、夜の盛り場にくり出していく。

八雲とともに歩み、熱くなれた日々

神永　「お前ら、どうせ金がないんだろう」って。いい大人なのに部活の先輩後輩みたいな関係でしたよね。ああいう豪傑タイプの編集者は、今ではほとんどいないですね。

谷井　それにしても「心霊探偵八雲」がここまで大きなシリーズに成長するとは、当時考えてもいませんでした。

神永　一巻から、文芸社の営業さんがすごく頑張

ってくれたんです。無名新人のデビュー作にもかかわらず、多くの書店に足を運んで、粘り強く売り込んでくれた。その熱意が書店員さんを動かし、全国の読者にまで届いたんですね。

谷井　初期のスタッフは濃い人が多かったですね。昨日「心霊探偵八雲」のために作った過去のデザインデータを見返していたんです。単行本以外にも、ポスターやポップのデータが大量にあって、みんな一生懸命だったな、と懐かしくなりました。

加藤　数え切れないほど、仕事しましたね。ファンサイトを作ったこともあるし、実現しなかったけど「心霊探偵八雲」の四コママンガを依頼されたこともあります。

神永　他社に比べてもスケジュールは無茶苦茶だし、意見がぶつかることもたくさんあったけど、初期の「心霊探偵八雲」に関わった人たちはみんな熱かった。ビジネスライクに本を売るんじゃなく、このシリーズで何かを変えるんだ、という意気込みがあったと思います。

加藤　さっき言い忘れましたけど、僕は最初の打ち合わせがあった直後、ノロウイルスに感染して救急車で運ばれているんです。でも三日後にポスターの締め切りがあるので、ふらふらになりながら絵を描いた。あの経験に比べれば、どんなハードな仕事でも「それほどでもないな」と感じてしまう。「心霊探偵八雲」には本当に鍛えられました。

神永　あの無茶ぶりに慣れたら駄目ですよ（笑）。

谷井　そしてとうとうシリーズが完結する。二巻を出した当時、最終巻までこの体裁で作り続けられたらいいなと思っていたんですけど、夢が叶いました。

神永　約十五年にわたって、同じメンバーがひとつの仕事に関わり続けるなんて、本当に珍しいことですよね。この先も二度とないと思う。

加藤　僕のキャリアと「心霊探偵八雲」シリーズの歩みは重なっているので、ついにここまできたかと感無量です。八雲を描くのはおそらくこれが最後。十二巻のカバーには、これまでやりたかったことをすべて詰め込みました。

神永　谷井さん、アカツキ君という優れたクリエイターとともに過ごした日々は、僕にとっても大切な宝物です。ここであらためてお礼を言いたいです。十五年、本当にありがとうございました。

谷井　こちらこそ、貴重な経験をさせてもらいました。神永さんと「心霊探偵八雲」には感謝しかありません。

加藤　他にもここで書けないような裏話がたくさんあるけど、それは今度三人でじっくり語り合いましょう（笑）。

心霊探偵八雲

TREASURE FILES

長年にわたって「心霊探偵八雲」を彩ってきた二人の絵師、単行本版の装画を担当する加藤アカツキさんと文庫版の装画を担当する鈴木康士さん。イラストを通して作品を見つめ続けてきた二人に、自身の一推しイラストを選んでいただきました。コメントと未公開ラフで振り返る、華麗なる八雲シリーズの歴史。

加藤アカツキ

AKATSUKI KATO
01

商業イラストレーターとしての初仕事ということもあり、思い入れが強い一枚です。通っていた大学の卒論と作業時期が被っていたため、わりと大変な思いをして描いた記憶があります。昔の作品は技術の拙さゆえ見返すのが恥ずかしいことが多いのですが、この作品だけは今見てもよくできてるなぁと感じます。個人的にはシリーズを最も象徴する一枚だと考えています。

加藤アカツキ画『心霊探偵八雲２　魂をつなぐもの』（2005年）より

この頃はシリーズの戦略として、八雲の顔を隠さなければならないという縛りがありました。顔を隠すアイデアを色々と出してはみたものの、編集部からは王道でヒロイックな構成を求められていたこともあって２巻〜４巻の表紙では少々構図が似通ってしまっていたのですが、この巻でようやくそれらのパターンから脱却できました。以前から八雲にはモッズコートを着せたいと思っていたので、それも実現できて満足しています。

加藤アカツキ画『心霊探偵八雲５　つながる想い』(2006年) より

AKATSUKI KATO

03

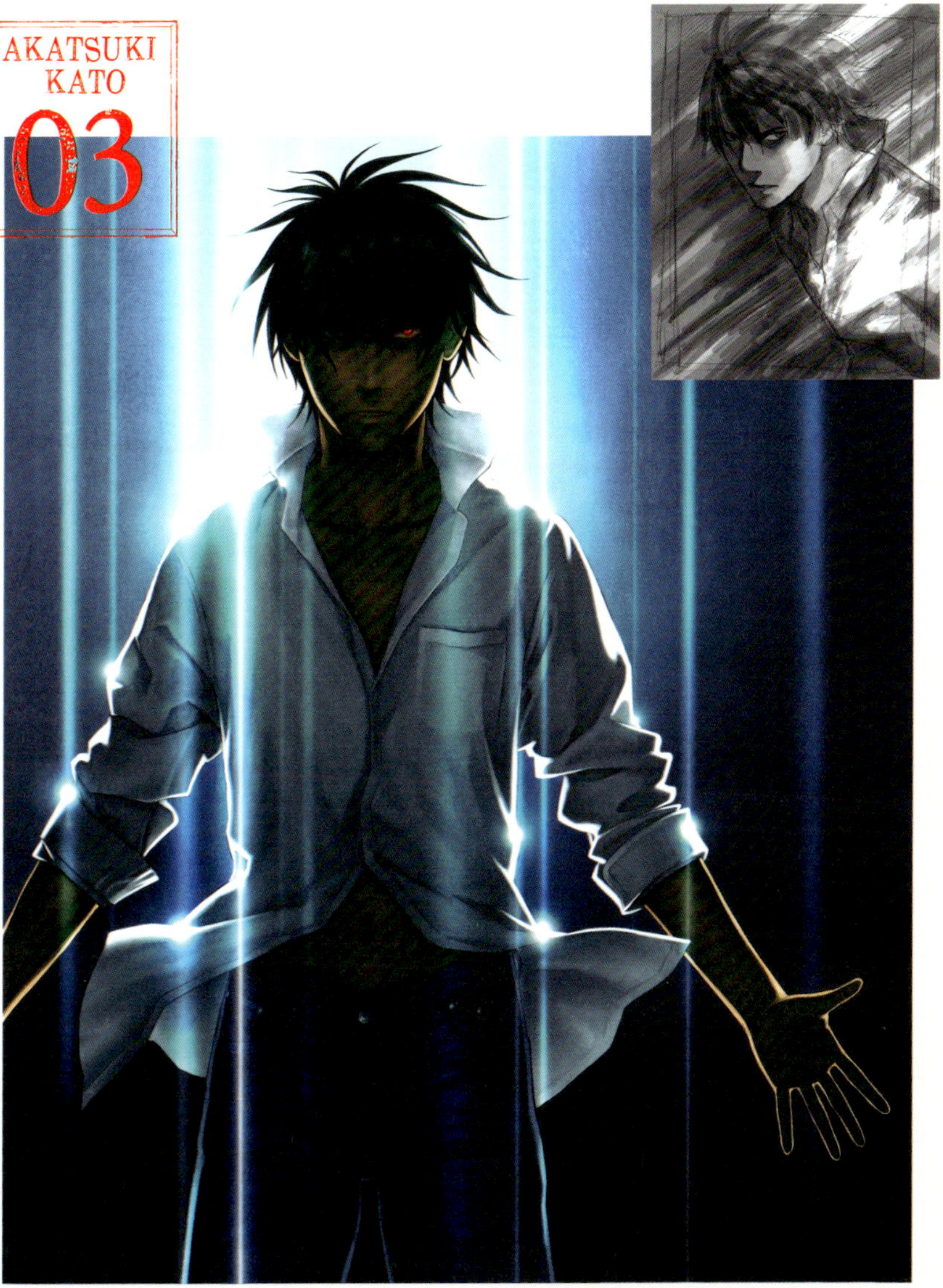

八雲の顔が解禁となった記念すべき一枚です。といっても逆光でまだまだ見えづらくはしているのですが。構図自体は４巻の表紙作業の時にすでに思いついていたものですが、せっかくの初解禁にあわせて表紙のテンションも上げていこうと思い、派手に光を降らせました。全シリーズ中で最も気に入っている一枚です。

加藤アカツキ画『心霊探偵八雲６　失意の果てに』（2006年）より

AKATSUKI KATO

04

部室のドアノブに手をかける晴香ですね。色合いが気に入っています。表紙ばかりだとむさくるしそうだったので、一枚選んでおきました（笑）。

加藤アカツキ画『心霊探偵八雲８　失われた魂』（2009年）より

AKATSUKI KATO

05

この巻から単行本の版元が文芸社さんからKADOKAWAさんへと移りました。八雲シリーズでは各巻ごとに担当者が変わっていたのですが、版元が変わったということもあってこれまでにはなかったような要望や視点などもいただくことができました。それまでの八雲シリーズのイメージも残しつつ、新しい要素も見せようとして描いた一枚です。前巻からだいぶ間が空いたこともあり、タッチもちょこっと変えています。

加藤アカツキ画『心霊探偵八雲９　救いの魂』（2012年）より

AKATSUKI
KATO

06

両眼の赤い男です。いつかは描くことになるであろうと思っていましたが、序盤から終盤に向かって全容が明らかになっていくにつれて外見のイメージが大きく変わっていったため、デザインに苦労しました。相応に老けているようでもあり、若くも見える、そんな印象を持っていただければと思って描きました。

加藤アカツキ画『心霊探偵八雲10　魂の道標』（2017年）より

クライマックスに向けて緊張感が高まっていく内容だけに、作業中はこちらもプレッシャーを感じながら描いていました。構成は依頼を受けた際に「これだっ！」と思いついたもので、他のデザイン案を出さなかったのは唯一この巻だけです。不穏さを醸し出すために画面内に黒いシミのようなものも描いていたのですが、デザインの際にそちらは取られてしまいました。

加藤アカツキ画『心霊探偵八雲11　魂の代償』（2019年）より

16年間 おつかれさまでした!!

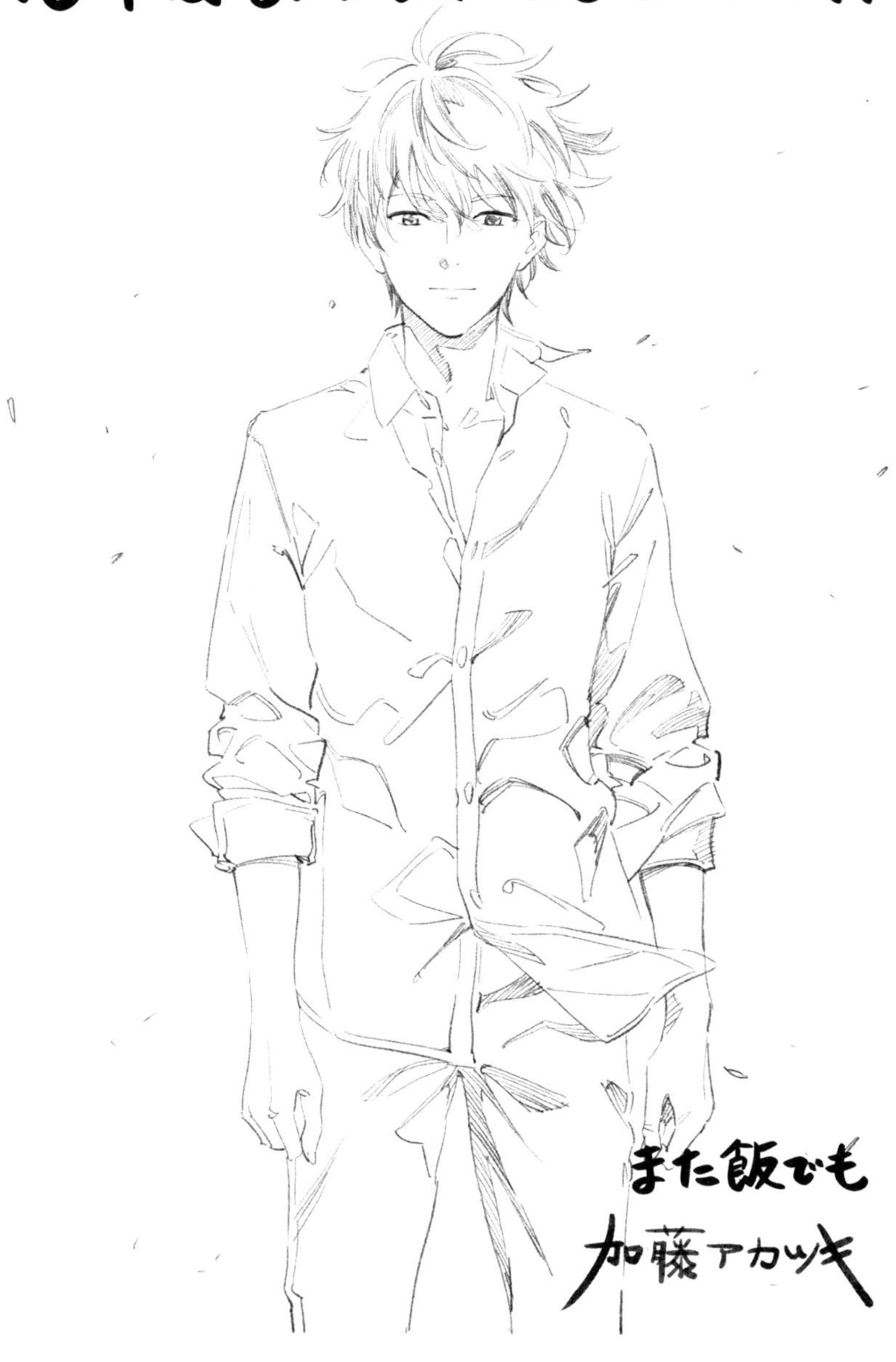

鈴木康士

YASUSHI
SUZUKI
01

こんにちは鈴木です。これまでに描いた中から一推しを選んでと言われたので最新のものです。最新作がいつも最高傑作だと思っています……。嘘でも思いたいです。「ANOTHER FILES」（以下AF）シリーズ未読の方、八雲ロスの方、是非読んでください買ってくださいダイレクトマーケティングです！ AFに終わりはないと思います！　きっと。
没ラフは内容的には館をドーンといきたいけれどそうもいかない悩みと葛藤。

鈴木康士画『心霊探偵八雲　ANOTHER FILES　沈黙の予言』（2020年）より

YASUSHI
SUZUKI
02

AF『嘆きの人形』の装画、没ラフは連載時の扉絵を流用してロードムービーな方向を意識したもの。
決定稿は山梨モチーフをあれこれ詰め込んだ画です。背景の謎のパターンは山梨県立文学館前の彫刻をイメージしたものだったり現実にある景色と物語が交じった構成になっています、目立たない程度に。興味が湧いたら山梨へGOです。

鈴木康士画『心霊探偵八雲　ANOTHER FILES　嘆きの人形』（2018年）より

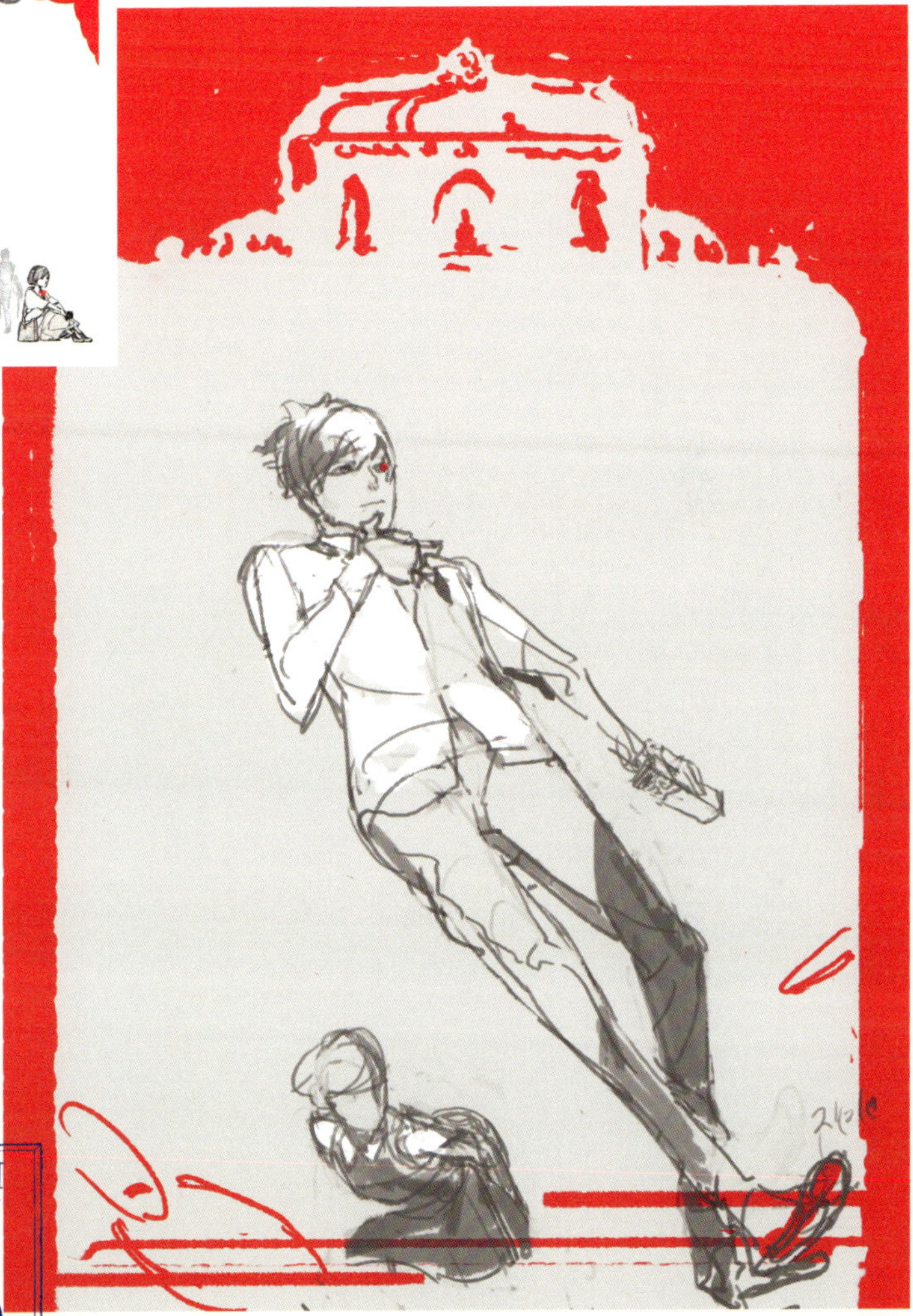

YASUSHI SUZUKI

03

『小説 野性時代』で連載していた八雲の扉絵を何度か描かせていただいた中のお気に入りです。扉絵は基本白黒ですが新連載だったのでダメ元でカラーにしていいか聞いたらOKでした、嬉し〜！　そして４色印刷だけどほぼ２色っていう贅沢をしました。八雲の画で赤が使えるかどうかはすごく大きな事だと思うんです。また演劇が題材なのも個人的に萌えポイントでした。

鈴木康士画『心霊探偵八雲　ANOTHER FILES File1　劇場の亡霊前篇』（『小説 野性時代　11』2016年 vol.156）より

YASUSHI SUZUKI

04

珍しく自他ともにわりと人気の絵だと思っています、わりと。AFシリーズの装画でついついモチーフが多くなりがちなのは、本編の装画では見られないものを見せたいというサービス精神と言いつつ自分が飽きないようにとネタが尽きないようにというのもあります。ちなみにこの画の裏テーマはエクソシストコスプレでした〜。

鈴木康士画『心霊探偵八雲　ANOTHER FILES　祈りの柩』（2014年）より

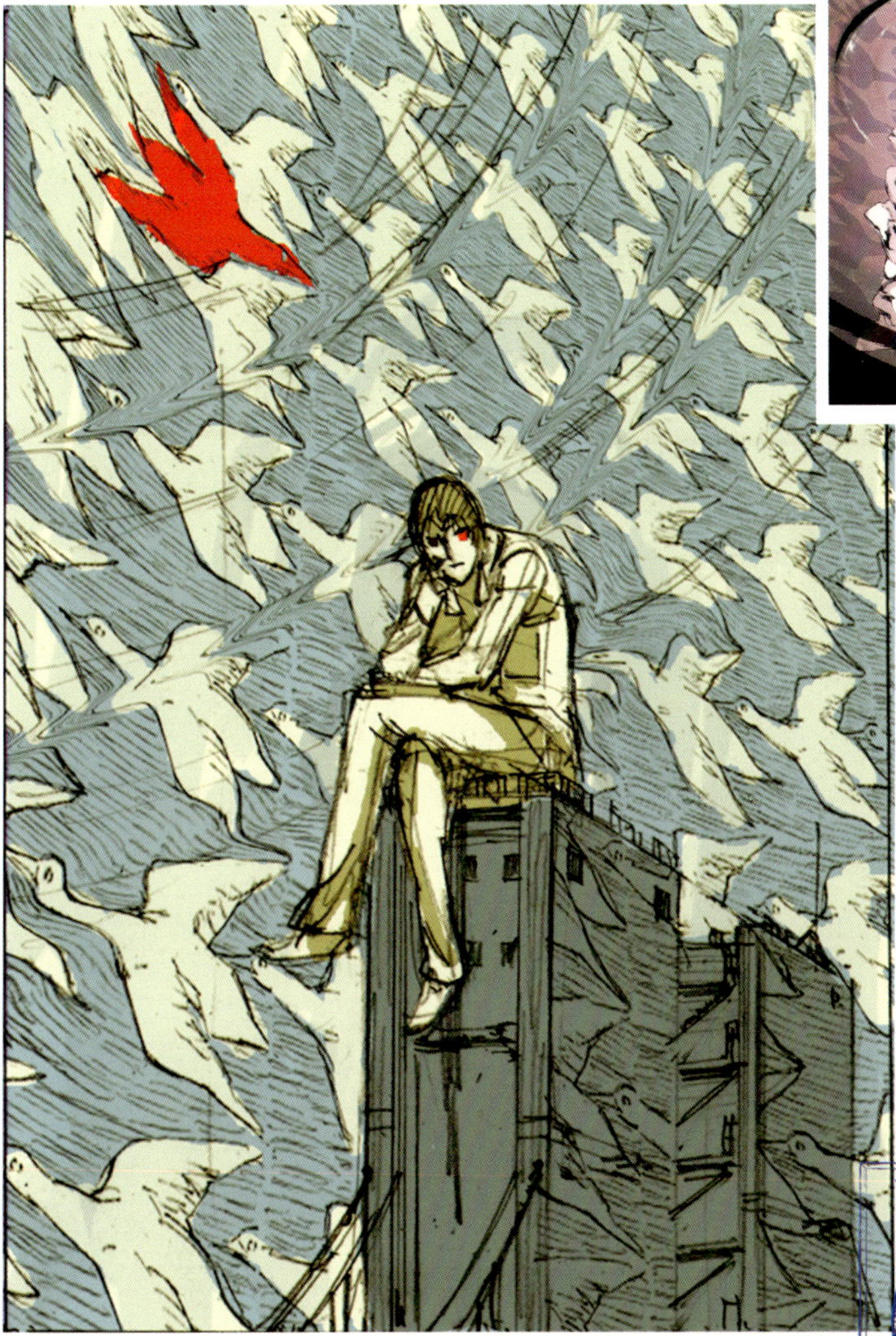

YASUSHI SUZUKI
05

自分的には文庫１巻の画よりも気に入っていたりします。いつも内心ではこれくらい表象的な表現を目指したいと思いつつ、すぐに忘れています。
没ラフは人物が小さめの案です。これとの比較もあって決定案がすんなり定まったかもです。本気で出した案ですが結果的に対案として検討材料になって万歳です。捨て案なんてありません。

鈴木康士画『心霊探偵八雲２　魂をつなぐもの』（2008年）より

YASUSHI SUZUKI

06

文庫６巻（上）・（下）の装画、正面向きの没ラフは某誌で仕上げました。もう一つは掛け替えカバーの没アイデア、裸の文庫本風なフェイクカバーとして電車内でもこれで安心じゃないかと……。決定稿は装画の人物はほぼそのままに、背景や小物を描き変えたものになりました。

鈴木康士画『心霊探偵八雲６　失意の果てに（上）・（下）』、
角川文庫「心霊探偵八雲＆神永学」フェア読者サービス用（2010年）より

YASUSHI
SUZUKI
07

新聞連載『いつわりの樹』３回目の挿絵ラフと、何かと勝手が良いマトリョーシカ八雲。それらの挿絵を組み合わせて加筆したポスター用アレンジは、2013年の個展の時に用意したものなのでちょっとレアかもしれない画です。

鈴木康士画『心霊探偵八雲　ANOTHER FILES　いつわりの樹』新聞連載時挿絵・ポスター用アレンジ（2013年）より

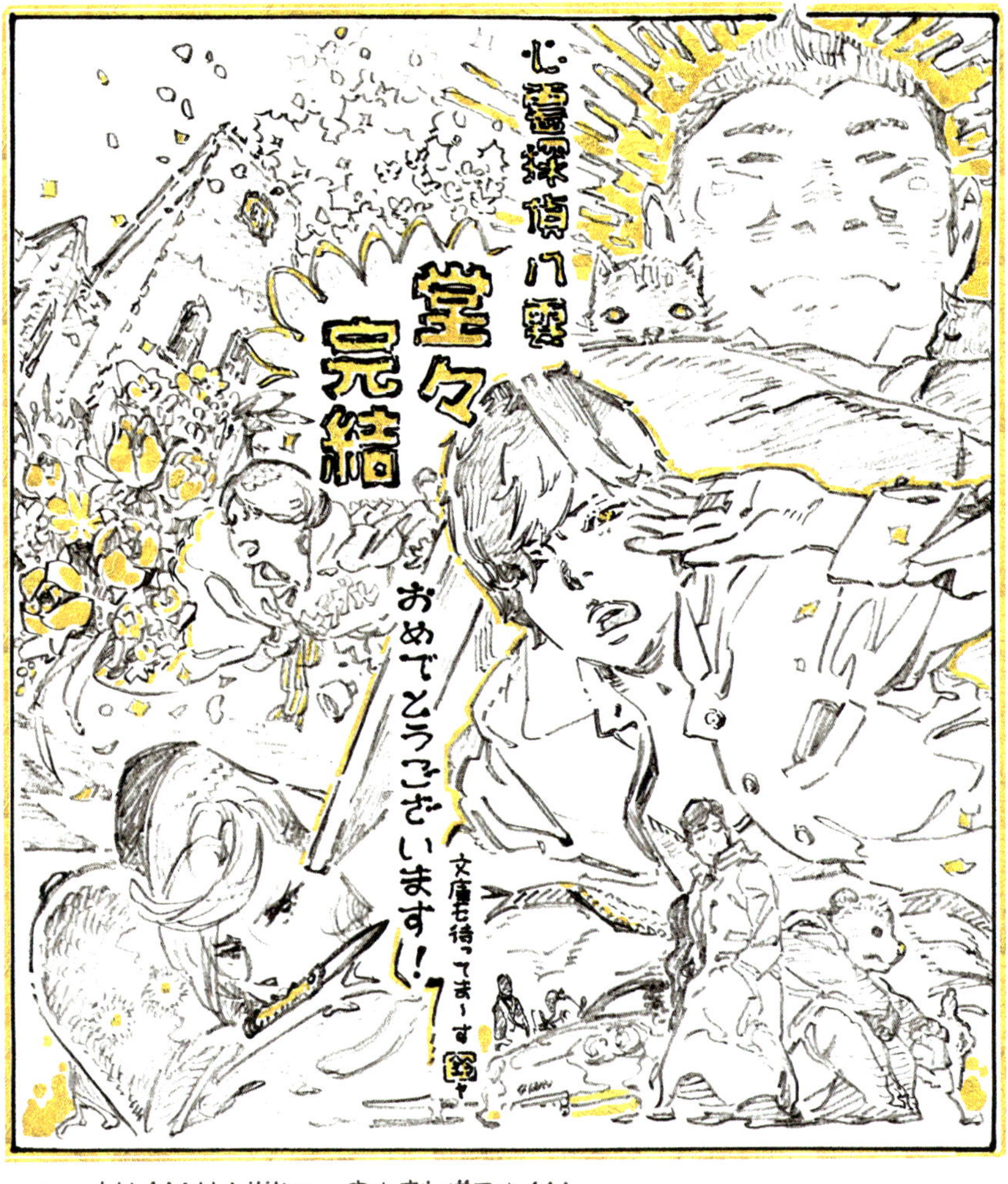

つい に完結!!! 神永学先生大変お疲れ様です!!!
ついつい文庫化を待ちきれず単行本で拝読してます、最終巻は特に最後まで最高にドキドキと感動でした。寂しい気持ちもありますが魅力的なドラマをありがとうございます!!
益々のご活躍と展開も期待しております☆　鈴木(康)

小説

それぞれの明日

必ず『心霊探偵八雲12　魂の深淵』を読んでから、このページを開いてください。

老兵の宴

「爺《じじい》。いるか？」

宮川英也《みやがわひでや》がドアを開けると、穴蔵のような部屋に、ちょこんと座った畠秀吉《はたひでよし》が、のんびりとお茶を啜《すす》っていた。

「何だ。海坊主か」

畠は何がおかしいのか、ひっ、ひっ、ひっ、と不気味な声で笑う。

「誰が海坊主だ！　妖怪《ようかい》爺が！」

宮川は怒声を上げたものの、畠は飄々《ひょうひょう》としている。

怒った自分がバカらしく思えてくる。

「で、何の用だ？　死体は上がってないはずじゃぞ」

畠が不思議そうに首を傾げる。

「別に用ってほどのもんじゃねぇよ。たまたま近くに来たから、寄ってみただけだ」

「警察というのは、いつからそんなに暇になった？」

「暇してるわけじゃねぇよ。ただ……」

宮川は、途中で言葉を呑《の》み込んだ。

正直、色々と思うところはある。七瀬美雪《ななせみゆき》の死体が発見され、一連の事件は収束を迎えた。

十六年前――七瀬邸の事件のとき、真っ先に現場に駆けつけたのは、誰あろう宮川自身だった。

ずっと引っかかっていた事件が終わったことで、何となく気が抜けてしまったのだ。

「お前さん。警察を辞めようと思ってるのか？」

畠が、宮川の心を見透かしたように言う。

趣味は仕事だと豪語する変態監察医で、生きた人間にはほとんど興味を示さない畠だが、ときどき、こうやって核心を突いてきたりする。

「どうだろうな。ただ、今回の事件が終わったことで、気が抜けちまったのは事実だ」

宮川は、ふうっと長いため息を吐いた。

かつては刑事課の課長だったが、後藤《ごとう》の不祥事の一件で、〈未解決事件特別捜査室〉という閑職に追いやられた。

それでも、腐らずにやって来たのは、七瀬美雪の事件が未解決だったから――というのがある。

だが、それも終わった。

実感するのと同時に、どっと身体に疲労が押し寄せてきた。

「石井《いしい》はいいのか？」

畠が、ずずっと音を立ててお茶を啜りながら訊《たず》ねてきた。

また痛いところを突く。

今、宮川が警察を辞めるということは、石井を置き去りにするということだ。少し前なら、それはできないと即答しただろう。

今は少し違う。

石井はここ最近、目覚ましい成長を遂げている。今回の事件でも、独自の観点から率先して捜査を進め、解決に尽力した。

自分のような老兵など、いてもいなくても変わらないだろう。

宮川が、そのことを説明すると、畠がひっ、ひっ、ひっ、と相変わらずの不気味な声で笑った。

「お互い老いたな」

「うるせぇ！　いちいち言われなくても分かってるよ！」

「しかし、老いたからこそ、できることもある」

「はあ？」

「正直、わしも、そろそろ引退を考えておった」

「爺がか？」

意外だった。

仕事が趣味だと言い切る程だから、解剖室で死ぬくらいの気持ちでいるのかと思っていた。

「わしも年には勝てん。もう潮時かと思っておったが、少しばかり事情が変わってな」

「何が変わったんだ？」

「最前線に立つことはできなくても、後人の為に礎《いしずえ》になることはできるということじゃ」

「おれに、石井の礎になれってか？」

「わしらも、そうやって導いてもらったはずじゃろ？」

畠がぎょろっとした目を細めた。

何とも穏やかな表情だった。こんな妖怪じみた爺でも、こんな顔をするのか——と驚いた。

「気持ちの悪いこと言ってんじゃねぇよ」

「お前さんのような、勢いしか取り柄のない男が、警察を辞めるとか言ってる方が、よっぽど気持ちが悪い」

そう言って、畠はひっ、ひっ、ひっ、と笑った。

気色の悪い笑い方はともかく、その言葉は宮川の心に刺さった。

確かに、柄にもなく感傷に浸っていたかもしれない。

七瀬美雪の事件が終わったからといって、犯罪のない平和な世界になった訳ではない。これからも、たくさん事件が起きるだろう。

それに、石井は、成長してきているとはいえ、まだまだおっかなびっくりなところもある。

警察組織における処世術も、てんでダメだ。いくら優秀な捜査員だとしても、組織の中で闘えなければ、その能力を発揮することはできない。

そう考えると、教えなければならないことは、山積している。

「そうだな。まだ、石井を置き去りにする訳にはいかねぇかもな……」

宮川は苦笑いとともに口にした。

まさか、畠にこんな風に励まされることになるとは、思ってもみなかった。

「たまには、一杯やるか」

畠は、そう言いながらデスクの抽斗《ひきだし》を開けると、盃を取り出し宮川に差し出す。

「盃だけあっても、肝心の酒がねぇじゃねぇか」

盃を受け取りつつ宮川が言うと、畠は心得たとばかりに、今度はキャビネットの奥から一升瓶を取り出した。

――どこに酒をしまってるんだ。しかも、勝山《かつやま》純米大吟醸ダイヤモンド暁。一本三万円は下らない高級日本酒だ。

消毒液の臭いが充満した、穴蔵のような部屋で呑む酒ではないが、それもまた乙なのかもしれない。

畠が、盃に酒を注いだ。

なみなみと注がれた酒が、零《こぼ》れないように、宮川は一気に呑み干した――。

恥ずかしさの先に

コンビニのプラスチック製の買い物カゴを持ちながら、石井はどぎまぎしていた。

八雲《やくも》と晴香《はるか》の快気祝いを、後藤の家でやることになった。

石井は、真琴《まこと》と一緒に、酒類の買い出しを命じられ、こうしてコンビニに足を運んでいる。

たったそれだけのことだ。

だが――。

事件以外で、こうして真琴と二人で行動しているということが、石井を落ち着かない気分にさせた。

買い出しが嫌なわけでも、まして真琴と二人が居心地が悪いわけでもない。

――楽しすぎる。

ただ、買い物カゴを持って、コンビニを歩いているだけなのに、満たされた気分になり、心がふわふわしている。

「お酒が呑めない人もいるでしょうから、ウーロン茶も買って行きましょう」

真琴が、冷蔵棚にあるペットボトルのウーロン茶を手に取り、石井の持つ買い物カゴに入れた。

「そうですね。あっ、奈緒《なお》ちゃん用に、オレンジジュースとか、あった方がいいかもしれません」

石井が言うと、真琴が「そうですね」と明るい笑みを浮かべた。

思わずドキッとして、体温が上昇した。

「石井さん。どうしたんですか？　顔が赤いですよ？」

真琴が、石井の顔を覗《のぞ》き込んでくる。

ふわっとシャンプーの香りがした。そのことが、また石井の体温を上げた。

このままだと、そのうち燃えてしまいそうだ。

「いえ。な、何でもありません」

石井は、慌てて頭を振った。

「そうですか？」

真琴は、不審そうにしながらも、今度はお菓子類の棚に足を運んだ。楽しげにお菓子を選別している真琴は、いつもより幼く見えた。

その姿がまた、新鮮だった。

この幸せな時間が、いつまでも続けばいいのに――石井は、本気でそう思った。

一通り買い物を終えたときには、参加者の人数が多いせいもあって、買い物カゴ二つがいっぱいになった。

「これで、だいたい揃いましたね」

「はい」

石井と真琴で、一つずつ買い物カゴを持ってレジに行った。

金髪で顔のあちこちにピアスをしたバンドマン風の女性の店員が、無表情に「いらっしゃいませ」と言ったあと、緩慢な動きで商品のバーコードを読み取って行く。

「あっ！　このシュークリーム、美味《おい》しいんですよね」

レジ近くにある、スイーツの並んだ棚を指差しながら真琴が興奮気味に声を上げた。

「真琴さんも、シュークリームとか食べるんですか？」

「食べますよ。むしろ大好きです」

「大好き……」

その言葉に、過剰に反応してしまった。

真琴はシュークリームを大好きだと言ったのだ。それなのに、まるで、自分が言われたかのように錯覚して、心臓が早鐘を打つ。

「私が、シュークリーム食べるのって、そんなに変ですか？」

真琴が訊ねてくる。

石井の反応を勘違いして受け取ったらしい。

「い、いえ。そういう訳ではありません。ただ、その……」

「何です？」

「いえ。あの……真琴さんが、いつもと違う感じなので、その……」

どう言っていいのか分からず、しどろもどろになってしまう。

「いつもと違います？」

「あ、いえ。その。つまり、いつもの真琴さんは、仕事一筋って感じで、格好いいというか、何というか……」

「今は、違うんですか？」

「はい。いえ。あの……」

「そっか。そういえば、石井さんとは、事件のときしか、一緒にいませんでしたね」

真琴の声が、どんどん沈んでいくようだった。

どうやら、石井の曖昧《あいまい》な発言のせいで、真琴は妙な勘違いをしてしまっているようだ。

「違うんです。私はただ……」

「何か、ちょっと寂しいです」

「へ？」

「事件が起きなかったら、石井さんと会うことはないのかなって……。あっ、こんな言い方、不謹慎ですよね。忘れて下さい」

真琴が、苦笑いを浮かべながら頭を振った。

「私は……」

「変な空気になっちゃいましたね。ごめんなさい」

「あ、いえ……」

石井は、曖昧に返事をしつつ、真琴から視線を逸《そ》らした。

――いつもこうだ。

石井は自分に自信が持てない。だから、全てを曖昧にして、相手に判断を委《ゆだ》ねてしまうのだ。

今の真琴との会話がまさにそれだ。

素直に自分の気持ちを、口に出していれば良かったのに、どうしても躊躇《ためら》ってしまう。そんなことを言ったら、相手が嫌がるのではないか――と気にかけ過ぎて、言葉を濁してしまう。

本当は――。

「いつもと違う真琴さんが可愛くて、ドキッとした。シュークリームを大好きだと言ったとき、まるで私のことを大好きだと言ったのだと勘違いして、舞い上がってしまった。もし、真琴さんが私のことを好きになってくれたら、どんなに幸せか――私は、こんなにも真琴さんが好きなのに！」

「石井さん」

真琴に声をかけられ、石井ははっと我に返る。

「あ、はい」

「声に出てましたよ」

真琴が、顔を真っ赤にしながら言う。

「へ？」

「その……さっきから、大きな声で、私のことを……」

「へ？　こ、声に出ていましたか？」

「はい」

真琴が、小さく頷《うなず》く。心の内の呟《つぶや》きが声に出てしまっていたなんて、恥ずかし過ぎる。

「あ、あの――どの辺りから？」

おそるおそる訊《き》いてみた。

「いつもと違う私が、云々《うんぬん》――という辺りから」

真琴が顔を伏せる。

――何ということだ。

ほとんど全部ではないか。これはもう、真琴の顔をまともに見ることができない。

「す、すみませんでした！　今の発言は、全部忘れて下さい！」

石井は、慌てて頭を下げた。

もう恥ずかしくて死にそうだ。このまま、消えてなくなりたい。というか、こうなったらもう終わりだ。

真琴に嫌われたのは確定だ。この先、いったいどうやって生きていけば……。

「忘れていいんですか？」

真琴が訊ねてきた。

「え？」

視線を上げると、真琴が顔を真っ赤にしながらも、石井を見ていた。

「私は、嬉《うれ》しかったんですけど、本当に忘れてしまっていいですか？」

——嬉しい？

石井は、意味が分からず、キョトンとするばかりだった。

「えっと……それは、いったいどういう……」

「私も、石井さんと同じ気持ちだったのに、忘れた方がいいですか？」

真琴の言葉が、あまりに衝撃的過ぎて、石井は言葉の意味を理解するのに、たっぷり十秒はかかった。

「あの、それって……」

石井の言葉を遮るように、パチパチと拍手する音がした。

みると、金髪ピアスの女性店員だった。

「おめでとうございます」

女性店員が無表情に言った。

途端、石井は、コンビニのレジの精算中に、自分の世界に入り込んでしまっていたことに気づいた。

コンビニのレジ前で、こんな会話をしてしまうなんてヤバ過ぎる。

「あっ……」

何か言おうとしたが、あまりのことに声が出なかった。

「誓いのキスでもします？　今、他にお客さんいないので」

金髪ピアスの店員が、気怠《けだる》げに言う。

――うおぉぉ！

色々な感情がごちゃまぜになり、叫び出したい衝動に駆られたが、辛うじてそれを堪《こら》えた。

「あ、あの――お会計」

石井は、大慌てで代金を支払うと、買い物袋をひったくるようにして、真琴と一緒にコンビニを飛び出した。

恥ずかし過ぎる。

もう、このコンビニは二度と使えない――。

「ああ。恥ずかしかった。人生で一番、恥ずかしかったです」

真琴が、息を切らしながら言った。

同感だった。

たぶん、これよりも恥ずかしいことは、この先、一生ないだろう。そう思うと、気持ちがすっと落ち着いた。

もう恥はかいた。石井の気持ちも知られてしまった。

こうなったら、何も怖れるものはない。だから――。

「あの――真琴さん。改めて、お話ししたいことがあります」

石井が告げると、真琴が「はい」と大きく頷きながら、優しい笑みを浮かべた――。

宴の準備

「手伝うよ――」

晴香は、台所に足を踏み入れ、母の恵子《けいこ》に声をかけた。

今、台所では、恵子と後藤の妻である敦子《あつこ》、それに奈緒まで、快気祝いに向けての準備をしている。

てっきりどこかのお店を借りてやるのかと思っていたが、まさかの後藤の家で、手作り料理が振る舞われるホームパーティー形式だった。

八雲、後藤、英心《えいしん》の三人は、居間で寛《くつろ》いでいるが、晴香は同じようにじっとしていることができなかった。

女性だから――というわけではなく、周囲に気を遣われるのに慣れていないのだ。

「これは、晴香ちゃんの快気祝いなんだから、向こうでゆっくりしてて」

敦子が手際よく、鶏肉《とり》を揚げながら言う。

「で、でも……」

石井と真琴は、酒類の買い出しに出ている。晴香だけ、何もしないというのは、何だか申し訳ない。

「あっちに行ってなさい。どうせ、大した戦力にならないんだから」

恵子が、追い出すように手を払う。

「失礼なこと言わないでよ。一人暮らしだったんだから、それなりにできるよ」

「どうだか」

「何それ。子ども扱いしないでよ」

「あんたは子どもよ。これから、結婚しようが、子どもを産もうが、私にとっては、いつまでも子ども。だから、ずっと子ども扱いする」

恵子は、笑みを浮かべてはいたが、その目は真剣そのものだった。

自分は愛されているんだ。そのことを、改めて痛感した。あのとき、死んでいたら、そのことに気づくことができなかったかもしれない。

いや、そうじゃない。

ずっと分かっていたのに、姉の綾香《あやか》のことを引き摺《ず》ってばかりで、それに気づこうとしなかったのだ。

あのとき、自分の名を必死に呼び続ける恵子の声が聞こえた。

死んではダメだと、本気で叱ってくれる声――。

だから、晴香は戻ってくることができた。

恵子にとっては、晴香と綾香、どっちが大切とかではなく、二人とも等しく娘だったのだ。

自分が死んだ方が良かったのではないか——なんて、とんだ被害妄想だ。

恵子には、いっぱい心配をかけてきた。これからも、きっと心配をかけ続けるのだと思う。

でも、それでいいのかもしれない——。

「うぅ」

奈緒が、台所から追い出すように、晴香の身体を押してきた。

今日のところは、みんなの厚意に甘えた方がいいかもしれない。

「分かった。向こうに行ってるね」

晴香が頭を撫《な》でながら語りかけると、奈緒が嬉しそうに笑った。

そのまま台所を出ようとした晴香だったが、ふとこの場にいない人のことが気になった。

「お父さんは？」

晴香が訊ねると、恵子がぶっと噴き出すようにして笑った。

「来るわけないでしょ」

「そうなの？」

「少なくとも、八雲君の前には、しばらく顔出せないんじゃない？」

「え？　どういうこと？」

意味が分からず聞き返すと、恵子が「そうか。まだ言ってなかったわね」と呟きつつ説明をしてくれた。

それによると、一裕《かずひろ》は、晴香が水門から落とされたあの日——八雲に向かって「金輪際、うちの娘に近付かないで欲しい」と言い放ったらしい。

「言いそう」

それが、晴香の率直な感想だった。

「でしょ。でも、分かってあげてね。悪気があったわけでもないし、八雲君が嫌いってことでもないの。ただ、あなたを守りたかったのよ」

「うん。分かってる」

恵子に言われなくても、それは理解している。

一裕もまた、晴香を心から大切に想ってくれているが故の言葉なのだろう。

「一応、誘ったんだけど、返事すらしなかったわよ。で、さっさと長野に帰っちゃった」

「そうなんだ……」

素直になれない一裕が、何だかかわいそうになってきた。

「反省はしてるのよ。言い過ぎたって。でも、ああいう性格の人だから、娘の恋人に謝るなんて、絶対にできないわね」

恵子が、楽しそうに笑った。

確かに前途多難だ。

――あれ？　ちょっと待って。

自分は、八雲の恋人というポジションでいいのだろうか？　はっきり、そう言われた訳ではない。

そう思うと、急にモヤモヤしてきた。

「私って、恋人なのかな？」

自分でも意識することなく、言葉にしていた。

これまで、てきぱきと料理していた恵子と敦子が、ピタリと動きを止めた。まるで時間が止まったようだ。

「え？　あんたたち、まだそんなこと言ってんの？」

しばらくの沈黙のあと、恵子が晴香に詰め寄って来る。

「あ、えっと……まだ、はっきりと言葉では……」

「何してんのよ。私から、八雲君に言ってやるわ。はっきりしなさいって」

「だ、大丈夫。自分でちゃんとするから」

今にも台所を飛び出して行きそうな恵子を、晴香は必死に押し止《とど》めた。

恋愛の話に親が出てきたら、ややこしくなること間違い無しだ。それに、親に取り持ってもらうなんてみっともない。

何とか恵子を宥《なだ》めた晴香は、ふうっとため息を吐いてから、台所を出て居間に向かった。

——あれ？

色々と話そうと思ったのだが、居間には肝心の八雲の姿がなかった。

後藤の決断

「で、お前さんは、これからどうするつもりだ？」

台所で、快気祝いの準備が進む中、居間に座っていた後藤に、英心が問いかけてきた。

「どうするってのは、どういう意味だ？　だいたい、何でお前がいるんだ」

後藤は苛立《いらだ》たしげに言う。

そもそも、英心は呼んでいなかったはずだ。それなのに、どこで嗅《か》ぎ付けたか、気づいたらここにいた。

「わしも事件解決を手伝ったんだ。文句を言われる筋合いはない」

英心がぴしゃりと言う。

まあ、事件解決に英心の助力があったことは、疑いようのない事実だ。ただ、素直に認める気にならない。

「あの程度で、手伝ったとか言ってんじゃねぇよ」

「意地を張るでない。こういうときは、全て英心様のお陰でございます――と頭を下げればいいんじゃ」

「誰が言うか！」

「まあいい。それより、そろそろはっきりさせるべきだと思ってな」

英心が、急に緩んでいた表情を引き締めた。

「何をだ？」

「この寺のことだ」

「寺――」

「そう。いつまでも、住職不在な上に、第三者であるお前さんに、家を貸し出している訳にはいかん――そう言っているんだ」

ずんっと心が重くなった。

これまで、英心の口利きのお陰で、この庫裡《くり》に住むことができていたが、ずっとこのまま住み続けるという訳にはいかない。

それに、寺に住職が不在というのも大きな問題だ。

「そうだな。そろそろ、転居先を見つけなきゃならねぇかもな」

後藤は、ため息とともに口にした。

正直、貯金はあまりない。警察を辞めてから、探偵稼業を始めてみたものの、実入りはよくない。

実質、敦子のパートで食いつないでいる状態だ。

新しくアパートを借りるにしても、敷金礼金などの頭金が出せないのが実情だ。

自分一人ならいいが、敦子と奈緒がいる。家族を養っていく為にも、探偵稼業から足を洗って、安定した収入のある職に就く必要がある。

「そのことなんだがな。わしにいい考えがある」

英心がにやりと笑った。

「何だ？」

後藤は、嫌な予感を抱きつつも訊ねる。

「お前さんが、僧侶《そうりょ》になればいいんじゃよ」

――やっぱりだ。

これまで、英心から幾度となく提案されてきたが、あまりに無謀だ。

「バカを言うな。そう簡単に、僧侶になれる訳がねぇだろ」

「だから、わしがお前さんに直接指導してやる。そうすれば、この家にいたままで、僧侶になれるという寸法だ」

英心は、さも名案であるかのように言うが、後藤には愚策としか思えない。

「悪いがおれは頭が悪い」

「知っている。じゃが、安心しろ。お前さんのような男でも、理解できるように、わしが懇切丁寧に教えてやる」

――絶対に嘘だ。

どうせボロカスに言われるに決まっている。毎日、英心と修行なんかしたら、心を病んでしまいそうだ。

それに――。

「おれは、僧侶になれるほど、人徳のある人間じゃねぇ」

自慢ではないが、激しやすい性格であることは、誰より後藤自身が自覚している。

一心《いっしん》のように、穏やかに人を諭すことなどできるはずもない。

「その辺は安心しておる」

「は？」

「わしも、資質のない人間を、無理矢理僧侶にするほど愚かではない」

「資質はねぇだろ」

「あるさ。お前さんは、他人の為に身を削ることができる人間じゃ。それは、誰にでもできることではない」

真顔で、そういうことを言われると、どう返していいのか分からなくなる。

「べ、別に、そんなんじゃ……」

「わしは、お前さんがいい僧侶になると思っている。だから、こうして声をかけているんだ」

「おれは……」

「わしも、先は長くない。唯一の気がかりは、この寺のことだけだ。年寄りの最後の願いだと思って、考えてみてはくれんか？」

英心が頭を下げた。

思えば、英心がこうやって頭を下げる姿を見たのは、初めてのことだ。英心が、ここまでしているのに、無下にすることはできない。

「考えておく」

後藤が答えると、英心はさっと顔を上げた。してやったりの笑みが浮かんでいる。

「そうか。そうか。受けてくれるか。これで、わしも一安心じゃ」

「まだ、受けるとは言ってねぇ。考えておくと言ったんだ」

「そうだな。早速、明日から修行に入ろう」

「だから――」

「しばらくは、わしもここに寝泊まりすることになるから、部屋を用意しておいてくれよ。あ、これは敦子さんに言った方がいいのか」

――ダメだ。全然聞いてない。

まあ、どうせ住む場所がすぐに決まる訳でもない。英心の最後の頼みだと思って、しばらく付き合うのもありかもしれない。

「あれ？　八雲君は？」

さっきまで台所にいた晴香が、居間に顔を出したことで話題が中断された。

「たぶん、一心の墓前だ。報告したいことがあるって言ってたから」

後藤が答えると、晴香が「そっか」と呟いた。

何だか浮かない顔をしている。この期に及んで、まだお互いに遠慮しているところがあるのかもしれない。

「行ってみたらどうだ？」

後藤は、お節介だと思いつつ提案した。

「そ、そうですね」

晴香は、恥ずかしそうに顔を伏せながら答えると、居間を出て行った。

その姿を見て、ふと思い当たった。

「ちょっと待て。寺を継ぐなら、やっぱり八雲なんじゃねぇのか？」

元々は、一心が住職を務めていた寺だ。甥《おい》っ子である八雲が継ぐのが自然な気がする。

「それはない」

英心が即答した。

「どうして？」

「八雲は、もう進路が決まっている。大学院に進むそうだ」

「大学院？」

「知らんかったのか？」

「ああ」

八雲と進路の話などしたことがなかった。

「八雲は、前からその意思があったようだ。何でも、御子柴《みこしば》とかいう准教授の先生から誘いを受けていたらしい。試験はパスしていたが、実際に進学するかどうか、躊躇っていたんじゃよ」

「どうして？」

やりたいことがあるなら、やるべきだと思う。

「金銭的な問題があるからな」

「ああ」

――そういうことか。

「ただ、一心は、生前から八雲のそうした意思を汲《く》み取っていて、学費を貯めていてくれた」

そうやって、先のことを見越しているところが一心らしい。後藤とは大違いだ。

いずれにせよ――。

「だったら問題ないだろ」

「八雲が、貯めてくれていたからといって、ほいほいとその金を使うようなタイプに見えるか？」

「いいや」

後藤は首を左右に振った。

八雲は、他人の厚意に甘えるのが下手だ。だから、いつも一人で抱え込む。それは、今回の事件でも痛感した。

「だから、わしから、八雲に言って聞かせた。一心が、お前の為に残したお金なんだから、遠慮せずに使うべきだとな――」

「それで、八雲は何と？」

「この寺のこともあるし、すぐに決断できない――と」

英心が、流し目で後藤を見た。

どこまでも嫌な言い方をする男だ。

「つまりは、おれが寺を継ぐかどうかにかかっているってことか？」

「まあ、そういうことだ」

「何てことだ……」

後藤は、呟きながらため息を吐いた。

伝えたいこと

墓石の前に立った八雲は、そっと手を合わせた——。

前にこの墓石の前に立ったときは、死ぬ覚悟でいた。全てに絶望し、自分の人生を終わらせるつもりでいた。

誰の手も借りず、一人で血の宿命に立ち向かうつもりだった。

現に、八雲は一人で七瀬美雪と対峙《たいじ》した。

だが——。

一人ではなかった。

八雲の心の内には、常に誰かの存在があった。

後藤であり、石井であり、真琴であり——そして、すでに死んでしまっているが、記憶の中で、一心や梓《あずさ》の存在を感じていた。

何より、命の炎を燃やしながら、後先考えずに姿を現した晴香——。

孤独なようで、常に誰かとの繋《つな》がりがあった。

そうした繋がりこそが、八雲と七瀬美雪との、決定的な違いだったのだろう。

もし、一人であったとしたら、七瀬美雪のように、深淵《しんえん》の中で闇に呑まれていたに違いない。

それを気づかせてくれたのは晴香だ。

晴香が、昏睡《こんすい》状態にあったときは、彼女と繋がりを持ったことを、後悔し続けていたように思う。

自分との繋がりを持たなければ、彼女があんな目に遭うことはなかった——と。

正直、今でもその気持ちは残っている。

自分とかかわることで、晴香を危険に晒《さら》すことになるかもしれない。

だが、それでも——。

ふっと背後に誰かが立つ気配がした。

不思議だった。振り返るまでもなく、そこに誰が立っているのかが分かった。

八雲が振り返ると、少し困ったような顔をした晴香がいた。

「後藤さんが、ここだろうって教えてくれて」

晴香は、言い訳をするように口にした。

「そうか」

八雲は、そう答えたあと、僅《わず》かに視線を落とした。

鼓動がいつもより少し速い。体温が、僅かに上がっているような気もする。自分でも、こんな風に感じることがあるのか——と少し意外だった。

八雲は、自らの中に生じた感情にはにかみつつも、視線を上げて晴香の顔を見た。

何かを察したのか、晴香の表情に緊張の色が窺《うかが》える。

「君に、言っておきたいことがある——」

八雲がそう言うと、晴香の顔は余計に緊張した。

「な、何?」

すんなりと言うつもりだったが、喉《のど》が詰まったようにすぐに言葉が出てこなかった。

それは、恐れからくるものなのだろう。

自分の言葉に、晴香がどう反応するのか——それを知りたいと思う半面、彼女を傷付けてしまうかもしれない。

いや、自分が傷付いてしまうことを恐れている。

それでも、言わなければならない。違う。これは義務として伝えるべき言葉ではない。自らの意思で、言うべき言葉だ。

「ぼくは、君のことが……」

風が吹いた。

口は動かしているのだが、春を報《しら》せる温かい夜風に呑み込まれて、何を言っているのか自分でも聞き取ることができなかった。

そうじゃない。本当は、自分の声が聞き取れないほどに緊張していたのだ。

——ぼくは、何を言ったんだ?

自分自身ですら戸惑っているのだから、晴香は余計に困惑しただろうと思っていたのだが、彼女は——。

笑っていた。

目にいっぱい涙を浮かべながら、これまで見たどの表情より、清々《すがすが》しい笑みを浮かべていた。

「私も——」

晴香は、そう答えると八雲の胸に飛び込んで来た。

その肌の温《ぬく》もりを感じながら、八雲は晴香に出会えた幸運に、心から感謝した。

そして——。

初めて、生まれてきたことを嬉しいと感じた——。

完結お祝い・応援コメント

「心霊探偵八雲」本編の完結に際して、シリーズゆかりの皆様から、温かいコメントをいただきました。関係者が寄せる「八雲」への思いとは？

河合龍之介

（俳優・舞台版『心霊探偵八雲　いつわりの樹』斉藤八雲役）

僕は当時八雲に寄り添いながら、多くの〝見えない何か〟にタッチしようともがいていました。役者という存在がその役の想いや叫びを代弁する使命を背負っているように、八雲の背負う宿命に呼応していたからだと思います。

そしてこれからの時代は、正にそんな八雲が向き合ってきた主題にフォーカスされていくような気がしています。ですので、完結をこのタイミングでむかえられたのには何か特別な意味を感じています。

最後に八雲が僕らにどんな問いを投げかけるのか楽しみです。

岡あゆみ

（女優・舞台版『心霊探偵八雲　いつわりの樹／魂のささやき』小沢晴香役）

神永先生、「心霊探偵八雲」の完結、おめでとうございます！

十六年間おつかれさまでした。

舞台を通じ、私もこの作品のメンバーに加われた事をとても嬉しく思います。演出者、演者、そして神永先生とも直接思いを交換しながら作った事を思い出します。

晴香ちゃんは、とても思い入れのある大切な役でした。晴香ちゃんにはぜひ幸せになってもらいたい!!　八雲くんお願い！

中村誠治郎

（俳優・舞台版『心霊探偵八雲　魂のささやき／魂をつなぐもの』斉藤八雲役）

「心霊探偵八雲」完結おめでとうございます。

舞台版八雲を演じさせていただいたのが、もう約十年前。

神永さんと稽古場でも飲みの席でも、八雲の話で盛り上がったこと、今でも鮮明に覚えております。

ここまで愛される作品に参加させていただき、本当に本当に幸せでした。完結はしましたが、八雲は僕の中でもずっと生き続けていきます。

松本若菜

（女優・舞台版『心霊探偵八雲　魂をつなぐもの』小沢晴香役）

「心霊探偵八雲」、本編完結となる十二巻の発行おめでとうございます。

私は二〇一〇年に舞台化された『魂をつなぐもの』で晴香役を演じさせていただきま

した。初舞台で上手も下手も分からない私でしたが、スタッフ・キャストの皆さんと約一ヶ月間で「心霊探偵八雲」の世界観を創り出した時間を今でも鮮明に覚えています。そして、初めて神永さんに私の晴香を見ていただく時に、とても緊張したのを覚えています。十六年という長い期間、人気作を世に送り出され続けた神永さん、一先ずお疲れ様でした。これからも素敵な作品を楽しみにしています。

久保田秀敏

（俳優・舞台版『心霊探偵八雲　いつわりの樹（再演）／祈りの柩／裁きの塔』斉藤八雲役）

この度は「心霊探偵八雲」シリーズ完結、誠におめでとうございます。

僕は八雲として舞台版の三作品に出演させて頂きました。初めての主演舞台がこの作品だったということもありましたし、今までの役者人生の中でも特に悩んだ作品であり、難しかった作品、そして勉強になった作品でした。

終わってしまうのはとても残念ですが、長い歴史を持つこの作品に携わることができて本当に幸せでした。

これからも八雲は、僕の中でも生き続けます。本当にありがとうございました！

美山加恋

（女優・舞台版『心霊探偵八雲　祈りの柩／裁きの塔』小沢晴香役）

舞台版「心霊探偵八雲」にて小沢晴香を演じさせていただきました、美山加恋です。

シリーズが完結されたということで、神永先生、長い間おつかれさまでした！　八雲くんたちをずっと愛し、書いてきてくださり、本当にありがとうございました。

私としては、二度にわたり晴香を演じさせていただきました。脚本も神永先生がこだわってくださり、何度読んでも楽しいお話にわくわくしながらお芝居させていただきました。

後藤刑事と八雲くんの会話も大好きだったのですが、毎回一番楽しみにしていたのはやっぱり謎解きのシーン。観ていて爽快なだけじゃなく、登場人物一人一人の背景や心情も細かく描かれていて、いろんなものを巻き込んでラストに向かっていくあのシーンを、舞台で表現する時の熱量の高さは「心霊探偵八雲」ならではの空気感で、とても好きでした。（八雲くんの台詞量はやはり膨大で、そういった意味でハラハラもしていましたが（笑））

あと、とても思い出に残っているのは普段原作者の方とお話しできる機会はあまりないのですが、神永先生はとても気さくな方で、作品について直接お話しさせていただけたことです。最後はいつも「大丈夫だよ、大丈夫大丈夫」と笑顔で見守ってくださっていたのもとても嬉しかったです。

舞台版最後の八雲となった『裁きの塔』は晴香としても特に大好きなお話で、改めて八雲くんを始めキャラクターたちへの愛をとっても感じることもできました。

「八雲」の世界の一員になることができ、とても光栄でした！　これからも変わらず、

「心霊探偵八雲」シリーズが沢山の人に愛され続けることを願っています！

東地宏樹

（俳優／声優・舞台版『心霊探偵八雲　いつわりの樹（再演）／祈りの柩／裁きの塔』ほか後藤和利役）


神永先生、「八雲」完結、おめでとうございます！

おめでとうなのかな。いや、やはり寂しい気持ちがします。

ドラマCDから、アニメ、舞台と、後藤を演じさせてもらい、その度に作品を読ませてもらって、すっかりファンになってしまいました。終わりは始まりと言います。うふふ。

とにかく、長い間素敵な作品をありがとうございました！

佐野大樹

（俳優・舞台版『心霊探偵八雲　いつわりの樹／魂のささやき／魂をつなぐもの／いつわりの樹（再演）／祈りの柩／裁きの塔』石井雄太郎役）


「心霊探偵八雲」完結（一度）お疲れ様でした。

自分も舞台版に関わらせて頂き本当に感謝致します。作品を通して神永先生をはじめいろんな方々と出会う事が出来ました。

また新たな作品を楽しみにしております。

個人的には……また何処かで八雲に会えたら嬉しいです（笑）

そしてまたご一緒出来るよう私も頑張ります!!

伊藤マサミ

（演出家・舞台版『心霊探偵八雲　いつわりの樹（再演）／祈りの柩／裁きの塔』演出）


先生と初めてお会いした日のことを、よく覚えています。

作品を舞台化するにあたり、先生の内に秘めた熱い思い、期待を語るお姿はまるで子供が遊園地に行くのを楽しみにしている時のような純粋さがありました。あの期間、先生と共に語り合い、一緒に作った舞台はこの先も忘れません。

大好きな作品です。ここまで本当にお疲れ様でした。そして堂々の完結、本当におめでとうございます。

小野大輔

（声優・アニメ版『心霊探偵八雲』斉藤八雲役）


スタッフ一同全身全霊で魂を注ぎ込んだ作品でした。

アニメ最終回で各々のキャラクターたちが感謝の言葉を紡いでいくシーン。「演者の皆さんのアドリブでお願いします」と託されたのをよく覚えています。唯一無二の大切な作品です。

この作品に関わったすべての方に、あの時の言葉をもう一度言わせてください。「ありがとう」

川島得愛
（声優・アニメ版『心霊探偵八雲』石井雄太郎役）


神永先生、そして「心霊探偵八雲」ファンの皆様、この度はシリーズがついに完結という事で駄文にはなってしまいますがコメントさせて頂きます。

申し遅れました、アニメ版『心霊探偵八雲』で石井雄太郎役を演じておりました川島得愛と申します。

アニメももう十年前になるんですねえ。原作も足掛け十五年以上、本当に凄い作品です。まずは神永先生、長きにわたり作ってきた作品が完結を迎えるというのはどんなお気持ちなのでしょうか？　簡単におめでとうございますと言って良いものではないような気がしております。とにかくお疲れ様でした。ファンの皆様方にとっても、愛している作品が終わるのは悲しい気持ちも強かったりするのではないでしょうか？

石井さんは私があまりやらない(笑)イケメンだったので当初はうまく演じられるか不安でしたが、見た目などで引きずられない、とても演じ甲斐のあるキャラクターでした。まだまだ作品を楽しんで、これからも何度でも様々な形で作品化される事を希望いたします。

小田すずか
（漫画家・コミックス『心霊探偵八雲』KADOKAWA刊／作画担当）


「心霊探偵八雲」完結おめでとうございます！　そして神永先生、十六年間にわたる執筆お疲れ様でした。

わたし自身も七年間にわたる漫画の執筆と共に成長させて頂きました。八雲や晴香、後藤さん達みんな、今までもこれからもずっと大切な仲間です。

都戸利津
（漫画家・コミックス『心霊探偵八雲　～赤い瞳は知っている～』白泉社刊／作画担当）


「原作既読でも楽しめるようどんどんアレンジしてください」。コミカライズにあたり神永先生からそうお言葉を頂いた時は、折角の人気作を変更するの!?　と困惑しましたが、それができるのは設定やキャラクターに魅力、強さがあるからなのだなと描きながら思い至りました。

「心霊探偵八雲」完結おめでとうございます。

鈴ノ木ユウ
（漫画家）

作家が主人公を育てる訳ではなく、主人公に作家が育てられるのだ。赤い左眼を持った青年、斉藤八雲が神永学さんを計り知れないほど成長させたことは間違いない。神永さんは八雲との別れをワクワクしながら書いたのか、寂しい思いで書いたのか……。そんなコトを想像しながら僕は今、『コウノドリ』の最終話の原稿を描いています。答えは、今度同郷の神永さんと山梨県で会ったら聞いてみよう。八雲くん、十六年間お疲れ様でした！

書店員座談会

宇田川拓也（ときわ書房本店）×梶浦佳世子（紀伊國屋書店新宿本店）

いつの時代も愛される、スタンダードノベル

全国の書店員さんにも熱心なファンがいるという「心霊探偵八雲」。本のプロにとって、このシリーズの魅力はどこにあるのでしょうか。ミステリ書評家としても活躍中のときわ書房本店の宇田川拓也さんと、親子二代で神永ファンだという紀伊國屋書店新宿本店の梶浦佳世子さん。書店員として、愛読者として、「心霊探偵八雲」を見つめてきたお二人に、語り合っていただきました。

取材・文：朝宮運河　　イラスト：小田すずか

物語を力強く動かしていく、ダイナミックな面白さ

――お二人と「心霊探偵八雲」シリーズの出会いを教えていただけますか。

宇田川　うちは夫婦揃って書店員なんですが、そもそも妻が「心霊探偵八雲」のファンで面白いという話を聞いていたんです。私もミステリ好きですし、オカルト的な事件を扱った作品は好物なのでどれどれ、という感じで手に取って、まんまとはまった（笑）。映像的な文章とスピード感のある物語に引きこまれ、すぐ最新巻に追いついてしまいました。

梶浦　私は母から借りて読んだのが最初です。母は読書家で、近所の書店で話題の本をよく買ってくるんです。その中に「心霊探偵八雲」もありました。「何これ、面白い！」と私が夢中になっているのに影響され、母も本格的なファンになりました。

宇田川　それは良い親子関係ですね。梶浦さんはシリーズのどこに惹かれたんですか。

梶浦　第一にキャラクターです。八雲、晴香をはじめとする大勢の魅力的なキャラクターが登場し、物語を力強く動かしていく。そのダイナミックな面白さというか。

宇田川　読み始めたら、先を確かめずにはいられなくなる。リーダビリティが圧倒的に高いんですよ。お店で購入されていくお客さんは、やはり女性が多いですか？

梶浦　メインは三十代前後の女性だと思います。でも意外に幅広いですよ。十巻の発売時、神永さんのサイン会を紀伊國屋書店新宿本店で開催させていただいたんですが、男性も含めさまざまな世代のファンがいらっしゃいました。ときわ書房さんはいかがですか。

宇田川　うちも二十代、三十代の女性が中心です。舞台から原作ファンになったという方もいますし、中学生くらいの子が親御さんと買って行かれるケースもありますね。

――お二人の推しキャラクターを教えてください。

梶浦　私は晴香ですね。同性ということもありますが、読者に一番近い位置のキャラクターという気がするんです。何を考えているのか分からない八雲に振りまわされ、一喜一憂する晴香を、ついつい応援したくなります。

宇田川　私は石井が好きなんです。頑張り屋だけどおっちょこちょいで、やたらに転ぶ（笑）。憎めないムードメーカー。

梶浦　健気な忠犬タイプでもありますね。読んでいると、石井から耳と尻尾が生えてくるように感じるんですよ（笑）。

宇田川　後藤にあれだけ殴られても、行くぞと言われたら「はい！」とついていく。根が素直なんです。真琴との関係も気になりますね。八雲はどう思いますか？

梶浦　うーん、好きですけど、積極的に関わりたいタイプではない、かなあ。

宇田川　ですよね。一巻の頃なんてぶっきらぼうを通り越して怖いし（笑）。シリーズを読み進めるうちに、内面が少しずつ見えてくるんですが、それでもつき合いにくいですよね。

梶浦　晴香だから、一緒にいられるんだろうなと思います。女性ファンでも晴香のポジションになりたいというより、二人の関係を遠くで眺めていたい、という人が多いのでは。

宇田川　神永ファンの皆さんは、八雲を「八雲くん」と呼びますよね。そこまで身近に感じられるキャラクターを生み出せる作家さんは、そう多くないと思います。

梶浦　後藤にしても真琴にしても、みんな架空の存在なのに実在感があるんです。

宇田川　音楽の世界には、「スタンダードナンバー」という言葉がありますよね。それに倣って小説の世界に「スタンダードノベル」があるとするなら、「心霊探偵八雲」がまさにそれだと思うんです。本を読み始めたばかりの十代に、「これは絶対お薦めだよ」と差し出せる定番作品。

梶浦　スタンダードノベル。いい言葉です。

宇田川　そこから神永さんの別のシリーズに手を伸ばすもよし、国内外の名作ミステリを読み漁るもよし。エンターテインメントの入り口の役割を果たしてくれるという点でも、「心霊探偵八雲」は素晴らしいんです。

――もし「心霊探偵八雲」のキャラクターと書店で一緒に働くとしたら、誰がいいですか。

梶浦　真琴ですね。頼れる先輩になってくれそう。ぜひうちのお店に来てほしいです。

宇田川　私も真琴かなあ。石井はとてつもないミスをしそうだし、後藤はお客さんが怖がる。あ、晴香という選択肢もありますね。

梶浦　男子アルバイトの士気が上がりそうです。八雲はバックヤードで伝票の整理かな（笑）。裏方作業はきっちりこなしてくれそうです。

登場人物の過去を知ると、シリーズの深みが増す

――シリーズ中、特に印象に残っている巻はありますか。

梶浦　私は『心霊探偵八雲6　失意の果てに』ですね。ずっと八雲を見守ってきた一心が、七瀬美雪によって傷つけられてしまう巻。一心が好きだったので、この展開には衝撃を受けました。

宇田川　物語の前半と後半を分けるターニングポイント。しかも衝撃的なだけでなく、あの事件がちゃんと後の八雲の変化に繋がっていくんです。

梶浦　それまでコンタクトで覆っていた左眼を、この事件以降、隠さなくなるんですよね。

宇田川　だから物語から退場した一心も、形を変えて存在し続けている、という気がしました。確かに名作ですね。

梶浦　宇田川さんのお好きな巻は？

宇田川　個人的な好みで言うなら、中学生時代の八雲が登場する『心霊探偵八雲 SECRET FILES　絆』。謎めいた八雲というキャラクターが、ちょっと理解できた気になれるシリーズ外伝です。八雲の左眼をきれいと晴香が語るシーンには、ぐっときました。

梶浦　外伝の「SECRET FILES」や「ANOTHER FILES」で登場人物の過去を知ると、シリーズ本編の深みがぐっと増しますね。外伝で描かれる事件が、本

編のどの時期にあたるのか確かめるのも楽しい。
宇田川　一巻完結で読みやすいですし、外伝からシリーズを読み始めるのもアリだと思います。

きっと予想を超える展開を見せてくれる

――いよいよシリーズが完結を迎えます（※本対談の収録は十二巻の発売前）。ずばり今のお気持ちは。
梶浦　十一巻があういう終わり方だったので、続きが気になって気になって……！　一刻も早く読みたいです。八雲と晴香には逆境を乗り越えて、必ずハッピーエンドを迎えてもらいたいですよね。
宇田川　どん底からの大逆転劇こそエンターテインメントの王道パターン。神永さんのことなので、きっと予想を超える展開を見せてくれると信じています。
梶浦　八雲には晴香の名前を、一度ちゃんと呼んでほしいんですよ。画面越しに呼びかけるシーンはありましたが、面と向かって呼んではいないはず。十二巻ではどうなっているかな。
宇田川　宿敵、七瀬美雪がどうなるかも気になる。あれほどのキャラクターがあっけなく倒されるはずがない。彼女の過去がどこまで明かされるかも、大いに気になります。
梶浦　本当にこれで終わりなんでしょうか。八雲たちとお別れするのは寂しいので、「ANOTHER FILES」だけでも書き続けてほしい。一方で、まったく新しい神永ワールドを読んでみたい気もするし、悩ましいです。
宇田川　長年続けてきた人気シリーズに区切りをつけるのは、作家として勇気が要ることだと思います。よく決断されたなと思う。きっとこれまでの自分を超えていける、という自信が、神永さんの中にあるんでしょうね。

エンタメ小説の定番として、世代を超えて読み継がれていく

――神永さんに、こんな作品を書いてほしいという要望はありますか。
宇田川　私は神永さんが描く少年が好きなんです。だから中高生くらいを主人公にした青春小説、あるいはその年代の少年たちの手本となるようなカッコいい大人の物語を読んでみたい。
梶浦　『心霊探偵八雲4　守るべき想い』のような学園もの、もっと読みたいですね。
宇田川　そうそう。逆に極悪人しか出てこない、ハードなミステリを読んでみたい。近年作風の幅を広げている神永さんなら、きっとすごいものが書けるはず。
梶浦　私は甘々なラブストーリーも読みたいですね。「心霊探偵八雲」にも恋愛要素は盛りこまれていますが、あそこだ

けを抽出したらどうなるか。すごく興味があります。

宇田川　個性的な女性キャラクターをメインにした作品も読んでみたいな。と、好き放題言いましたが、どこまで神永さんに聞き届けてもらえるでしょうか。

梶浦　期待しましょう！

――お二人が「心霊探偵八雲」の書店ポップを作るとしたら、どんな点をアピールしますか。

梶浦　そうですね、今浮かんだのは〈作家・神永学の代名詞〉。「心霊探偵八雲」は神永さんのデビュー作にして代表作。神永学の名前は知っていても、まだ読んだことがないという方にアピールしたいです。

宇田川　私はやっぱりスタンダードという面を打ち出すかな。〈面白いものを探しているならこれ！〉という感じで。エンタメ小説の定番として、これからも世代を超えて読み継がれていくと思います。

梶浦　十代で読むのと、大人になって読み返すのとでは感動するポイントも変わるでしょうしね。母と私のように親子二代、三代で「心霊探偵八雲」について語り合うのもきっと楽しいと思います。

宇田川　うちの店に職場体験に来てくれた小・中学生によく、「面白い本に出会ったらどんどん周囲に広めよう」と話すんですが、「心霊探偵八雲」はまさに人に広めたくなるシリーズだと思う。シリーズ完結後もきっと新たな読者を獲得するでしょうし、神永ファン書店員の一人として、そのお手伝いをしていきたいですね。

梶浦　同じ気持ちの書店員さんは、全国にたくさんいると思います。

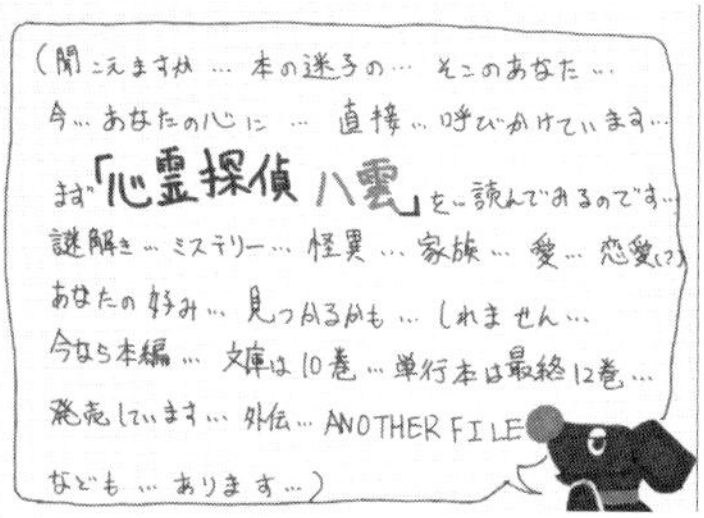

梶浦さん手書きポップ①

梶浦さん手書きポップ②

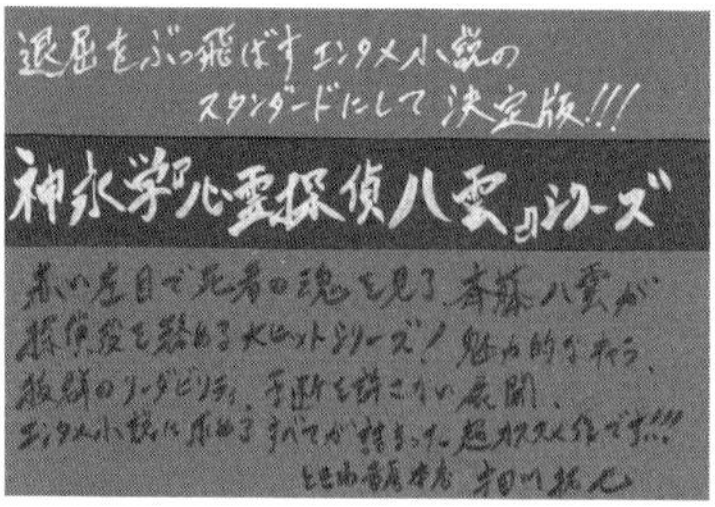

宇田川さん手書きポップ

特別掲載

開かずの間に巣食うもの
——幻のデビュー作『赤い隻眼』より

神永さんが自費出版で刊行した『赤い隻眼』は、いまやまったく中古市場にも出回らない激レアアイテムです。本作から「開かずの間に巣食うもの」を特別掲載。『心霊探偵八雲1　赤い瞳は知っている』の原型となった作品です。「心霊探偵八雲」シリーズはここから始まった！

その大学のキャンパスの外れに、雑木林がある。もともと山を切り開いて造ったようなキャンパスなので、不自然な風景ではない。

その雑木林を分け入った奥に、コンクリート壁造りの平屋の建物があった。本来何の目的で造られたのかを知っている者は誰もいない。今は只《ただ》の廃屋になっていた。

雑木林の奥にあることもあり、普通の学生生活を送っていれば、その存在にすら気付かないだろう。

しかし、その廃屋には、昔から幽霊が出るという噂があった。

ある者は、その廃屋近くで人影を目にし、後を追ったがその姿は忽然《こつぜん》と消えたという。また、ある者は、その廃屋の近くを通った時に「助けて。助けて」ともがき苦しむ声を聞いたという。ある者は、いや、あれは「助けて」ではなく「殺してやる」という呪いの声だったという。

そして、この廃屋にはもう一つの噂があった。

それは、建物の一番奥には、鉄製のドアに厳重に鍵《かぎ》をかけた開かずの間がある。中に何が入っているのかは誰も知らない。

何故なら、それを見た者は、今まで誰一人として戻って来なかったからだ――。

一

空っ風が吹いていたせいで、昼間のうちに雲は全部流されてしまったようだ。青白い月がよく見える。月影は音を吸収すると誰かが言った。そんな戯《ざ》れ言が、本当のことに思えるくらい静かな夜だった。

深夜一時。居酒屋で酒を飲んでいた和《かず》彦《ひこ》、裕一《ゆういち》、美樹《みき》の三人は、終電もなくなり、始発までの時間潰《つぶ》しの手段を考えていたところで、例の大学内に広がる噂のことを思い出した。

「噂が本当かどうか確かめに行こうか」

言い出したのは美樹だった。和彦と裕一も美樹の意見に賛成し、夜の大学に忍び込んだ。

三人とも酒が入っていたせいもあって、元気だった。校内に忍びこむと歌を歌いながら雑木林に足を踏み入れる。

そこは、想像していたよりずっと歩きづらく、問題の廃屋に到着した頃には、すっかり汗だくになり、酔いも大分覚めてしまっていた。

裕一が、せっかくきたのだから記念に写真を撮ろうと言い出す。そこで最初に和彦がカメラを構え、廃屋を背景に裕一を撮影する。フラッシュがコンクリートの壁に影を造る。

次に裕一がカメラを構え、和彦と美樹が並んで笑顔を向ける。再びフラッシュの光が廃屋の壁を浮かび上がらせた。

コツン！

何か金属がぶつかり合うような音。

「今、何か聞こえた？」

美樹が周囲を見回しながら声をあげる。

和彦と裕一も息を呑《の》んで耳を澄ます。

木の枝にわずかに残る枯れ葉がガサガサと音を立てていたが、それだけだった。

「気のせいだよ」

和彦がからかうように美樹に言う。それを聞いて、裕一が声をあげて笑う。美樹はふてくされた様子で和彦を睨《にら》む。

「何だ？　怖くなったのか？」

「ぜんぜん。怖くなんかないわよ」

美樹は怖くないことを証明するように、自分が先頭に立って建物の入り口に向かって歩き出した。和彦と裕一もあわてて美樹の後に続いた。

「鍵がかかってる」

入り口に着いて美樹が、ドアのノブをガチャガチャと回しながら言う。美樹に代わって和彦がノブを回してみるが結果は同じだった。

「こんなの簡単だよ」

裕一は、ちょっと貸してくれ、と美樹の髪からヘアピンを二本抜き取ると、ドアの前にしゃがみこむ。

「何をするんだ？」

「まあ見てな」

裕一は二本のヘアピンを真っすぐにのばして鍵穴に慎重に差し込むと、手元を確かめるようにしてヘアピンの角度を変えたり回したりしている。

しばらくして、カチッ。歯車の噛《か》み合う音がした。ピッキングだ。

「凄《すご》いね」

「お前そんなことできるの？」

美樹と和彦が感嘆の声を出す。

「こんなの、道具さえあれば簡単だよ」

裕一は得意そうに言う。

三人は鉄製のドアを開けて室内に足を踏み入れた。

外の冷たい風が室内に入りこみ、床に積もった埃《ほこり》を舞い上げる。外に比べて室内は暖かかったが、逆に自分の指先を見るのも不自由なほど暗かった。

和彦は持っていたライターに火を灯《とも》すとかざしてみる。ゆらゆらと揺れる小さな火では頼りなさすぎて、室内を見渡すことはできなかった。

一瞬白い光が瞬いて室内を照らし出す。美樹は、その光に驚いて飛び上がる。美樹の怯《おび》えようを見て裕一がニヤニヤ笑っている。裕一がカメラのフラッシュを焚《た》いたのだ。

「やっぱり帰ろうよ」

言い出したのは美樹だった。

「何だよ。今になって怖気《おじけ》づいたのか？」

和彦と裕一が声を合わせて言う。

「で、でも、さっきから誰かに見られているような気がするの」

美樹は隠れるように和彦の腕にしがみつく。

三人は、しばらく暗闇の中に目を凝らす。何もない。ただ真っ黒な闇が部屋全体を覆っているだけだった。

「大丈夫。平気だよ」

和彦は美樹にそう言うと、壁を伝ってゆっくりと歩き始めた。

「ねえ、何かあったら守ってよ」

美樹は和彦の腕を引っ張りながら言う。

「ああ、任せとけ」

和彦は軽い調子で言うと、美樹の肩を軽く叩《たた》いて再び歩き始めた。

正面入ってすぐの広いフロアーのような部屋を抜けて、その奥に伸びる廊下に進む。

廊下は人が擦れ違うのがやっとの広さだった。そして、その両側には、等間隔でドアが並んでいて、そのドアの向こうには四畳ほどの広さの部屋があった。各部屋には、一台ずつベッドが置かれていて、そのほかには何もない。

三人は、壁伝いに問題の開かずの間を目指した。

廊下の突き当たりにその部屋はあった。

何とも不気味な部屋だった。ほかの部屋とは明らかに違う重量感のある鉄製のドア。そのドアには鉄格子付きの覗《のぞ》き窓があった。通常の鍵のほかに、幾重にも鎖が巻き付けられ、ダイヤル式の南京錠《ナンキンじよう》がかけられていた。

「これは開けられないな」

裕一は南京錠を見て言う。

「ここにいったい何が入ってるんだ？」

和彦は、背伸びをして覗き窓から部屋の奥の闇を見つめる。

「何か見えたか？」

「何も。真っ暗でよく分からん」

何も見えないと和彦が諦《あきら》めかけた時

カサッ！

闇の奥で何かが動いた。部屋の隅の影が一番濃くなっている場所。そこに何かいる。和彦はその一点を凝視した。

目！

和彦は、闇の中にいる何かと目が合った。闇の中にあって、その目は異常なほど鮮明に見えた。白く濁った瞳《ひとみ》。眼球に浮き出した血管。憎しみに満ち溢《あふ》れ、全てを飲み込んでしまいそうな目。

和彦は悲鳴をあげて、後ろにとびのくと尻《しり》もちをついた。

「どうしたの？　何かあったの？」

美樹の呼びかけに、和彦は怯えた表情のまま、何かを言おうと口をパクパク動かしていたが、呼吸が乱れて巧《うま》く話せない。ひゅー、ひゅー、と喉《のど》が鳴るだけだった。

和彦は、裕一の助けを借りて何とか立ち上がる。

「あの中に何かあったのか？」

裕一が和彦に問いかける。和彦は、ド

アの方に目を向ける。それに併せて裕一も同じ方を見る。次の瞬間、和彦と裕一は言葉を失った。

覗き窓の鉄格子の隙間から、とても生きている人間のそれとは思えない青白い手が伸びてきて、いきなりドアを背にしている美樹の肩を摑《つか》んだ。

美樹は、ハッとした。和彦と裕一は目の前にいる。だとすると、今私の肩を摑んでいるのは誰？　彼女には振り返ってそれを確かめる勇気はなかった。美樹の頭からスーッと血が引いていく。力が抜けて悲鳴をあげることすらできない。

美樹は、震える手を懸命に前に出し、和彦と裕一に助けを求める。しかし、和彦と裕一も、恐怖に硬直してまったく動くことができなかった。

「……お願い……助けて……」

美樹は搾り出すように掠《かす》れた声をあげた。裕一は、美樹をドアの前から引き離そうと、美樹に向かってゆっくりと手を差し出す。

その瞬間。

鉄格子の隙間から、またあの目がのぞいた。それは、まるで生きていることを否定しているかのような目だった。

「ウワーッ！」

和彦も裕一も、頭の中が真っ白になり、もう美樹どころではなく、悲鳴をあげると後ろも見ずに逃げ出した。

「待って、置いていかないで」

美樹のその悲痛な叫びは、声にはならなかった。そして、誰にも届かなかった……。

これは、事件のほんの始まりにすぎなかった。

二

小沢晴香《おざわはるか》は、サークルの先輩に紹介された人物を訪ねるために、校舎のB棟の裏にあるプレハブ二階建ての建物に向かっていた。その建物は四畳半ほどの小部屋が、一、二階にもそれぞれ何室かあって、大学側が、部活動やサークル活動を行う拠点として、生徒に貸し出していた。

一階の一番奥に目指す部屋はあった。

『映画研究同好会』

晴香はプレートを確認してからノックをする。返事はない。失礼かとは思ったが、ドアを開けて中を覗いてみる。

ドアを開けるとすぐ、正面に座っている長身の男と目が合った。ワイシャツをだらしなくはおり、髪は寝癖で跳ね上がっている。最近無造作ヘアというのが流行《はや》っているが、その男の髪は誰がどう見てもそれは見事な寝癖だった。そして今にも眠ってしまいそうな、半開きの目でまじまじと見つめられて言葉に詰まる。

「あ、あの」

「入ったらドアを閉めてもらえますか？」

晴香の言葉を遮るように男が言う。晴香はあわてて部屋の中に入ると、ドアを閉める。

部屋の中には、正面の男のほかに二人の男がいた。その二人の男は、一枚のトランプを正面の男に隠すようにして二人で見ていた。カードはスペードの５。

「悪いけど、用があるなら、そんな所に立ってないでそこにかけて待っていてもらえませんか？　集中できない」

晴香はあわててドアを離れ、男が指差した壁際にある椅子に座ろうとして眉《まゆ》をしかめた。よくこんな椅子に座れなんて言えたものだ。その椅子のシートは、元の色が何なのか分からなくなるくらいに埃が積もっていた。白いスカートを履いている女の子に向かって、こんな所に座れと言う男の神経が分からない。晴香は立ったまま待つことにした。

当の男は、目を閉じ、眉間《みけん》を指で摘《つま》みながら、何かを考えている様子だった。やがて、目を見開くと呟《つぶや》くように言う。

「スペードの5」

当たった。さっき男が見ていたのは確かにスペードの5だった。晴香は驚きを隠せなかった。対して、二人の男は落胆の声をもらし、カードをテーブルの上に投げ捨てる。

「くそっ。またやられた」

男たちは、悪態をつきながらポケットから千円札を取り出し、テーブルの上に置くと、部屋を出て行った。

「どうぞ、用事があったんでしょ？」

晴香は勧められるままに、さっきまで二人組みが腰掛けていた椅子に座る。こっちの椅子には、流石に埃は積もっていなかったが、元の色が分からないのは同じだった。

「あの、もしかして斉藤八雲《さいとうやくも》さんですか？」

「そうだよ」

晴香は、サークルの先輩から映画研究会の斉藤八雲という男は、超能力のようなものが使えると聞いていた。さっきのトランプ。まさしくあれは超能力に違いない。

「で？」

八雲が話の先を促した。

「実は、サークルの先輩に紹介されてきたんですけど」

「誰？」

「相澤《あいざわ》さんです」

「知らない。誰だ？　そいつ」

「え？」

晴香は困惑する。紹介されてきたのに、当の本人はまったく相手を知らないという。完全に虚をつかれて言葉に詰まってしまう。

「まあ、誰の紹介でもいいや。何しにきたのか要約して説明してくれ」

「あの、えっと、友達が大変なんです。斉藤さんが、あっちの方に詳しいと聞いたんで、その、助けて欲しくて」

「要約しすぎで、全然意味が分からない」

「あ、すみません。ちゃんと説明します」

「ところで、君は何処の誰？」

嫌な奴だ。晴香は真っ先にそう思った。この人は、さっきからまったく表情を変えていない。ずっと眠そうなままだ。まるで、人があわてているのを見て喜んでいるみたいだ。

「あ、私、小沢晴香と言います。この大学の二年生です。文学部の教育学科で……」

「名前だけでいいよ」

八雲が晴香の話の腰を折る。晴香の感じた嫌な奴だという感情は、今度は怒りに近いものになる。

「それで、用件は？」

晴香は大きく息を吸い込み、爆発しそうな感情をのみこんでから話し始めた。

「実は、何日か前に私の友達の美樹って子が、この大学で幽霊が出るって噂のある廃屋に行ったんです。そこで、実際に幽霊を見たらしいんです」

「どんな？」

「私も詳しくは分からないんです。一緒に行ってないから。ほかに和彦って美樹の彼氏と、裕一さんっていう友達も一緒に行ったらしいんです」

「それで、わざわざ怪談話をしにいらしたんですか？」

「違います。それ以来美樹の様子がおかしいんです。ずっと眠り続けているんです。高熱を出して」

「最近の風邪は怖いからね」

「ですから！　ちゃんと最後まで話を聞いてください」

晴香は、八雲の皮肉たっぷりの言葉に、思わず大きな声を出した。抑え切れない苛立《いらだ》ちに満ちた視線を八雲に向ける。しかし、八雲は椅子によりかかり、相変わらずの眠そうな目をしている。表情は変わらなかったものの、晴香の抗議に、八雲は少しは話を聞く気になったようで、晴香に話を続けるよう促した。

「……ただ眠っているだけじゃなくて、ずっとうわ言のように〝助けて〟とか〝ここから出して〟とか言い続けているんです。もちろんお医者さんにも診てもらいました。でも、熱があるほかは、身体に特に異常はないって……おそらく精神的なものだろうって言うんです。彼女一人暮らしだし、彼女の親元に連絡を取っているんですけど、電話が繋《つな》がらなくて……私どうしたらいいかわからなくて相談にきたんです」

晴香は、話しているうちに弱気になっている自分が惨めに思えてならなかった。友人のために何かしてやりたいが、実際何もできないし、何をしたらいいのかも分からない。その間にも、美樹はどんどん衰弱していくように見える。藁《わら》にもすがりたいが、すがる藁がないのだ。

「それで、彼女の症状は、その廃屋で見た幽霊と関係があるかも知れないので調べて欲しいと？」

「はい。斉藤さんがそういうのに詳しいって聞いたんで」

八雲は大きく息を吸い込み、天井を見上げて何やら考えている。

「駄目？　ですか？」

「二万五千円。消費税込み」

「え？　お金取るんですか？」

「君と僕は友達か？」

「いえ、違います」

「じゃあ、恋人？」

「とんでもない」

「じゃあお金。恋人でも友達でもないのに無料で何かしてあげるって不自然でしょ」

「分かりました。払います。払いますけど、後払いにして下さい」

「前金で一万円。終了し次第残りの一万五千円」

晴香は財布の中から千円札を一枚取り出し、テーブルの上に置く。八雲は首を横に振る。晴香はやむなく後二千円出す。八雲は、また首を横に振る。

「今はこれ以上持ち合わせはないんです」

晴香は、八雲の目の前に空になった財布をつきつけて振ってみせる。

「分かりました。調べてみましょう」

八雲は晴香の財布を持った手を自分の前から押し戻しながら言う。

本当に調べてもらえるのか疑わしかった。正直、今までの会話の中では、この斉藤という男を信用できる要素はなにもない。しかし、ほかに頼むにも当てはない。

何か分かったら連絡して下さい。と晴香は自分の連絡先を書いたメモをテーブルの上に置いて立ち上がり、ドアのノブに手をかけた。

そこで、晴香は気が付いた。ドアにはポスターやら写真やらが沢山貼り付けてある。その中に紛れて小さな鏡が光っていた。

「さっきのトランプ」

晴香は振り返ると言った。

「危なく騙《だま》されるところだったわ。さっきのトランプの数字当て、あれインチキですね。ドアのところに貼ってある鏡。あれで、あなたの位置からはトランプの数字が丸見えになってる。……そうか、それで私をドアの前からどけたのね」

晴香は怒りで顔を紅潮させながら一気にまくし立てる。何てことだ。一瞬でもこの人を信じようとした自分の馬鹿さ加減にも腹が立った。

「正解。見抜いたのは君が初めてだ」

八雲は悪びれた様子もなく、しらっと言ってのけると、軽く拍手をする。

「最低……。お金返して下さい」

「何で？」

「何でじゃないですよ。あなた私からお金を騙し取ろうとしたんですよ。返して下さい」

信じられない。人の弱みにつけこむなんて。本当にそう思った。

「失礼なことを言わないでくれ」

「どっちがですか」

「別に騙すつもりはないよ。君の友達を助けられなかったら全額返すよ」

「そんなの信じられません」

晴香は断固主張する。この斉藤という男、図々《ずうずう》しいにもほどがある。

「だいたい、あなたに何ができるんですか？　超能力があるっていうからきたのに、只のインチキじゃないですか」

「超能力があるなんて誰が言ったんだ？　僕は言っていないよ」

晴香は言葉に詰まった。確かに八雲はそれは、超能力があるなんて一言も言っていない。晴香がサークルの先輩から聞いた話だ。しかし。

「超能力がないのなら、どうやって美樹を助けるんですか？」

「今から僕が言うことを信じるかどうかは自由だ。もし、信じるなら任せてくれればいい。信じられなければ、出口はあそこだ」

八雲は出口のドアを指差して言う。

「お金も返す」

八雲はテーブルの上に千円札を三枚置

く。

「さっきも言ったけど、僕は超能力者じゃない。ただ、ほかの人に見えないものが見えるんだ」

「謎々ですか？」

「分かりやすくいうと、幽霊だよ」

「そんな馬鹿な」

「僕からしてみれば、透視とか念力みたいな超能力の方がよっぽどバカバカしい」

「そこまで言うなら証明できますか？」

「証明になるかどうか分からないけど、今この部屋にも一人幽霊がいる」

晴香はあわてて周りを見回すが、当然誰もいない。

「そんな手に騙されませんよ」

「今、この部屋にいるのは、君のお姉さんだ。双子の……」

「姉さん？」

「そう、君の姉さん。名前は綾香《あやか》。七歳のときに交通事故で亡くなっている」

「どうしてそれを……」

「だから言っているだろ、見えるんだって」

晴香の表情が一瞬にして驚きに変わる。自分に姉がいたことは、ごく仲のいい友人しか知らないはずだ。なのに、何故初対面のこの人がそのことを知っているのだろう。腑《ふ》に落ちぬというより、何か得体のしれないものを感じた。

「君は、今でもそのことを悔やんでいる。お姉さんの事故は自分の責任だと思っている」

晴香の顔から血の気が引いた。今にも倒れそうなくらい頭の中が真っ白になった。耳鳴りがする。頭から血を流して道路に倒れている姉の姿が急に脳裏に甦《よみがえ》ってくる。

「君が投げたボールを取ろうとしたお姉さんが、道路に飛び出した。そこで……」

「やめて……私は……違うの……まさかあんなことになるなんて……」

──晴香がいくら呼びかけても、姉の綾香はピクリとも動かなかった。あまりに突然の出来事に動揺して、泣くことも叫ぶこともできなかった。晴香の手は、姉の頭から流れる血で真っ赤に染まった。血、ぬるぬるとした感触がはっきりと甦る。

「そうか……君は、わざとボールを遠くに投げたんだ。自分は何時もボールを逸《そ》らすのに、お姉さんは器用にボールを取ってしまう。だから、お姉さんが取れないように、わざと遠くにボールを投げたんだ」

「やめて！」

晴香は耐えられずに叫び声をあげた。手が震えた。呼吸が乱れた。どうして？誰にも話していないことだった。誰も知らないはずのことだった。自分の意志とは関係なく涙が溢れた。この涙が、どういう感情から溢れ出すものなのか、晴香自身分からなかった。

「いったいどういうつもりなの……」

晴香は掠れる声で絞り出すように言うと、上着の袖《そで》で涙を拭《ぬぐ》う。

「…………」

八雲は、晴香の問いには答えなかった。晴香は、八雲を一瞥《いちべつ》すると、立ち上がり、ドアを開けて出て行こうとする。

「信じられないなら、ほかにもある。君の姉さんは君に対して物凄く後悔していることがある。お母さんの指輪を隠したのは自分だと言っている。あの時は君が怒られたって……。指輪はゲタ箱の天板にガムで貼り付けてあるって……。ちゃんと言おうと思ったのに、言えなくなっちゃったって……」

　晴香は振り返らなかった。そのままドアを開けて部屋を出る。

「後、姉さんは君のことは恨んでないって言っている」

　ドアがけたたましい音がして閉まった。

「聞こえてないか……」

　八雲はつぶやいた。

　晴香のいなくなった部屋に、千円札が三枚置き去りにされていた。

　晴香は中庭のベンチに腰を下ろし、俯《うつむ》いていた。秋の乾いた風が肩まで伸びた髪の毛を掻《か》き乱す。今まで、誰にも話さず、ずっと自分の胸の中に抱えていた過去の記憶。それを、初対面の男に無造作に言い当てられた。抑えきれないほどの、怒りや屈辱感に襲われると思っていたが、実際は少し違った。怒りや屈辱が全くないと言うわけではない。だからと言って晴れやかな気分でもない。しかし、何か心の中が少し軽くなったような感じを受けた。晴香には自分のその胸中が不思議でならなかった。

　しかし、どうしても分からなかった。あの斉藤という男のやっていることは、ただのインチキにすぎないと思っていたのに、さっき言われたことは、インチキではどうしても説明できないものがあった。

　晴香は鞄《かばん》の中から携帯電話を取り出すと、しばらく考えた後に実家の電話番号をプッシュした。何回かのコール音の後に、母親が電話に出た。

「どうしたの？　あなたから電話してくるなんて珍しいわね」

「別に、ちょっと……」

「どうしたの？　何かあったの？」

「ねえ、母さん。ずいぶん前に指輪なくしたよね。まだ、姉さんが生きている頃」

「何よ、急に」

「ゲタ箱の天板の所を探してみてもらえる？」

「何なのよ、急に」

「何でも良いから見てきて」

「はい。はい」

　母親の呆《あき》れた声の後に、保留音が流れた。ショパンの「別れの曲」だった。姉の綾香はピアノが巧かった。大人が弾いても難しいとされるこの曲を、よく弾いていた。それに比べて、晴香はピアノに限らず音楽はからっきし駄目だった。どうしてもリズムがずれてしまう。よく姉の綾香と比較された。ピアノだけじゃない。勉強をやっても、運動をやっても、姉の綾香には敵《かな》わなかった。そのため姉の存在が疎《うと》ましいと思ったことさえあった。

　そして、あの事故。八雲のいうとおり、晴香はわざと姉が取れないようにボールを投げた。まさか、あんなことになるなんて思っていなかった。

　両親が悲しみにくれる姿を見て、自分がのうのうと生きていていいのだろうか？　と何度も考えた。もし、死ぬのが自分だったら、両親もここまで悲しまなかったのではないか？　そんなことも思った。姉は、きっと自分のことを恨んでいるに違いない。晴香がずっと抱えてきた苦悩だった……。

「あった。あったわよ」

　母親の声で晴香は我に返る。

「晴香、やっぱりあんたの仕業だったのね？」

「違う。姉さんよ」

「え？　何？」

　晴香は母親の問いには答えず電話を切った。晴香は指輪の隠し場所など知らなかった。知っているとすれば、姉の綾香だけだった。どうして分かったんだろう……。

三

　晴香は再び八雲の元を訪れた。ドアを開けて部屋の中に入ると、紙ヒコーキがゆっくりと旋回していた。

「何してるんですか？」

「紙ヒコーキ飛ばしてるんだ」

　紙ヒコーキはゆっくりと晴香の足元に着地する。

「見れば分かります。何でそんなことしてるのか聞いているんです」

　晴香は足元に着地した紙ヒコーキを拾い上げながら言う。その紙ヒコーキは、千円札で作られていた。

「別に理由はない」

「お金で紙ヒコーキ作る人、初めて見ました」

「どうぞ」

　八雲は、晴香に座るように促す。晴香は拾った紙ヒコーキをテーブルの上に置いてから、椅子に腰を下ろす。

「一つ聞いていいですか？」

　晴香の言葉に、八雲は黙ってうなずく。

「ここって、映画研究同好会の部屋ですよね。斉藤さん以外の人はいないんですか？」

「いないよ。だってここは僕の部屋だから」

「……どういう意味ですか？」

「そもそも映画研究同好会なんてないんだよ。簡単な話さ。学生課に行って、適当な学生の名前を借りて、同好会を作ったから部屋を貸して欲しいって申請しただけだよ。秘密の隠れ家みたいなもんだ」

「完全に私物化してるじゃないですか」

「そうだよ」

「本当に最低の人ですね。学校まで騙してる」

「あ、その三千円返すよ」

　八雲は紙ヒコーキに成り果てた千円札を指差す。

「インチキがバレたからですか？」

「インチキじゃないと思ったから戻ってきたんでしょ」

「どうしてそう思うんです？」

「あったんでしょ。お母さんの指輪」

　晴香は、探るような視線を八雲に向ける。本当に摑みどころのない男だ。八雲の言っていることには妙な説得力があるのだが、実際やっていることはインチキそのものだ。

「どうやってそれを知ったんですか？」

八雲は返事をしなかったが、その視線には、何度も説明しただろ？　という自信に満ちたものが含まれていた。

「教えてください」

「だから、君のお姉さんに聞いたんだよ」

「嘘に決まってる。あなたみたいなインチキ、幽霊が見えるとか言って騙してお金を取っている」

晴香はそう言ったものの、それが決して正鵠《せいこく》を射ている言葉ではないことはわかっていた。では、いったい何がどうなっているのかと思うと、わけがわからなかった。

二人の間に沈黙が流れた。少しだけ開いた窓から、低い唸《うな》りをあげて、冷たい空気が流れ込んでくる。晴香は、八雲をじっと見つめながら、彼が自分の言葉にどんな反応をするのかじっと待った。八雲は晴香の視線と、その意図を感じ取ったのか、親指の爪を噛みながら、慎重に次の言葉を思案している様子だった。

「じゃあ、こうしよう。今からその問題の廃屋に一緒に行ってみよう」

「一緒にって、私とあなたが？」

「ほかに誰がいるんだ？　一緒に行動していれば、僕が言っていることがインチキかそうじゃないか分かるだろ。僕がインチキじゃなければ、君の友達を助けられるかも知れない。仮に僕がインチキでも、一緒に行動していれば、それを見抜けるだろう。ドアの鏡みたいに。ま、僕はどっちでもいいけど。正直、君の友達がどうなろうと知ったこっちゃない」

晴香は、眉間に皺《しわ》を寄せてしばらく八雲の眼を見ていた。八雲は、晴香に疑いの視線を浴びせられてもたじろぐ風もなかった。ただ、無表情な眠そうな目で晴香を見返すだけだった。八雲が嘘をついていれば見抜けると思ったが、甘い考えだったようだ。晴香は諦めたようにうなずいた。

四

問題の場所に行く前に、美樹に会っておきたい。八雲の要望で、晴香は八雲を美樹のいる病院まで案内することになった。

大学を出て、歩いて二十分。駅の構内を抜けて反対側の出口を出てすぐの所にその病院はある。

「一つ聞いていい？」

八雲は黙ってうなずく。

「あなたは、除霊とかそういうのができるの？」

「そんな器用な真似できないよ」

「え？」

晴香は八雲の答えに面食らった。自信満々の割に、どうやって美樹を助けるのだろう？

「さっきも言ったけど、僕はただ死んだ人の魂が見えるだけだ」

「でも私の友達を助けるって……」

「助けられるかもだよ。もしかしたらってこと」

晴香は呆れたように八雲の顔を見た。

「何て無責任なの？　そんなんで私からお金取ろうとしたの？　今やってることも意味ないじゃない」

「そうでもない」

「どうして？」

「見えるってことは、そこに何があるか分かるってことだよ。何があるか分かれば、何故かが分かる。何故かが分かれば、その原因を取り除いてあげることもできるかも知れないだろ」

理屈は分かる。しかし、今ひとつ実感がない。しかし今はもうこの斉藤という男のいうとおり、しばらく一緒に行動してみるしかなさそうだ。


晴香と八雲は、受け付けの看護婦に美樹の見舞いだと告げ、丁度降りてきたエレベーターに乗り込む。

「こっちも一つ聞いていいか?」

エレベーターのドアが閉まるのと同時に八雲が口を開いた。

「失礼な質問じゃなきゃいいわよ」

さっきのこともある。晴香は露骨に警戒しながら答える。

「例の廃屋に行ったのは三人だよな。ほかの二人はどうしたんだ?」

「和彦も、裕一君も、怖くなってその場から逃げ出してきたらしいの。裕一君はキャンパスの出口の所まで来たけど、気が付いたら自分一人になっていて、怖かったけど途中まで戻ったらしいの。雑木林まで戻った所で、茂みに倒れている美樹を見つけて美樹を連れて逃げてきたみたい。美樹が全然目を覚まさなくて、それでそのまま病院に連れてきたらしいの。翌朝になって、裕一君から連絡があって、それで私も病院に駆けつけたの……」

「もう一人の和彦ってのは?」

「知らないわよ、あんな奴。美樹の彼氏なのに、彼女を置き去りにしたんだから。女の子を置き去りにして自分だけ逃げるなんて信じられない」


美樹の病室は四階にあった。病室のドアをノックして中に入る。ベッドは四つあるが、その病室には美樹以外は誰もいなかった。

ベッドに横たわる美樹の腕からは、点滴のチューブが伸びている。おそらく栄養剤か何かだろう。目は開けているのだが、虚《うつ》ろな状態で、何も見えていないようだった。顔からも血の気が引いていて、とても生きているとは思えないほど蒼白《あおじろ》い顔だった。微《かす》かに聞こえるふゅーふゅーという風船から空気が抜けるような呼吸音が聞こえなければ、死体と区別がつかない。

「こんな状態なのに、お医者さんは身体に特に異常はないっていうの。おそらく精神的なストレスからくるものだろうって……。でも、昨日まで元気に話していた人が突然こんなになると思う?」

八雲は、晴香の言葉には答えなかった。ベッドの脇に立ち、じっと美樹の様子を窺《うかが》っている。眉間に皺が寄り、それまで眠そうだった八雲の眼が、険しいものになっている。

「何か見えるの?」

八雲は何も答えない。

「君は誰だ?」

八雲は小声で呟くように言う。

「……すけて……たすけて……お……ねが……い……」

美樹の口が開き、呻《うめ》き声のような声が

もれる。八雲は、美樹に覆い被《かぶ》さるような姿勢になり、耳を口元に近づける。

「……出して……ここから……」

再び美樹の口から発せられる声。

「君は、今何処にいるんだ？」

「……見えない……ここは何処……出して……」

八雲は、今度は美樹の顔を両手で押さえて、美樹の目をじっとのぞき込む。八雲に見つめられて、美樹の瞳が微かに動いたような気がした。

「今、君は何処にいるんだ？　教えてくれ」

八雲が優しく問いかけるように言う。

美樹は何も答えなかったが、さっきまで弱々しかった呼吸が、激しいものに変わる。ぜーぜーと喉が鳴る。額からは冷や汗が噴き出す。

「いやあああ……」

美樹は突然金切り声をあげると、身もだえをしたが、再びさっきまでの死人のような姿になった。八雲は何も言わずに、ただ深い溜息《ためいき》を吐き出し、足早に病室を出て行った。

「ねえ、ちょっと」

晴香はあわてて八雲の後を追って病室を出る。八雲は病室を出てすぐの廊下で、壁に寄りかかり、どこか痛みがあるらしく、左の額と目の辺りを手で押さえていた。呼吸も乱れていて、肩を大きく揺らしていた。

「ねえ、大丈夫？」

晴香が八雲の肩に手をかけようとする。八雲はそれを逃げるかのように急に姿勢を正すと歩き始めた。額と目は押さえたままだった。

「痛みがあるの？」

晴香は八雲の肩に手をかける。

「いや」

「ねえ、診てもらった方がいいんじゃない？」

「うるさい！」

八雲は晴香を振り返ると大きな声で怒鳴った。見ると八雲の顔は、美樹に負けないくらい蒼白《そうはく》になっていた。額からは大量の冷や汗が噴出している。大きく見開かれた目で、晴香をじっと睨みつけている。晴香は、黙ってその、八雲の苦渋に満ちた眼を見返した。

「何なのよ、急に」

晴香は八雲に迫力負けして、怯えたように言う。

「言ったところで分かるわけがない」

「言わなきゃ分からないでしょ」

「君は質問が多すぎる」

八雲は足早に歩き出した。

「心配してあげたんだから、少しは何か言ったらどうなの」

晴香は八雲の背中に向かって、そう言うと、八雲の後を追って歩き出す。八雲の足は速く、エレベーターの前でやっと追いついた。

「ねえ、病室で何か見えたの？」

エレベーターに乗り込みながら晴香が尋ねる。八雲は何も答えない。

「それくらい教えてくれたっていいじゃない。自分で言ったんだからね。信じられなければ付いてこいって」

「後悔してるよ」

八雲は身ぶるいすると、首筋を掻きながら言う。

「君の友達には女性の霊が憑《つ》いている。おそらく、僕らと同じ歳くらいだろう。但し、死んだ当時ってことになるけど……髪の毛は君と同じくらい。目の下の黒子《ほくろ》が印象的だ」

「それで？」

「暗い……真っ暗な部屋……水の滴る音……重い空気……それに、恐怖……彼女が持っていたイメージだ」

「どういうことなの？」

「そんな簡単に分かったら苦労しないよ。少しは君も考えてくれ」

「何よ。人をアホみたいに言わないでよ」

「違ったのか？」

エレベーターが一階に到着し、八雲は再び足早に歩き出す。晴香はまた小走りで八雲を追いかけるはめになった。

秋の陽が落ちるのは早い。病院を出た時には、すでに真っ暗になっていた。

八雲と晴香が駅前に辿《たど》り着くと、人だかりができていた。帰宅ラッシュの時間帯だが、それとは様子が明らかに違う。

電車の運行時間を示す掲示板には、運休の文字が並んでいる。警察のパトカーと救急車も停まっていた。駅員が大声で振り替え輸送のアナウンスをしている。

「なにかあったのかしら？」

「電車が止まってるみたいだ」

「事故？」

「さあね」

「あ！　ちょっと待ってて」

人混みを見回していた晴香が、知っている人の姿を見つけたらしい。八雲に声をかけると人混みを掻き分けて奥の方に進んで行く。

八雲は、構内にあるベンチに腰を下ろし、晴香の行方を目で追った。

「先生、何があったんですか」

晴香が声をかけたのは、大学の高岡《たかおか》という講師だった。晴香のゼミの担任でもある。五十を目前にした男だが、実際の年齢より十歳は若く見える。日本の中年男性には珍しく、いかにもスポーツマンという感じの浅黒く、引き締まった身体つきのせいだろう。

高岡は、晴香に深刻な表情を向け、声を低くして呟くように返事をした。

「市橋《いちはし》裕一君が電車に投身自殺したらしい……」

「自殺って、まさか？」

「私も信じられないよ……」

高岡は脱力したように首を横に振るとそう言った。晴香の背中を恐怖が走り抜ける。こんなことって……！　自分の知っている人間が、次から次へと妙な事件に巻き込まれていく。いったい何が起きているのだろう……。

晴香が放心状態に陥っている間に、高岡は警官に呼ばれて、その場を離れて行った。

「裕一君が自殺したって……」

晴香は脱力するように八雲の隣に腰を下ろす。もう何日も寝ていないというふうな表情をしていた。

「連絡のとれないもう一人も探した方がよさそうだ」

八雲の意見に晴香はうなずいたが頭を抱える。一度に色々なことが起きて、頭の中が整理しきれない。

「昨日まで、全然普通だったんだよ。それが突然自殺なんて……どうして……分からない……」

晴香は、自分でも分かるくらいに声が震えていた。

「おそらく自殺じゃない」

「え？」

「確証はないけど、断言できる。自殺じゃない」

「どうして？」

「だから、確証はないって言っているだろ」

「じゃあ、美樹に憑いていたっていう幽霊の仕業？」

「それも違うと思う」

「確証はあるの？」

「君の友達に憑いていた魂は、何かに怯えているようだった。怯えて、君の友達に憑いて逃げ出してきたって感じだった」

「何に怯えていたの？」

「それは分からない。これも、確証はない、勘だけど、今回の件は生きた人間が関わっているような気がする」

「どういうこと？」

「それを調べるんだ」

八雲は立ち上がると歩き出した。晴香もあわてて立ち上がり八雲の後を追った。

五

晴香は、鞄から携帯電話を取り出し、和彦の電話番号を呼び出す。しかし「留守番電話サービスセンターに接続します」というアナウンスが流れるだけだった。晴香はメッセージを残さずそのまま電話を切った。

「やっぱり駄目ね」

八雲の隠れ家に戻って来た晴香は、もう一度和彦の携帯電話を鳴らしてみたが、やはり通じなかった。和彦も今回の事件に巻き込まれたのだろうか？

八雲は何も言わずに、ただ左手の親指の爪を噛みながら何やら思案している様子だった。晴香は、八雲のその姿を見て少し笑ってしまう。

「何が可笑《おか》しい？」

「だって、子供みたいなんだもん」

八雲は顔をしかめた。

「もう一度話を整理してみよう」

八雲は軽く咳払《せきばら》いをすると話を切り出した。晴香は笑うのをやめると先を促すように八雲の顔を見つめる。

「もう一度肝試しに行ったときの詳しい状況を話してくれ」

晴香は記憶を手繰り寄せながら、八雲に三人が肝試しに行ったときのことを話した。何か疑問点があって質問されても、説明はできない。晴香の話は、裕一から聞いた話を、できるだけ正確に話しているだけで、実際自分がその場所にいたわけではない。確認したくても、当の裕一は死んでしまっている。

八雲は、珍しく晴香の話に口を挟まず黙って聞いていた。口には出さなかったが、八雲には何か引っかかることがあるようだ。

「ねえ、これからどうするの？」

「そうだな、まずは、君の友達に憑いている魂が誰なのか？　それを調べる」

「心当たりあるの？」

「あると言えばあるかな？」

「また曖昧《あいまい》なこと言うのね？」

「世の中は曖昧なことばかりだよ」

　八雲が向かったのは、大学内にある資料室だった。ドアを開けると、スライド式の書棚が部屋いっぱいに並んでいた。

「こんな所で何を調べるんですか？」

「僕の勘では、君の友達に憑いていた魂は、おそらくこの大学の生徒だった人間だと思う」

「まさか、ここにある資料から探すんですか？」

「そうだけど……学生名簿とかあるだろ」

「そんなことしてたら、ここで年とっちゃいますよ。今までこの大学に入学した学生が何人いると思っているんですか」

　晴香は部屋の奥に一台だけあるパソコンの前に座り、電源を立ち上げる。パスワードの表示が出る。晴香はテンキーで9桁《けた》の数字を入力して、軽々とアクセスしてしまう。八雲は、黙っていたが、その視線は晴香に説明を求めていた。

「去年、ここのデータ整理をやったんです。その時、人手が足りなくて、何人か学生が手伝いをしたんです」

「それで、君がその手伝いをしたってわけだ」

「そうです。大学のパソコンなんて十年はパスワードを変えませんよ」

「呆れたセキュリティーだね」

「これだけ膨大な資料を手探りで調べようとするのも、十分に呆れた行為ですけど」

　晴香は、今までの恨みをこめたように鼻先で笑って言う。皮肉のつもりだった。八雲は珍しく何も言い返さないで黙っている。平静を装っているが、きっと内心は穏やかではないだろう。

　晴香は学生名簿の入っているファイルをクリックする。氏名、住所、生年月日、連絡先、所属学部などが配列された画面が出てくる。

「写真も取りこんであるのか？」

　八雲が画面を見ながら感嘆の声をあげる。

「最近のだけですけど。それで、あなたが知ったその女性の名前は？」

「ユリ。漢字は分からない」

　晴香はフリガナの欄にユリと入力して検索をかける。対象が二百人近くいる。

「これだけじゃ厳しいですね。ほかに何か情報はないんですか？」

「性別は女性」

「知ってます」

「目の下に黒子がある」

「検索できません」

　八雲は言葉に詰まってしまう。晴香も色々考えを巡らせてみるが何も思いつかない。不意に八雲がパチンと指を鳴らす。

「休学、もしくは退学になっている人間で検索できるか？」

「多分できます」

晴香は端末を操作する。対象者が十人に絞られる。晴香がマウスを操作して、対象者を一人ひとり確認していく。

「止めて」

八雲が声をかけた。篠原由利《しのはらゆり》。平成十一年入学。文学部、教育学科、高岡ゼミ。現在休学中。備考の欄に、平成十一年。失踪《しっそう》。警察に捜索願と書いてある。

「失踪？　高岡ゼミ。高岡先生が何か知っているかも……」

「高岡先生？」

「さっき駅で会った講師の先生いるでしょ。あれが高岡先生。何か覚えているかも」

「あんまり当てにならないね」

「誰にでも否定的なのね」

「君は誰でも信じるのか」

「あなた以外はね」

「そりゃよかった」

八雲は、晴香の皮肉を気にする風もなく、ポケットから携帯電話を取り出すと、電話をかけはじめた。

「ふん、強がっちゃってさ」

晴香は八雲に聞こえないように言ったつもりだったが、どうやら届いてしまったようだ。八雲が携帯電話を耳に当てながら、晴香を一瞥する。

「もしもし……後藤《ごとう》さん……」

電話が繋がったらしく、話し始める。相手の声は聞こえないが、だいたいの話の内容は分かる。篠原由利に関することを何でも構わないので調べて欲しいというものだった。用件だけ告げると、八雲は電話を切った。

「ねえ、誰に電話したの？」

「知り合い」

「その人は行方不明の人間の消息なんて分かるの？」

八雲は何も答えずに、資料室のドアを開けて出て行く。まただ。晴香は呆れながらも八雲の後を追って部屋を出た。

「小沢さん」

廊下を歩いていた晴香を呼び止める声が聞こえた。ふり向くと高岡だった。

「高岡先生」

晴香は歩みを止めると、高岡が近付いてくるのを待った。それを見て八雲も立ち止まる。

「まだいたのか？　今日みたいな日は早く帰った方がいい」

高岡は、駅で会った時より少し疲れた顔をしていた。自分の教え子が死んだのだから当然かもしれない。これで明るく笑いかけられたりしたら、どう反応していいのか分からなくなる。

「先生。ちょっと聞きたいことがあるんですけど」

「どうした？」

晴香が横目で八雲を見る。八雲は欠伸《あくび》をしながら壁に寄りかかっていた。

「あの、篠原由利さんという学生を知っていますか？」

「篠原？　篠原……篠原……」

高岡が顎《あご》に伸びた僅《わず》かな無精髭《ぶしょうひげ》をさすりながら考えている。

「三年くらい前に、高岡先生のゼミの学生だった人です」

「……」

「行方不明になって休学している」

何か思い出したのか、高岡の表情が変わった。

「そうだ。篠原由利さん。確かにうちのゼミにいたよ」

「本当ですか？　彼女のことで何か覚えていることありませんか？」

糸口を見つけた晴香は、その糸を手繰り寄せようと必死になる。

「覚えていること？」

「ええ、何でもいいんです」

「そうだね、彼女が行方不明になったときは色々と大変だったな。警察に色々聞かれたけど、あまり覚えがなくてね、本当に困ったよ」

「そうですか……」

「そうだ、確か篠原さんには付き合っている男がいたはずだよ。今も大学にいるよ。四年生だったかな？」

「名前は分かりますか？」

「……相澤。そう相澤哲郎《てつろう》君だった。彼なら何か知っているんじゃないかな？」

晴香は驚きで言葉を発することができなかった。今、高岡が口にした名前の人物を晴香は知っていた。これは単なる偶然だろうか？　それとも……。

「じゃ、そろそろ私は失礼させてもらうよ」

高岡は呆然《ぼうぜん》とする晴香に声をかけると、足早に去って行った。

「どうした？」

八雲が壁に寄りかかったまま晴香に声をかける。晴香はあやつり人形みたいにぎこちない動きで八雲の顔を見る。

「篠原由利さんの彼氏だった人って、私の知っている人です……」

「偶然だろ」

「相澤哲郎さん。私にあなたのことを紹介してくれた人です。これでも、ただの偶然だと思いますか？」

「偶然だ」

八雲はそう言い切ると、また黙って歩き出した。

六

「あんな所に何しに行くんだ？」

総務課の山根《やまね》は、廃屋の鍵を貸して欲しいと言って来た八雲に驚いて質問する。

八雲は、友達が先日あそこに忍び込んで肝試しをした際に、大事な物を落としてしまったらしい、という作り話をする。

山根は八雲の作り話を疑っている様子はなかったが、露骨に呆れた表情を浮かべた。

山根は、学生の間では「干し柿」と呼ばれていた。それは、いかにも、しなびたような外見から由来するものだった。

仕事に対して意欲的でないことは、ひと目見た瞬間に分かる。

「お願いします」

八雲がもう一度頭を下げる。山根は溜息を吐くと、キーボックスから鍵を取り出して八雲に手渡す。プレートの付いたキーホルダーに三本の鍵がぶら下がっていた。

「鍵は今日中に返さなくてもいい。今日はもう帰るからね。明日には返してくれよ」

「ありがとうございます」

「それから、肝試ししようなんてつまら

ないことは考えるなよ」

「やっぱり出るんですか？」

「そうじゃないが、建物自体が老朽化しているから危ない。来月には取り壊しになるがね」

「分かりました」

八雲はその場を立ち去ろうとするが、立ち止まり、再び山根のところに戻る。

「あの、あそこにダイヤル式の南京錠ってあります？」

「さあ？　見たことないね。そもそも、あそこには何の用事もないから、今まで一度も中に入ったことないね」

「そうですか」

八雲はもう一度礼を言って、その場を後にする。


その日、日が暮れてから八雲と晴香は廃屋の前に立った。

静かだった。木の枝を揺らす風の音が、必要以上に大きく聞こえる。月影に照らされて、コンクリートの壁が青白く光って見える。


建物の不気味さに加えて、裕一が死んだという事実が晴香の胸に重くのしかかる。意識を集中していないと、立っていられないほどに足がすくんでしまっていた。

友達のためとはいえ、とんでもないことに首を突っこんでしまった。後悔の念を抱かずにはいられなかった。

「いざとなったら助けてよ」

摑み所のない男だが、頼りになる人間はほかにいない。晴香はすがるような視線を八雲に向ける。

「努力はするけど、保証はできない」

「聞いた私がバカだったわ」

一番の間違いは、この斉藤八雲という男に関わってしまったことなのではないか？　晴香はふと疑心暗鬼にとらわれる。

「怖くなったのか？」

「別に。平気よ」

八雲に言われて強がってみたが、晴香の声は、意思と反対に少し震えていた。

八雲は、借りてきた鍵を鍵穴に差し込んだが、意味はなかった。鍵を回す前にドアは開いた。二人はドアを押し開けて建物の中に入る。

懐中電灯で室内を見渡してみる。外から迷い込んだ落ち葉が散乱しているだけで、ほかには何もない。

奥に通じる通路を、慎重に進んで行く。必要以上に足音が響く。しめった空気がよどんでいるようだ。息苦しさを感じる。

八雲は懐中電灯を使い、左右にある小部屋を照らし、中の様子を観察する。どの部屋も同じ造りになっている。正方形の部屋にベッドが一つ。窓が一つ。ここは、おそらく学生寮か何かに使われていたものだろう。

晴香は、八雲の背後にぴったり付いて、足元に充分注意しながら歩く。と、急に八雲が立ち止まる。

「君の友達が幽霊を見たのは、この通路の突き当たりにある開かずの間だったよね」

「うん。確かそう言っていた」

「ダイヤル式の南京錠があって部屋の中には入れなかった」

「私も聞いた話だから確かじゃないけど

……」

「これ」

八雲が振り返り、手に持っている物を晴香に見せる。

「何？　それ？」

八雲は、晴香にも分かるように懐中電灯で照らす。八雲が手にしていたのは地面まで垂れ下がった鎖《くさり》と、ダイヤル式の南京錠だった。

「切断された跡はない。７４８３の数字が合わされている……誰かが開けたんだ」

晴香は、状況がよく飲みこめず、八雲の顔を見る。

「開かずの間のドアが開いているんだ」

八雲は鎖を足元に置いて、目の前のドアに手をかける。晴香の背筋を冷たいものが走る。裕一の話では、この部屋の中に何かいたのだ。

「待って」

思わず声をかけた。晴香の静止が八雲の耳に届く前に、八雲はドアを押し開けた。金属の擦《こす》れる甲高い音が響いて、ドアが開く。晴香は一瞬後退《あとずさ》りして身を硬くするが、何も起きなかった。中には静かな闇が広がっている。

八雲は、懐中電灯を使って部屋の中を照らし出す。部屋の中は、他の部屋と変わらない間取りになっている。ベッドが一つだけ置いてあり、ほかには何もない。しかし、他の部屋と比べて、陰湿な空気が漂っている。すえたような臭いが鼻につく。

「何か不気味ね……」

晴香が八雲の身体を盾にするようにして部屋の中を覗き込んで言う。

「窓のせいだよ。この部屋には、外に面した窓がないんだ」

八雲の言うとおりだった。他の部屋には小さいながらも、外に面して窓が付いていた。しかし、この部屋には一つもない。

八雲は、ゆっくりとした足取りで部屋の中に入って行く。部屋に入った瞬間、急に空気が重くなったような気がした。

「何かあった？」

晴香も恐るおそる部屋の中に入ってくる。八雲は、黙って周囲に目を凝らす。しかし、特に目立つものは何もない。壁と床とベッドそれだけ。

「何もない。でも、何かあるはずだ」

「それが分かれば、美樹は助かるの？」

「分からない。ただ、可能性はある。君の友達に憑いていた魂は、この部屋にある何かに怯えていたんだ」

八雲は、この部屋が他の部屋と違う点をもう一つ見つけた。ベッドの位置だ。ほかの部屋のベッドは、入り口に対して直角に置かれていたが、この部屋のベッドは壁の隅に入り口に対して平行に置かれている。

八雲はベッドに近づき、ベッドの下を覗こうと床に膝《ひざ》を落とす。

そのときだった。

「危ない！　後ろ！」

八雲の耳に突然女の声が聞こえた。ビクッとして振り返ると、目の前に影が立っていた。その影の手から何か棒のような物が振り下ろされる。

ゴン！

こもった音が耳の裏側から響いた。意識が朦朧《もうろう》とする。左の額が焼けるように熱い。そのまま、倒れそうになるのを、壁を支えにして必死に堪《こら》えた。

「逃げろ」

八雲は頭を押さえながら、掠れた声で叫ぶ。予期せぬ事態に完全に硬直してしまっていた晴香だったが、八雲の声で我に返り、出口に向かって駆け出そうとしたが、一瞬早くその前に影が立ちはだかった。

出口で影と対面した晴香は、何もできずゆっくりと後退りする。しかし、何処までも逃げられるわけではない。すぐに壁に行く手を阻まれた。

影が、手に持った棒のようなものを振り上げる。晴香は悲鳴をあげることすらできなかった。晴香は生まれて初めて死を意識した。

その時、八雲が横からその影に飛びかかった。縺《もつ》れ合うようにして倒れる影と八雲。先に立ち上がったのは八雲の方だった。

「逃げるぞ」

八雲は混乱の収まらない晴香の手を引っ張ると、その部屋を飛び出した。

振り返っている余裕などなかった。建物のドアを抜け、雑木林の中を何度も転びそうになりながらも必死で走った。

枝の跳ね返りが晴香の頬や腕を打った。晴香には不思議と痛みはなかった。ただ、八雲の手を離さぬよう、しっかり握りしめて、夢中で走った。

七

八雲の隠れ家に逃げ帰った八雲と晴香は、しばらく何も話すことができなかった。床に座り込んで、乱れた呼吸を整えるのが精一杯だった。二人の呼吸音だけが荒く部屋に響く。額から汗がしたたり落ちる。

「痛……」

八雲が頭を抱えながら声をあげた。さっき殴られた頭の痛みが今になって激しいものになってきた。

「血が出てる」

晴香は八雲の正面にまわり、ハンカチを取り出して八雲の額の傷口を拭う。

「大丈夫。自分でやる」

八雲は晴香からハンカチを取り上げ、自分で傷口を押さえる。晴香は、突然大粒の涙をこぼした。

「怖かったのか？」

晴香は何も言わずにただ首を振った。やがて、八雲の上着の袖を摑んで声をあげて泣き始めた。今まで生きた心地がしなかった。自分が、今こうして話をしている。そう考えただけで力が抜けて、涙が止まらなかった。八雲は、何も言わず、晴香が泣き止むまでただじっとしていた。

「ごめんなさい」

しばらく泣きじゃくった後に、晴香はそう言って涙を拭った。

「ねえ、ちょっと傷口見せて」

晴香は強引に八雲からハンカチを取り上げて、顔の傷を覗き込む。眉毛の上辺りを一センチほど切っている。傷口は開いているが、血は止まっていた。

「血も止まってるし、そんなに深い傷じゃなくてよかった。もう痛みはない？」

「大丈夫だ」

「でも、場所が場所だから、ちゃんと病院行った方がいいよ」

「そうだな」

「それから……」

言いかけて晴香の言葉が止まった。吸いつけられるように、八雲の瞳をじっと見る。八雲はその視線にすぐに気が付いた。

蛍光灯の光に照らされた八雲の左眼の瞳は、燃え盛る炎のように真っ赤な色をしていた。

「生まれつきなんだ」

八雲がポツリと言う。これで、また自分のことを奇異の眼差《まなざ》しで見る人間が一人増えた。それだけのことだ。何の感慨も湧かない。

「綺麗《きれい》な瞳」

晴香の口から、八雲が想像もしていなかった言葉が飛び出した。これまで驚かれることには慣れていたが、晴香の言葉は、八雲が今までに経験したことのないものだった。

八雲はしばらくあっけに取られていたが、そのうちに笑い出した。笑い声は次第に大きくなり、しまいには腹を抱えて笑い出した。

「何で笑ってんの？」

晴香は八雲の腕を肘《ひじ》で突付く。

「悪い……」

八雲は笑うのを止めて深呼吸をする。

「何がそんなに可笑しいの？」

「悲鳴をあげると思ったから……」

「何で悲鳴をあげるの？　綺麗だと思ったから綺麗だって言っただけだよ」

「それが可笑しかった。そう言われたのは初めてだ。だいたいは悲鳴をあげるか、言葉を失う」

八雲は一呼吸おいてから話を続けた。

「多分。さっき殴られたときにコンタクトを落としたんだな」

溜息混じりに言う。

「コンタクト？」

「そう。普段はコンタクトで隠してる。瞳に色を着けられるやつあるだろ。何でこうなったかはしらない。生まれつき左眼が赤かった。この赤い目のせいかどうかは分からないけど、小さい頃から他の人に見えないものが見えていた」

人を信頼しない姿勢。皮肉な言葉。晴香には、八雲の辿って来た道が少しだけ見えた気がした。あくまで、想像しただけのものではあるが……。おそらく、想像しているよりも、それはずっと厳しいものだったにちがいない。

「ほかの人に見えないもの？」

「そうだ。死んだ人の魂。幽霊だよ。それが見えるのが自分だけだって気づくのにずいぶん時間がかかった。ずいぶん気味悪がられた。赤い目で、しかもほかの人に見えない死んだ人間の魂が見える。だから……」

「だから、何？」

「綺麗だなんて言われたのは初めてだ」

「それで笑ったの？」

「変わってるな、と思って」

「失礼な人ね。人がせっかく誉めてるの

に変わってるとか言って」

八雲は何だか居心地が悪かった。今まで奇異の目でしか見られたことがなかった。自分の親でさえ、この左目で見られることに怯えていた。それを実際、綺麗だと言われても、どんな受け止め方をしたらいいか分からなかった。そんなこと、誰も教えてくれなかった。

「あの、それから、さっき、助けてくれてありがとう」

「礼なら、君の姉さんに言ってくれ」

「姉さん？」

晴香は、八雲の言っている意味が分からずに首を傾げる。

「あの時、君の姉さんが危ないって叫んでくれたから、とっさに避《よ》けることができたんだ。でなきゃ、今ごろ脳ミソが飛び出してる」

「お姉ちゃんが？」

「そうだ。ずっと君の後ろに憑いている。君のことを見守っているんだ」

「本当なの？」

「信じるか、信じないかは自由だよ」

「お姉ちゃん……」

晴香は、周囲を見回してみたが、もちろんその姿は見えなかった。姉は今までどんな思いで自分を見てきたのだろう？ 今何を思い、何を考えているのだろう？ 自分を恨んでいるだろうか？

「私にも見えたらいいのに。話ができたらいいのになあ。あなたが羨《うらや》ましい……」

宙を漂う晴香の目に、再び涙が滲《にじ》んだ。

八

翌日、朝一番で晴香は八雲の隠れ家に向かった。鍵はかかっていなかった。ドアを開けてすぐのところで、八雲が寝袋に包まれて丸くなっていた。まるでイモ虫だ。晴香が爪先《つまさき》で軽く蹴《け》ると、薄く目を開けて晴香を見上げる。

「もう朝よ」

八雲は目を擦りながらモゾモゾと動き出す。

「よく、こんな所で生活できますね」

晴香は椅子に腰を下ろして八雲の身支度を待った。

「時々は帰ってるよ」

「家、あるんですか？」

八雲は答えずに、冷蔵庫の中から歯ブラシを取り出し、歯を磨き始めた。

「家があるなら帰ればいいじゃないですか。いったいどういう神経をしているんですか。ご両親が心配してますよ」

「心配？ それはないね」

八雲が歯ブラシをくわえながら答える。まるで反抗期の中学生みたいな物言いだ。

晴香は腹を立てた。

「そんな、自分勝手なことがどうして言えるんですか？ 子供を心配しない親なんていないでしょ。少しは両親の気持ちを考えたら？」

八雲は、晴香の説教なんてどこ吹く風といった風だった。呑気《のんき》に口を濯《すす》いで、嗽《うがい》をしている。

「ねえ、人の話、聞いてるんですか？」

「聞いてるよ」

八雲はタオルで顔を拭《ふ》きながら椅子に腰を下ろす。眠そうな目は相変わらずだった。

「ならどうして？」

「もし、心配してたら、殺そうとしたりしないだろ？」

「どういうこと？」

「親の話だ」

「？」

「僕の赤い左眼。見えないものが見える。怖かったのか？　それとも憎かったのか？　それは分からないけど。ある日、母親は僕を車で連れ出した。〝ごめんね〟って言いながら僕の首に手をかけたんだ。段々力が強くなって、意識が薄れていった。そこをたまたま通りかかった警察官に助けられたんだ。母親はその場から逃亡。それ以来行方不明だ。父親に至っては、僕の記憶するかぎり存在していないね」

八雲が語り出した過去は、晴香にとって想像を超えるものだった。ニュースやドラマなんかではよく見聞きするが、それは自分の身近には絶対に起こらないもの、自分とは全く離れた世界でしかないものと思っていたのに……。

この人は、どうしてその悲劇をまるで他人事《ひとごと》みたいに言えるのだろう。いや、逆なのかもしれない。他人事にでもしないと、その事実を受け入れられないのだろう。人の言葉を素直に受け入れられない八雲。その裏には、自分には計り知れない過去がある。ただ、それを決して表に出そうとしない八雲。自分よりずっと強いんだ。晴香は、姉の事故を思い出しながら、ふとそんなことを考えた。

「今は、伯父《おじ》さんの家で世話になってる。伯父さんは遠慮しないようにとは言ってくれてるけど、向こうにも一応家庭はあるわけだし、あんまり迷惑はかけられないんだ」

八雲の左眼には、すでにコンタクトが塡《は》められていて、黒い瞳に変わっていた。晴香は、八雲に何と言ったらいいのか？　その言葉を探していた。事情も知らないで好き勝手なことを言ってしまった。唇を嚙む。

「そんな気にするな」

八雲は、晴香の心情を察したのか口を開く。

「ごめんなさい」

晴香は頭を下げた。

「何で謝るの？」

「だって……」

「君は僕の目を見ても逃げなかった。それだけでいいよ」

八雲は自分で言っておきながら、自分の口から出たその言葉が意外だったらしく、急に苦虫を嚙み潰したみたいな顔をする。晴香はそれを見て少し笑ってしまう。八雲は、笑っている晴香を叱りつけるように睨む。晴香は、あわてて口を塞《ふさ》ぎ、笑うのを止めた。

「昨日、一つ分かったことがある」

八雲は、よっぽど気まずかったのか、急に話し始めた。

「何？」

「昨日、僕らを襲ったあの影。間違いなくあれは生きた人間だ」

「何でそれが分かるの？」

「僕の目は便利にできていてね、右目は実体のある物しか見えない。左眼は、死んだ人間の魂しか見えない」

「昨日私たちを襲った影は、右眼で見えて、左眼で見えなかったってこと?」

「そのとおり。昨日あの開かずの間が開いていたことも気になる」

「でも、いったい誰が?」

「さあね、候補者はたくさんいるよ」

「用務員の山根さん」

「可能性はあるね。僕たちがあの廃屋に行くことを知ってたわけだし、鍵も持ってるから出入りも自由だ」

「相澤さんも関係あるのかも」

「相澤?」

八雲は首を傾げる。

「ほら、昨日高岡先生が話していたじゃない。由利って人の彼氏だった人。私に斉藤さんのことを紹介してくれた」

「なきにしもあらずだ」

八雲は腕組みして天井を仰ぎながら言う。

「随分否定的ね」

「そういうわけじゃないが、どうも引っかかる」

「なら、直接相澤さんに聞きに行ってみようよ」

「調べたければ、調べてみればいい」

「それって、私一人でやれってこと?」

結局、八雲と晴香は夕方にもう一度落ち合う約束をして、別々に行動することになった。

別行動をするに当たって、晴香は八雲に三つの約束をさせられた。人気のない所に行かないこと。誰かに何か質問する時は、絶対に核心を突かないこと。何か分かったらすぐに連絡すること。そうすれば、昨日の今日のことだし、昼間から襲ってきたりはしないだろうが充分に用心をするように言い含められた。


晴香は散々歩き回ったあげく、食堂で相澤をみつけることができた。授業を途中でさぼったらしく、缶コーヒーを飲みながら求人案内を読んでいた。ここなら人目もあるし、大丈夫だろう。

「相澤さん」

晴香が声をかけて向かいの席に座ると、相澤は顔をあげ、人懐っこい笑顔を浮かべた。背が低く、瘦身《そうしん》の男だが、柔らかい感じの目鼻立ちは、意外に女性に人気があった。晴香は、写真で見た由利という女性と、この相澤を頭の中で並べて見る。何となく不釣合いな感じがした。

「どう? 何か分かった?」

相澤が晴香に尋ねる。美樹のことを言っている。晴香は首を横に振る。分かったというより、余計混乱したというのが本音だ。

「そう……。何かいい手はないもんかね?」

晴香は相澤のぼやきに相槌《あいづち》を打つ。質問する時は、核心を突かないようにだったよね。晴香は八雲に言われた言葉を頭の中で反すうさせてから言う。

「相澤さん。篠原由利って人知ってますか?」

「篠原?」

相澤は首の後ろを掻きながら、頭を下げた。記憶の糸を辿ろうとしているようだ。

「多分、相澤さんと同じゼミだったと思うんですけど。高岡先生だったら、二年の時か……」

「高岡先生のゼミ」

相澤は腕組みをして再度考えを巡らせている様子を見せたが、何も思い浮かばなかったようだ。首を横に振る。

晴香は、なおも食い下がろうとしたが、相澤は後から来た友人に呼ばれ、席を立って行ってしまった。一人取り残された晴香は、小さく溜息を吐く。


八雲は資料室の中にいた。スライド式の書棚を動かし、整然と並んだファイルの背表紙を眼で追っていく。学生寮の竣《しゅん》工《こう》図面。目的のものはすぐに見つかった。

八雲は書棚の一番上にあるその資料を引っ張り出す。かなり古びたものだった。黄色く変色していて、黴《かび》臭い臭いがする。竣工、昭和三十年と記載されている。

八雲は閲覧台まで移動し、ページを捲《めく》っていく。境界線図や、完成予想図などが細かく記載されている。十ページほど進んだところで、八雲は建物の平面図を見つけた。

平面図は二つ記載されていた。一つは例の廃屋の一階図面。そして、もう一つは、地下一階と記載されていた。

八雲は指で慎重に図面をなぞる。見つけた。例の開かずの間には、地下室に通じるドアの位置が記載されていた。

八雲は、ポケットから昨日山根に借りた鍵を取り出す。キーホルダーに付いた三つの鍵。一つは入り口のドア。一つは各小部屋のマスターキー。そしてもう一つは地下室の鍵だ。開かずの間のベッドだけ違う位置に置いてあったのは、おそらく地下室へのドアを隠すためだろう。きっとそこに何かあるにちがいない。

八雲はできるだけ目立たないよう、一度キャンパスを出て、林道から雑木林に入った。道のない雑木林を進むのに、思いのほか時間がかかった。靴の中には、落ち葉と土が大量に入り込んでいた。考えが少し甘かったのかも知れない。額の汗の量に比例して後悔が増えていく。周囲も段々薄暗くなってきた。とにかく先を急がなければ。

木の枝を掻き分けながら黙々と歩を進めた。


晴香が時計に目をやると、三時を少し回ったところだった。八雲との待ち合わせの時間まで、後一時間近くある。自然に溜息がもれる。相澤との会話は、要領を得ないまま徒労に終わってしまった。

晴香は、そのまま特にすることもないまま、ぼんやりと食堂で時間を潰していた。

八雲は何か分かったのだろうか？　自分だけ何も収穫がないのは癪《しゃく》にさわる。

「小沢さん」

晴香は声をかけられて顔をあげる。高岡だった。高岡は、いかにも寝不足というような疲れた表情をしていた。

「先生。ちょっと聞きたいことがあるんです」

いい機会だ。晴香はもう一度高岡に篠原由利のことを聞いてみようと思った。

「何ですか？」

高岡は、晴香の向かいの席に腰を下ろす。

「あの、昨日話した篠原由利さんのことなんですけど……」

晴香は、美樹のことや、昨日廃屋で襲われたこと、相澤が由利のことを全く覚えていないことなどを含めて、今まで自分の身の回りで起こった奇妙な出来事を高岡に説明した。信じてもらえるかどうかは分からなかった。ただ、少しでも情報が欲しかった。高岡が、話を聞いて何か思い出してくれれば、そんな藁にもすがるような思いだった。

高岡は、左手を額に当てて、何か重要な問題を思案するかのように黙って晴香の話を聞いていた。晴香が話を終えた後も、高岡はしばらくそのままの状態だった。

「変なこと言ってしまって、ごめんなさい……」

「いや、気にしなくていい。それより、君の話を聞いて、一つ重要なことを思い出したよ」

「え？　本当ですか？」

高岡の言葉は晴香の期待を充分に満足させるものだった。

「ただ、ここで話すのも何だから、場所を変えよう」

高岡が声を低くして言う。晴香は高岡の申し出に同意する。

廃屋に辿り着いた八雲は、ドアのノブに手をかける。鍵がかかっている。鍵は自分が持っている。昨日は開いていた。つまり、ほかにも鍵が存在するということになる。

八雲は、鍵を開けて中に入る。昨夜入った時と比べると明るく見えるが、無気味さは相変わらずだった。廊下を進み、突き当たりの開かずの間の前まで進む。ここもしっかり鍵がかかっている。鎖が巻きついていて、ダイヤル式の南京錠が施錠してある。八雲は、鍵の四桁のダイヤルを７４８３に合わせる。昨夜、鍵が外れていた時に記憶しておいた数字だ。予想通り鍵はすぐ外れる。

室内は窓がないせいもあり、懐中電灯に頼らなければなかを見渡すことができないほどだった。部屋の隅にあるベッドを力いっぱい引き摺《ず》って移動させる。予想どおりベッドの真下から、金属製の床が現れた。正確にはドアだ。鍵を開けると思いきりドアを引き開ける。埃が舞い上がった。

懐中電灯を使って地下室を覗いてみるが、ほとんど何も見えない。中に入るしかなさそうだ……。八雲は意を決して、垂直に伸びた木製の梯子《はしご》に足をかける。木が軋《きし》む音がした。

慎重に下りたつもりだったが、途中で足を滑らせ一気に地下室に転がり落ちた。床に腰を打ちつけた痛みに顔を歪《ゆが》めるが、すぐにそれを忘れるくらいの強烈な腐臭に襲われ、むせ返しながらあわてて鼻と口を押さえる。

臭いの元を探ろうと、落とした懐中電灯を拾い上げ、室内を照らしてみる。もとは、倉庫か何かとして作られたのだろう。ダンボールが部屋の隅に積み重ねてある。床には、紙が散乱していた。

八雲は腰を屈《かが》め、床に落ちた紙を拾い上げる。そこには、赤黒い文字で「助けて」と書いてあった。太く歪んだ字。それはおそらく血で書かれたもののようだ。

壁に目を向ける。そこにも「助けて」という文字があった。八雲はその文字を指で触れてみる。コンクリートの壁に、何か尖《とが》ったもので彫り込まれた文字。それだけではない、壁の至る所に爪で引っ掻いたような跡がある。ところどころに血が滲んでいる。逃げようと必死になって、爪が剝《は》がれるまで引っ掻いたにちがいない。

ふと、八雲の頰に冷たいものが落ちた。天井には壁に沿ってパイプが二本走っている。その繋ぎ目から水滴が落ちている。ここに閉じ込められた由利という女性は、この水だけを頼りに何日間か生き続けたのだろう。この場所から出ようと、あの手、この手を尽くした。しかし、少しずつ衰弱していき、やがて死んだ……。由利という女性はこの部屋にある何かに怯えていたのではない。この部屋自体から逃げ出そうとしていたのだ。問題は、誰が何のために彼女を閉じこめたのかだ。

九

地下室から這《は》い出した八雲は、そのまま足早に廊下を抜け、廃屋を出た。冷たい風に曝《さら》され、生き返った心地がした。あの場所に由利が閉じ込められていたってことは分かったが、決定的な証拠がない。死体だ。肝心の死体があの場所にはなかった。誰かが、おそらくは由利を閉じ込めた人間が移動させたのだ。

「こんなところで何をやっているんだ？」

背後から声をかけられた。八雲の思考は一瞬硬直する。聞き覚えのある嗄《しやが》れた声。鍵を持っていて、何時でもこの廃屋に出入りできる人物、用務員の山根だった。

山根は相変わらずの酒に酔ったような赤い顔をして、首からはタオルをぶら下げ、手には錆《さ》びついたスコップを持っていた。

「マズイな」

呟いた八雲は、どうすればこの場所から逃げ出せるか？　その方法を考え始めた。


晴香と高岡は、四階建ての校舎の屋上にきていた。風が強く、晴香は舞い上がる髪の毛を押さえながら、腰の丈ほどの手摺《てすり》に高岡と並んで寄りかかった。

「何から話したら良いだろう……」

高岡は紫に染まった空を流れる雲を見ながら呟くように言う。

「相澤さん、篠原由利さんのことは知らないって言ってました。二人は本当に恋人同士だったんですか？」

「いや、全く関係ない。もともと相澤君はあまり学校にきていなかったし、彼女のことを知らなくて当然だと思う」

「え？」

「あれは、私の作り話だ。とっさに相澤君の名前が出ただけのことだ。あの時は、君たちが何処まで知っているのか分からなかったからね」

高岡は口の端を吊《つ》り上げた作り笑いを浮かべる。晴香は、高岡の言っている言葉の意味がさっぱり分からなかった。ただ、物凄く嫌な予感がした。

「お前さんが探していた物はこれだろ?」

山根はズボンのポケットからデジタルカメラを取り出し、八雲に渡した。

「そこに落ちてた」

山根は廃屋から十メートルほど離れた林の中を指差す。八雲は礼を言ってそれを受け取る。これはおそらく裕一が記念撮影をしたカメラだ。

電池はまだ生きている。八雲はカメラの電源を入れ、カメラ内蔵のモニターに画像を映し出す。居酒屋か何処かだろう。何人かがバカ騒ぎをしながら酒を飲んでいる。八雲は、関係ない写真をどんどん飛ばしていく。十枚ほど先送りした後に、廃屋を背景にした写真が出てきた。最初は裕一、次に和彦と美樹。その次は怯えた美樹の横顔のアップだった。そして、その奥に部屋の隅に隠れるようにしている一人の男の姿が写っていた。何かを引き摺っている。暗くてよく見えないが、おそらくは由利の死体……。

「何てこった……」

八雲の表情は一瞬で凍りつき、次の瞬間には脱兎《だっと》のようにその場を走り出した。背後で山根が何か怒鳴ったがもう、そんなことに構っている余裕はない。

八雲は走りながら晴香の携帯電話を呼び出してみるが、電源が切ってあるらしく、繋がらない。

八雲は隠れ家に走って戻ったが、そこには晴香の姿はなかった。戻って来る途中で食堂も見てみたが、そこにもいなかった。

「何処に行った」

八雲は誰もいない部屋で大声をあげる。自分がもう少し早く気付いていれば、晴香を単独で行動させなかった。学校中を駆けずり回って探すしかない。しかし、そんなことをしていて間に合うだろうか? 完全に手詰まりだ……。

不意に八雲は人の気配を感じた。振り返ると、そこには一人の少女が立っていた。

「小沢……」

「どうしてそんな作り話を……」

晴香の問いに、高岡は少しだけ笑ってみせた。それは、感情のこもっていない冷たい笑いだった。

「あれは失敗だった。とっさのことで、話をそらそうとしたつもりだったが……まさか、君の口から篠原由利の名前が出るとは思ってなかった」

晴香は自分の呼吸が苦しくなっていくような錯覚を覚えた。耳鳴りがする。逃げろ。本能がそう言っていた。しかし、足が動かなかった。

「……先生、もしかして先生が篠原さんと……」

「そうだ。私は、篠原由利と不倫の関係にあった」

「先生が殺したんですか?」

晴香が高岡に求めていた答えは、肯定ではなく否定だった。今、自分の頭の中にある考えを否定して欲しかった。

「それは少しちがう……」

高岡は、そう言うと晴香の腕を摑んだ。驚いた晴香は必死に抵抗するが、高岡の力はそれを許さなかった。晴香が高岡の腕に嚙み付こうとした時、振り上げられた高岡の拳《こぶし》が晴香の側頭部を打ちすえる。晴香の膝が地面に落ちる。痛みで目が開かない。

「申しわけないが、君には死んでもらわなければならない。屋上から飛び降り自殺ということになる。市橋君と同じだ」

高岡は先に屋上の柵《さく》を越えると、晴香の身体を引っ張って柵の外に出そうとする。晴香は手探りで必死に手摺を摑む。するとそこへもう一度高岡の拳が振り下ろされる。痛みで思わず手が離れた。晴香は一気に柵の外に身体を引き摺られる。

「あれは、事故だったんだよ。彼女は、あの日子供ができたと言い出した。そして、私の妻に言うと言った。私にとってそれは許せないことだった。それはルール違反だ。口論になり、怒りに任せて彼女を殴った。そしたら、それきり動かなくなった……殺すつもりはなかった。でも、ルール違反をしたのは彼女の方なんだ。分かるだろ」

「…………」

「彼女は死んでなかった」

急に声が聞こえた。聞き覚えのある声だ。晴香は顔をあげる。いつきたのか、そこには八雲の姿があった。

「いったい何のことを言っているんだ」

高岡は驚いた風だったが、八雲を見据えると声高にとぼけるように言う。

「あなたも気付いたでしょ。あの地下室に彼女が逃げ出そうとした痕跡《こんせき》が残っている」

高岡は黙った。

「あなたは、彼女が死んだと思い込んで、あわててあの地下室に彼女を捨てた。ところが、彼女はまだ生きていた。その証拠に〝助けて〟と書いた文字が地下室に残されていた。彼女は必死にあの場所から逃げ出そうとしていた。でも、ついに生き抜くことはできなかった」

高岡は肩で大きく息をしている。

「あなたは、あの地下室に彼女を捨てて、ひとまず安心して、何食わぬ顔で生活していた。ところが、あの廃屋を取り壊すという話を聞いたあなたは、あわてて彼女の死体をほかの場所に移そうとした。その時、偶然にも肝試しに来ていた学生に会ってしまった。物陰に隠れてやり過ごしたつもりが、写真を撮られていた」

「私には、君が何を言っているのか分からん」

「とぼけるのは止めましょう。証拠もあるんです」

「証拠？」

八雲はポケットからデジタルカメラを取り出す。

「これが欲しかったんでしょ」

八雲はそう言うと、デジカメを高岡の方に向かって投げる。高岡は、両手でそれを受け取る。晴香から高岡の手が離れる。晴香はその隙をのがさなかった。柵の内側に飛び込むと、八雲の元へ走り寄る。

高岡はしまったという顔をする。証拠の品は手に入れたが、人質は逃がしてしまった。高岡は、八雲に怒りの視線をむける。

「そこまでつき止めたのはさすがだが、証拠を渡してしまったら、いったいそれをどうやって証明する？」

「一つ言い忘れました」

八雲はそう言うと、ポケットの中からデジカメのメモリーカードを取り出して高岡に見せる。

「フィルムはここです」

高岡から思わず笑い声がもれた。それは、必死に自分の罪を隠そうとした愚かな自分自身に向けられていたのかも知れない。

「もう終わりです。警察も呼んであります」

高岡は蒼ざめた。これまで築き上げてきたものが一瞬にして崩れ去った。手摺に摑まって立っているのがやっとの状態だった。笑い声は、やがてすすり泣きに変わった。


「そうだな……もう終わりだな……」

高岡は掠れた声で言うと、そのままゆっくりと後方に倒れ込んでいく。あ、と思った時には遅かった。高岡は地上に向けて落下していった。

晴香は八雲の腕を摑み、目を閉じた。

高岡の身体が地面に叩きつけられる音が、屋上まで聞こえた。もっとマシな結末はなかったのだろうか？　晴香は考えてみたが、何も思い浮かばなかった。

十

八雲と晴香は、駆けつけた警察に事情を説明することになった。

高岡は、由利という女性と恋に落ちた。高岡にとっては、ちょっとした火遊びのつもりだったが、由利は本気だった。よくある話だ。由利は、不倫関係を奥さんにバラすと脅し、それに逆上した高岡は由利を殴る。意識を失い、ぐったりしている由利を、死んだと勘違いした高岡は、地下室に運んでかくした。


しかし、由利は地下室で息を吹き返し、必死でそこから逃げ出そうとしたが、結局は逃げられず、息が絶えた。

そして、あの廃屋を取り壊すという話を聞いた高岡は、あわてて死体を別の場所に移動させようとした。しかし、偶然廃屋に肝試しに行った美樹、和彦、裕一の三人と出くわす。たまたま三人が撮影した写真の中に、高岡が死体を引き摺っている姿が写っていた。

高岡は、写真を撮影した裕一にカメラを渡すよう求めるが、途中で落としたと言われる。高岡は、裕一を駅のホームから突き落とし殺害すると、夜の廃屋で必死にカメラを探した。そこで八雲と晴香と出くわした。

事件の概要はそんなところだ。八雲も晴香も、美樹に取り憑いた幽霊の話はしなかった。言ったところで信じてもらえない。

後から聞いた話だが、由利の死体は、廃屋から十メートルほどしか離れていない木の根元に埋めてあったそうだ。なんともお粗末な話だ。

「今回もお前さんのお手柄だったな」

事情聴取を終えて、警察署から出て来た八雲と晴香に中年の男が声をかけてきた。瘦身で、緩んだネクタイに、よれよれのワイシャツ。八雲と同じ眠そうな顔をした男だった。但し、この男の場合は本当に寝不足なのだろう。

「後藤さん」

後藤は、八雲の隣に立つ晴香を覗き込んで、ニヤリと嫌らしい笑いを浮かべる。晴香はどう反応して良いのか分からず、作り笑いを浮かべて軽く会釈すると八雲を見上げる。

「ほう、八雲もそういう歳になったか」

「そんなんじゃないですよ」

「またまた、そういうつれないこと言ってると逃げられちまうぞ」

「後藤さんの奥さんみたいにですか？」

「お前は、本当に口が減らないね」

後藤は軽く舌打ちをすると、顔を強張《こわば》らせる。

「人のことをからかってる暇があったら少しは仕事してください。警察が最初からちゃんと捜査してれば、こんなことに巻き込まれたりしないんです」

「そう言うなよ。警察だって人手不足なんだ。年頃の女の子が行方不明になるなんて、よくあることだ。いちいちそんなの調査してたら、身体が幾らあっても足りないよ」

「そりゃお忙しそうで何よりです」

後藤は居心地が悪そうに頭を掻き毟《むし》る。

「まあ、何にしても大変だったな。事後処理は巧く辻褄《つじつま》合わせてやっとくよ」

後藤は八雲の肩を軽く叩いてから、警察署の中に去っていった。

「ねえ、今の人誰？」

後藤の姿が見えなくなるのを待って晴香が尋ねる。

「刑事さんだよ」

「へえ、刑事さんと知り合いなんだ」

「知り合いというより、腐れ縁だよ」

「腐れ縁？」

「母親に殺される寸前の僕を助けてくれた人だよ。それ以来色々とね」

「色々？　面倒を見てくれてるってこと？」

「そんなんじゃないよ。僕にとって世の中の人間は二種類だ。僕の赤い左眼を奇異の眼差しで見る奴と、それを利用しようとする奴。後藤さんは後者だよ」

晴香には八雲の言っている言葉の意味が理解できないでいた。自分に関わる人間をたった二種類に分類できるものだろうか？　人と人との関わりは、もっと複雑で意味深いもののはずだ。しかし、晴香は自分の思ったことを巧く説明できないまま、黙っていた。

「そう言えば、一人だけ変わりものの例外もいたな」

八雲はポツリと言うと、足早に歩き出した。

「ねえ変わりものってまさか私のことじゃないでしょうね」

晴香は慌てて八雲を追いかける。

美樹は、それ以来すっかり元気になった。廃屋で意識を失ってから、何が起こったのかは全く覚えていないようだった。

一人行方不明になっていた和彦だが、その後何事もなかったように大学に顔を出した。晴香が和彦に問い質《ただ》すと、怖くなって実家に逃げ帰っていたのだという。晴香は、呆れて怒る気にもなれなかった。

大学内は、今回の事件で報道陣が詰めかけ、物凄い騒動になっていた。ニュースのアナウンサーは、来年の入試の競争倍率は過去最低になるだろうとコメントする始末で、今後の就職活動に及ぼす影響を考慮して、退学する生徒も何人かいたらしい。しかし、こんな騒動もしばらくすれば、風化していくのだろう。

数日後、晴香は改めて八雲の隠れ家を訪れた。昼過ぎだというのに、八雲は相変わらず寝癖の付いたままの頭で、眠そうな目をしていた。

「何時会っても寝起きみたいね」

「君が寝起きにしかこないからだ」

八雲は相変わらずぶっきらぼうに答える。晴香は、少しふてくされた八雲の表情が可笑しくて、笑ってしまう。

「今日は、わざわざ何の用だ？」

八雲は晴香の笑いが気に入らないらしい。用がないならさっさと帰ってくれと言わんばかりの口調だ。口を押さえて笑いを止めた晴香は、鞄の中から封筒を取り出し、机の上に置く。

「これは？」

「約束のお金。いろいろあったけど、美樹は元気になったし……」

八雲は差し出された封筒を、晴香の方に押し返す。

「いらないよ」

「なんで？」

「君のお姉さんにはずいぶん借りがある。それでチャラだ」

「ごめんなさい」

「何が？」

「私、初めて会った時、斉藤さんのことインチキだって……」

「気にするな」

「でも……」

「それと、その斉藤さんっていうのは止めてくれ」

「じゃあ、何て呼べば良いの？」

「普通に名前で呼んでくれてかまわない」

晴香はうなずく。

「私、八雲君の不思議な能力、インチキじゃないって認めるわ」

「そりゃありがたいね」

八雲は、どうでもいいという風に大きく欠伸をする。晴香は、しばらく黙って俯いていたが、やがて顔をあげる。

「私、八雲君が羨ましい」

「羨ましい？」

「だって、お姉ちゃんに会えるんでしょ？　私は会いたくても会えない。ずっと謝りたかったのに、色々言いたいこともあったのに、私には見えない……」

晴香の声は、微かに震えていた。自分のせいで姉が死んだ。以来晴香は、十年もその業を背負ってきた。降ろしたくても降ろせない。この先の人生、ずっと背負い続けていくであろうことを思うと、今さらながら我が身の罪深さを呪わずにはいられなかった。

「そんなに自分を責めるな。君の姉さんは君のことを恨んではいない」

「気休めなんていいわ。恨んでないなんて嘘。お姉ちゃんは私のせいで死んだの……」

「だったら自分で聞いてみればいい」

八雲は、左眼のコンタクトを外し、その赤い瞳を晴香に向ける。何度見ても、綺麗な赤い色だった。まるで自らが光を発しているかのようだった。晴香は、ただ黙ってその瞳を見つめた。だんだん目の前が真っ白になっていく。

「お姉ちゃん」

ふと気が付くと、晴香の前に姉の綾香が立っていた。姉はあの頃の姿のままだった。事故にあった七歳の時のまま……。

「お姉ちゃん。ごめんね。私があの時……ボールを投げたりしたから……」

晴香は、唇を嚙み締め、搾り出すように言う。綾香は何も言わなかった。ただ、晴香に向かって微笑んでいるだけだった。晴香にはそれだけで十分だった。

晴香の目からは、自分でもどうしようもないくらいに涙が溢れた。とても温かくて、穏やかな綾香の笑顔。自分の今までの苦悩を洗い流してくれているようだった。晴香は、止まらなくなった涙を、何度も、何度も拭い再び目を開いた。

目の前から綾香の姿が消えていた。眠そうな目をした八雲の姿があった。

「ありがとう……」

晴香の言葉に八雲は何も聞こえていないという風に、天井を見上げていた。

「私、八雲君の前で二回も泣いちゃったね」

「三回だ」

八雲は指を立てて訂正する。

「そんなのいちいち数えないでよ。好きで泣いているんじゃないんだから」

晴香は、ハンカチを使って涙を拭ってから席を立った。

「本当に色々ありがとう。これでお別れね」

やはり、八雲は晴香の言葉に答えなかった。ただ、大きな欠伸をしただけだった。晴香は微笑を浮かべ、ドアのノブに手をかけた。本当に八雲とはこれでお別れなのだろうか？

晴香の頭に、ふとそんな疑問が浮かんだ。

「ねえ、もし、もしもう一度お姉ちゃんに会いたくなったらどうすれば良い？」

晴香は、八雲に背を向けたまま言う。八雲からの答えはなかった。私はいったい何を期待していたのだろう？　晴香は、自分の口から出た意外な言葉を笑いにまぎらせながら、ドアを開ける。

「そのドアを開けて、ここにくればいい」

晴香はあわてて振り返る。八雲は椅子の背もたれにのけぞって相変わらずの眠そうな目をしている。

「え？」

「好きなときにくればいいって言ったんだ。但し、次は金取るぞ」

「あら、その時は金額交渉させてもらうわよ」

晴香はそう言うと、ドアを閉めて部屋を出て行った。

書評

作家・神永学の誕生

――『赤い隻眼』から『心霊探偵八雲1 赤い瞳は知っている』へ

朝宮運河

『赤い隻眼』（文芸社、2003）

二〇〇三年一月、横綱貴乃花が引退し、ハリウッド映画『ボーン・アイデンティティー』が公開されたこの月、漆黒のカバーをまとった一冊の文芸書が書店の棚に並んだ。

神永学『赤い隻眼』。当時この著者の名を知る者は、全国でもかなり限られていただろう。なぜなら『赤い隻眼』は、会社員生活のかたわら小説の執筆を続けてきた二十八歳の著者が、自費出版したミステリ小説だったからだ。日々大量の新刊が生まれる出版界において、自費出版の作品が注目を集めることは難しい。そして『赤い隻眼』もその例に漏れなかった。

しかし翌年、著者のもとに『赤い隻眼』の発行元である文芸社から突如連絡が入る。同社が立ち上げた新人作家発掘プロジェクト（BE-STプロジェクト）の対象に、著者の名が挙がったというのだ。作家デビューのチャンスを摑んだ著者は、編集部の意向を受け、『赤い隻眼』の大幅改稿に着手。二〇〇四年に『心霊探偵八雲1 赤い瞳は知っている』（以下『八雲1』）を刊行して、プロ作家としての第一歩を踏み出した。

デビュー前に書かれた『赤い隻眼』と、プロ第一作として書かれた『八雲1』とでは、文章表現などに多くの違いがある。本稿では、この二冊を読み比べ検討を加えることで、作家・神永学誕生の瞬間にあらためて迫ってみたい。

『赤い隻眼』は『八雲1』と同じく三部構成。「開かずの間に巣食うもの」「トンネルの闇に潜むもの」「死者からの伝言」の三話より構成されており、ストーリー自体は『八雲1』とほぼ変わらない。目立った相違があるのはキャラクターの描かれ方だ。まずはヒロインである小沢晴香から見ていこう。

物語冒頭、晴香が「映画研究同好会」の部室を訪ね、姉・綾香の死に責任を感じていることを八雲に言い当てられるというシーンがある。シリーズの読者なら、綾香の死が晴香の人生に大きな影を落としていることはご存じだろう。たとえば『八雲1』の第三話「死者からの伝言」には、「今までも眠れない夜というのは頻繁にあった。そういう時は決まって姉の死を思い出し、罪の意識に苦しんでいた」と、晴香の抱える苦悩が具体的なエピソードとともに描かれている。

だからこそ、長年抱えてきた秘密を八雲に指摘された晴香は、「背負ってきた重荷をおろすことができたような気がした」(『八雲1』「開かずの間」)と救いを感じる。

ところがオリジナル版の『赤い隻眼』には、この「重荷をおろすことができた」という文章は存在していない。八雲の示した霊能力によって、晴香の心がどう影響を受けたかが描かれていないのだ。そのためこのシーンのもつ重みが、両者では明らかに異なっている。

この改変の意図は、右に述べた晴香の不眠のくだりが、『赤い隻眼』で「眠ろうとしているのに眠れないなんて、姉が死んだとき以来だ」となっていたのを見ても明らかだろう。著者は主に八雲の異能を印象づけるために描かれていた綾香の死を、晴香の人生を大きく左右するほどの出来事としてあらためて描いたのだ。そしてその苦しみからの解放を示すことで、晴香と八雲の特別な関係性を際立たせている。

『八雲1』では他にも、『赤い隻眼』では詳しく触れられていなかった晴香の八雲に対する思いがプラスされている。たとえば第二話、合コンで知り合った達也という身勝手な男を前に、晴香が八雲を思い出すシーンを読み比べてみたい。

そういえば、もう一人何を言っても無駄な男を知っている。頑固で捻くれ者で、曲がったことが大嫌いな癖に、自分が少し曲がっている。矛盾だらけの男だ。あれから、もう一か月が経つ。彼は今頃どうしている

だろうか？　ふと八雲のことを思った。（『赤い隻眼』一一一ページ）

そういえば、もう一人、何を言っても無駄な自分勝手な男を知っている。頑固で捻くれ者で、曲がったことが大嫌いなくせに自分も少し曲がっている、矛盾だらけの男だ。しかし、自分勝手は自分勝手なのだが、達也という男とは根本的に何かが違っている。いったい何が違うのだろう。

あれからもう一ヵ月が経つ。彼は今頃どうしているだろう。あの眠そうな顔を思い浮かべ、晴香は少し笑ってしまった。（『八雲1』一二九ページ）

晴香が八雲に対して「根本的に何かが違っている」と特別な感情を抱くのは、一ヵ月前の開かずの間の事件と、その際に知ることになった八雲の秘密が関係している。そしてその思いは、夜のトンネルで再び八雲に救われたことでより強くなってゆく。第三話で犯罪者に拉致され、最大の危機に見舞われた際の晴香を見てみよう。

もし、自分が死んだら八雲は自分の魂を見つけてくれるだろうか？　あんな無愛想な男でも、私が死んでしまったら、少しは悲しんでくれるだろうか？　ふとそんなことを考えた。（『赤い隻眼』二四二ページ）

いや、仮に私が死んだとしても、少なくとも八雲だけは真相に辿り着いてくれるに違いない。それがせめてもの救いだ。私が死んだら、あの無神経で無愛想な捻くれ者も少しは悲しんでくれるだろうか？　ふとそんなことを考えた。（『八雲1』二九一ページ）

『八雲1』のこのシーンでは三つの事件を経て、晴香の八雲に対する信頼が揺るぎないものに変わっている。そしてこれが恋愛感情に近いものであることは、読者の目にも明らかだろう。一方『赤い隻眼』では、第一話から第三話までそれほど大きな心情的変化は認められない。『赤い隻眼』における晴香は、たまたま八雲と関わることになった事件の関係者、というポジションに留まっているようだ。

改稿作業にあたって著者は、晴香にとってなぜ八雲が特別な存在なのか、という部分を深く掘り下げている。二人が惹かれ合うのが偶然ではなく必然であることを示し、物語が十二巻に及ぶ大河ラブストーリーとして発展してゆく布石をすでに打っているのである。

では、八雲のキャラクターについてはどうだろうか。だらしなく羽織ったワイシャツ、寝癖のついた頭髪、陶磁器のように白い肌、という外見的特徴は、『赤い隻眼』の時点ですでに確立している。しかし言動は『八雲1』とでは異なっている。たとえば『赤い隻眼』の八雲は、思案しながら親指の爪を噛む癖があり、「だって、子供みたいなんだもん」と晴香に笑われている。初登場時の八雲は、ぶっきらぼうで皮肉屋だがどこか子供っぽい、というキャラクターだったようだ。

さらに大きな違いは「八雲視点の語りの有無」である。『赤い隻眼』では物語が、晴香と八雲のふたつの視点から描かれてゆく。そのため読者は、八雲の内面をある程度覗きこむことが可能になっていた。

具体例を挙げよう。第一話、晴香が八雲の赤い瞳を初めて目にするというシーンが、『赤い隻眼』では八雲サイドから語られている。晴香に「綺麗な瞳」と言われた八雲は、こう感じている。

八雲は何だか居心地が悪かった。今まで奇異の目でしか見られたことがなかった。自分の親でさえ、この左目で見られることに怯えていた。それを突然、綺麗だと言われても、どんな受け止め方をしたらいいか分からなかった。そんなこと、誰も教えてくれなかった。

(『赤い隻眼』七十二ページ)

こうした心理描写は、八雲の抱えてきた苦悩を分かりやすく読者に伝えるが、分かりやすいがゆえに、深い苦悩を抱えた八雲のキャラクター性が、やや弱くなってしまっていることも否定できない。第二話・第三話において晴香を救おうとする八雲の姿が、戸惑いや焦りとともに描かれているシーンにしても同様だ。

この八雲視点の語りは、『八雲1』では潔くカットされることになった。その代わり加えられたのが、八雲の内面をさりげなく示す行為や台詞である。第一話において廃屋で命の危険に遭った晴香は、思わず泣き出してしまう。その際、八雲は「晴香の肩にそっと触れる」という行動を取る。ただしこの行動が描かれているのは『八雲1』のみだ。

また叔父の一心、刑事の後藤と八雲の軽口の応酬も、『八雲1』ではボリュームアップしている。それによって八雲の置かれている特殊な境遇が、より鮮明に印象づけら

れた。改稿にあたって採られた「主観から客観へ」という
この描写方法の転換は、結果的に、ミステリアスで心の奥
底を覗かせない、魅力ある主人公を作りあげることになっ
た。もしリライト後も八雲の内面が提示されたままだった
ら、彼がここまで人気のキャラクターになっただろうか。

第三話の末尾において、晴香は名前で呼んでほしい、と八雲に告げる。それに対する八雲の答えが『赤い隻眼』では「考えとく」なのに対し、『八雲1』では「断る！」となっているのも興味深い。後者の台詞が内容にもかかわらずどこかユーモラスに響くのは、八雲のさりげない優しさと、それに惹かれる晴香の感情が、一冊を通して丹念に辿られているからなのだ。

『赤い隻眼』と『八雲1』の相違点は、キャラクターの描き方以外にもある。たとえば第一話では、八雲が真犯人を指摘するための手がかりが新たにつけ加えられているし、第三話でも真相につながる伏線が改稿でいくつも足されている。『赤い隻眼』に比べて『八雲1』は、ミステリとしての精度が明らかに向上しているのだ。

また心霊スポットに現れる幽霊のビジュアルがより印象的なものに変更されるなど、ホラーとしても厚みを増している。クライマックスにおける視点の切り替えをスピーディにすることで、サスペンス性を強めている点も見逃せない。紙幅の都合から詳しく述べることはできないが、『八雲1』はエンターテインメント小説としての完成度が格段にアップしているのは間違いない。作家志望者はこの二冊を読み比べることで、多くの学びを得ることができるだろう。

魅力的なキャラクターの変化を、印象的なエピソードとともに描く。あらゆるテクニックを駆使してノンストップのエンターテインメントを作りあげる。

今日、私たちを魅了する神永作品の特徴は、『赤い隻眼』をブラッシュアップした『八雲1』にすでに見てとることができる。そしてこの改稿の過程には、小説という表現ジャンルに魅せられた二十代後半の小説家・神永学へと変身しつつある一瞬が、鮮やかに刻印されているのだ。十六年に及んだ「心霊探偵八雲」シリーズがついに完結した今、この二冊の「はじまり」を机に並べていると、言いようのない感慨が胸にこみ上げてくる。

（あさみや・うんが　書評家）

心霊探偵八雲シリーズ　全巻紹介

記念すべきデビュー作から外伝まで、これまで発売された「心霊探偵八雲」シリーズ18作を神永さんにふり返っていただきました。込められたテーマや意外なこぼれ話まで、ここでしか読めない蔵出し情報が満載！

心霊探偵八雲１　赤い瞳は知っている

2008年3月25日
角川文庫刊

2004年10月5日
文芸社刊
(四六判ソフトカバー)

あらすじ

学内で幽霊騒動に巻き込まれた友人について相談をするため、晴香は不思議な力を持つ男がいるという映画研究同好会の部室を訪れる。そこで彼女を迎えたのは、ひどい寝癖と眠そうな目をした青年――斉藤八雲だった。晴香は八雲に、友人である美樹が深夜に遊び半分で大学内にある廃屋に忍び込み、心霊現象を目の当たりにして以来昏睡状態に陥っているというのだが（「ファイルⅠ　開かずの間」）。晴香は合コンで出逢った達也という男に車に乗せられ、交通事故に遭遇する。達也は、小さな子どもが飛び出してきて轢いてしまったと訴えるが、そこには誰もいなかった……（「ファイルⅡ　トンネルの闇」）。晴香が深夜、ふと目を覚ますと、部屋の隅に疎遠になった友人が佇んでいた。不倫の恋の末に自殺したという彼女の死の真相とは（「ファイルⅢ　死者からの伝言」）。八雲の赤い左眼を「きれいだ」と言う晴香との関係は、出会いからすでに他の人と比べて特別なようで……。
【添付ファイル】「忘れ物」大学の図書館で八雲と晴香がある本を捜すことに――。

主な登場人物

飯田陽子（看護師）
木下英一（医師）
美樹（晴香の友人）
和彦（美樹の彼氏）
市橋祐一（美樹と和彦の友人）
相澤哲郎（晴香のオーケストラサークルの先輩）
高岡（晴香が所属するゼミの教授）
篠原由利（晴香と１年生の時に同じゼミだった学生）
中原達也（晴香と合コンで知り合った学生）
詩織（晴香の高校時代からの友人）

神永さんコメント

自費出版した『赤い隻眼』を改稿したプロデビュー作。中編３本という構成になっているのは、長編のミステリを書ききる自信がまだなかったからです。一番書きたかったのは、八雲と晴香の出会いのシーンですね。生まれつきのコンプレックスだった赤い瞳を、晴香が「きれい」と言ったことで、八雲の価値観がひっくり返る。その変化を描きたかったんですよ。

心霊探偵八雲２　魂をつなぐもの

2008年6月25日角川文庫刊

2005年3月15日文芸社刊
（四六判ソフトカバー）

あらすじ

３人の女子中学生が帰宅途中にそれぞれ誘拐され、２人が遺体となって発見された連続誘拐殺人事件。いまだ１人が行方不明となっていた。晴香の友人である真由子は、川岸で少女の霊に遭遇して以来、奇妙なできごとが続いているという。真由子は袖のボタンに引っかかっていた携帯電話のストラップを晴香に見せたが、そこには偶然の一致か、亡くなった双子の姉の名前と同じ〈AYAKA〉の文字が残されていた。また一方で〈刑事部刑事課未解決事件特別捜査室〉に配属になった石井刑事と後藤刑事は、八雲を連れて署長の家を訪れた。八雲はその赤い瞳で、署長の娘の真琴はある男性の霊に憑かれていることを見抜く。真由子が霊に遭遇したという川に向かった晴香は、何者かによって川に引きずり込まれてしまう。捜査を続ける後藤と石井は、事故死した男の遺留品から水門の鍵を見つけたが……。交錯する２つの事件の謎を、八雲は解決することができるのか。
【添付ファイル】「帰郷」自殺寸前の女性を目にした八雲と晴香は――。

主な登場人物

真由子（晴香のサークルの友人）
小河内（英語講師）
内山（水門管理事務所の職員）
木下（亜矢香の父、外科・産婦人科の医師）
依田巡査部長（暴行事件を捜査）

神永さんコメント

これが初めての長編。まだ書き方が分からなくて、結構苦労しました。それで３つの事件をひとつにまとめて、１本の長編にするという技を使っています。この巻で初めて両眼の赤い男が登場。一巻にも登場していますが、あれはシリーズ化することが決まってからオリジナル版につけ足しているんですよ。晴香が抱えているものも、前巻より深く掘り下げてみました。

心霊探偵八雲３　闇の先にある光

2008年9月25日角川文庫刊

2005年7月15日文芸社刊
（四六判ソフトカバー）

あらすじ

「ねえ。どうして死ねないの？」。飛び降り自殺を延々と繰り返す、女性の幽霊が出るという相談を持ち込まれた八雲。新聞記者の真琴は、大学時代の友人・麻美と一緒にいたバーで女性の幽霊に遭遇し、その後も怪奇現象に見舞われる。怯える麻美に呼び出されて、真琴は麻美が住むマンションの一室に駆け付けたが、急に麻美本人が消えてしまった……！　一方、八雲の前には死者の魂が見えるという男が現れる。彼もまた赤い瞳を持ち、かつて長野で同じように両眼が赤い男と遭遇したと語る。一連の怪奇現象には、以前後藤がかかわった女子大生暴行事件が絡んでいると気づいた八雲たちは、事件ののちに命を絶った彼女の死の真相を探り始める。だが、麻美とともにバーにいた男もまた、心霊現象に悩まされ、そして姿を消した……！　真琴にも迫りくる恐怖の正体は何なのか。自殺した彼女の日記に残されていた〈蛇と十字架〉の符牒はいったい何を示しているのか——。

【添付ファイル】「返却」自殺を繰り返す霊を見送る八雲と晴香は——。

主な登場人物

井上麻美（真琴の大学時代の友人）
村瀬伸一（バーで麻美たちと同席したイベント企画会社勤務の男性）
井出裕也（伸一が勤める会社でアルバイトする大学生）
八木慶太（麻美たちが怪奇現象に遭遇したバーのマスター）
島村恵理子（後藤の警察学校からの同期で、後藤の妻・敦子の親友）
井手内（刑事課長）
滝沢（新聞記者）
間宮（女性教師）

神永さんコメント

死者の魂が見えるという霊媒師が現れる作品。書いていてこんなに嫌な事件はなかったですね。これを読んだ書店員さんから「三巻でこんなえぐい話を持ってくるとは思わなかった、挑戦したね」と言われました。この事件の犯人側を責められる人はいないと思う。やりきれない現実を前にした、八雲たちの苦悩を描いています。結果としてキャラクターを深く掘り下げられました。

心霊探偵八雲４　守るべき想い

2009年2月25日角川文庫刊

2005年11月10日文芸社刊
(四六判ソフトカバー)

あらすじ

「僕は呪われている。僕にさわるとみんな死ぬんだ」。小学校での教育実習に臨む晴香は、担当するクラスで幽霊が見えるという少年・真人に出会う。晴香は実習が休みになる土曜日に、八雲を伴って小学校に向かい、プールで燃えさかる男性の幽霊を見たという教師の話を聞いた。魂に誘われ、八雲が向かったポンプ室には、黒焦げの死体と、なぜか切り取られた左手首が落ちていた。未解決事件特別捜査室の後藤と石井は、着任したばかりの刑事課長・宮川の指示で、逃亡犯の捜査に加わる。父親を撲殺して逮捕され、精神鑑定のために訪れた病院の診察室から、医師を襲って逃げ出した男の名は、戸部賢吾。彼は、晴香が教育実習中の小学校で 28 年前に起きた火災により重傷を負った少年だった。さらに、ポンプ室で発見された炭化した死体は、戸部と判明。晴香の指導教師だった駒井も謎の死を遂げて……。異常な高温で燃えた遺体が物語る、複雑に絡み合った真実とは。
【添付ファイル】「写真」小学校の卒業アルバムにそっと写る子どもの霊。

主な登場人物

横内一仁（小学校の新任教師）
駒井博美（晴香の教育実習での担当教師）
大森真人（晴香の教育実習のクラスにいる、幽霊が見えるという少年）
戸部賢吾（自身の父親を撲殺し、逮捕後逃亡）
佐々木杏奈（精神科医）
今野（晴香が教育実習をしている小学校の教頭）
野田冨美子（戸部家の元家政婦）

宮川（前任の刑事課長・井手内の代わりに赴任。後藤が新人の頃コンビを組んでいた）

神永さんコメント

幽霊絡みの事件ばかり扱っているのもなんだか芸がないぞと思って、「人体自然発火現象」というオカルト的都市伝説を取りあげてみました。それを縦糸だとするなら、晴香のドラマが横糸ですね。彼女が教育実習に行った先で、霊が見える真人という少年と出会う。この２つの流れを組み合わせて書いてみたら、という発想だったと思います。

心霊探偵八雲５　つながる想い

2009年6月25日角川文庫刊

2006年３月15日文芸社刊
（四六判ソフトカバー）

あらすじ

15年前に凄惨な殺人事件が起きた豪邸に取材で向かった真琴は､無人の邸宅のなかで幽霊に遭遇する。地元の名士として名を馳せ、私立中学の理事も務めた七瀬寛治とその妻、そして息子の勝明夫妻が滅多刺しで殺害された事件。隣家の通報で当時、現場に急行した刑事の宮川は、生存していた孫娘の美雪を保護しようとするが、何者かに襲われ昏倒。そして美雪は姿を消してしまう。事件は未解決のまま時は流れ、容疑者と目された元新聞記者の男は逃亡を続けている。さらに現場で撮影された映像に写っていた女性の姿を見た八雲も失踪し、事件を追う後藤刑事もまた、何者かに連れ去られた。事件の真相には八雲の生誕の秘密が絡んでいると気づいた晴香は、自身の母が八雲の母と知り合いであったと知り、名状しがたい衝撃を受ける。八雲を必死で捜す晴香と、後藤を必死で捜す石井と宮川。懸命な捜索の末、時効直前の事件は思わぬ展開を見せる──。

【添付ファイル】「横恋慕」喫茶店で八雲と晴香は、別れ話をするカップルを目の当たりにし──。

主な登場人物

七瀬寛治（15年前の家族惨殺事件で刺殺された地域の名士、私立中学の理事も務める）
七瀬勝明（寛治の息子、美雪の父）
七瀬美雪（七瀬家の孫娘）
武田俊介（元新聞記者で、事件の取材を通じて寛治と怨恨があった）
村上由紀（テレビリポーターとして疑惑のビデオに出演）
小沢恵子（晴香の母、八雲の母である梓と知り合いだった）
斉藤梓（八雲の母）
植松昭一（寛治に借金をしていた男）
本田豊（娘がいじめに遭ったため寛治が理事を務める中学校を訴える）

神永さんコメント

八雲が失踪して、晴香の前から姿を消してしまうという巻。新刊の打ち合わせで当時の担当さんに「次の巻は八雲を出すな。以上」という無茶ぶりをされて、主人公が出ないってどういうことだよ、と思いながら必死にストーリーを練りました。八雲を直接出さず、それでも存在感を強く漂わせて、なおかつ八雲の過去にも触れるアクロバティックなことに挑戦しています。頑張りました。

心霊探偵八雲６　失意の果てに

2010年9月25日角川文庫刊（上・下巻）

2006年12月20日文芸社刊
（四六判ソフトカバー）

あらすじ

「ねぇ、いつ死ぬの？」。そう入院患者に問いかける女の子の幽霊が出ると噂される病院で、また１人、目撃者が現れた。一心の大学時代の友人だという医師が、一心に心霊現象の相談を持ち掛ける。殺人の罪で逮捕され、拘置所に収容されている七瀬美雪は、後藤と石井との接見を希望し、面会室で２人に「私は、拘置所の中から斉藤一心を殺す」と言い放つ。拘置所の中からの殺人という、明らかに不可能な犯罪をどのように実行するのか。だが、後藤と石井が警戒していたにもかかわらず、一心は何者かの凶刃に倒れ、意識不明で病院に運ばれる。ちょうどその頃、七瀬美雪は、拘置所の部屋の中で発作を起こして医務室に運ばれていたというが……。一心は生死の境をさまよい、病院内では女の子の幽霊が相次いで目撃される。一心を刺した犯人はいったい誰なのか。昏睡状態の叔父を目前にした八雲に七瀬美雪の絶対的な悪意が襲い掛かる！
【添付ファイル】「夜桜」一心の最後の願いを叶えるため、八雲と晴香は花見に赴く――。

主な登場人物

新井真央（医師で、一心の旧友）
佳子（心臓病で入院中の少女）
榊原（一心が病院に搬送された際の当直医）
山村幹生（美雪が収容されている拘置所の刑務官）
小松（美雪が収容されている拘置所の医務官）

神永さんコメント

八雲の父親代わりの斉藤一心が刺されてしまう。１巻完結型だったシリーズが、大きなうねりのある物語になっていく、シリーズの分岐点のような巻ですね。ファンの人気投票をやると、この巻の人気がすごく高いんです。シリーズの１巻目ではなく、途中の巻が票を集めることって、なかなかないですよね。僕にとっても思い入れのある１冊ですね。

心霊探偵八雲 7　魂の行方

2011年10月25日角川文庫刊

2008年3月20日文芸社刊
(四六判ソフトカバー)

あらすじ

「友だちが、神隠しにあった」。晴香のもとにかかってきた1本の電話。それは、かつて晴香が教育実習に行った小学校で出会った真人という少年からのものだった。後藤が運転する車で、長野に向かう八雲と晴香は、真人の案内で伝説の土地、鬼無里へと辿り着く。後藤が不在の未解決事件特別捜査室には、七瀬美雪を乗せた護送車が事故を起こし、美雪が姿を消したという一報が飛び込んだ。運転していた刑務官は、道路の真ん中に両眼の赤い男が忽然と現れたことが事故の原因だと主張する。傷を負ったまま逃げ出した美雪を捜す石井は、廃屋となった木下外科・産婦人科を訪れ、そこで美雪に襲われた上に取り逃がしてしまう。美雪が去った廃病院には、両眼の赤い男の生首が残されていた。八雲たちもまた白骨遺体を発見し、古びた診療所に辿り着く。鬼女の伝説が伝わる土地で忽然と消えた少女に何が起こったのか。2つの事件は鬼無里で、意外な縁で交錯することになる——!

【添付ファイル】「同乗者」長野からの帰り道、後藤は奇妙な女性を車に乗せることに——。

主な登場人物

真人（晴香が教育実習をした小学校の生徒で、現在は長野に住んでいる）
由美子（真人の友人）
智也（真人の友人）
東野弘之（七瀬美雪を乗せた護送車を運転していた刑務官）
吉井（長野県の新聞社の記者で、真琴の大学の先輩）

神永さんコメント

鬼伝説の残る信州の鬼無里に八雲たちが向かうことで、八雲のルーツが語られます。これは当時の担当さんがいきなり「信州に蕎麦食いに行くぞ！」と言い出して、取材旅行に連れて行かれたんですよ。初めて「そばがき」を食べたのがいい思い出。あくまで蕎麦がメインで、鬼伝説は後付けで調べていったんです。

心霊探偵八雲８　失われた魂

2012年8月25日角川文庫刊

2009年8月31日文芸社刊
(四六判ソフトカバー)

あらすじ

鍾乳洞の岩屋で目を覚ました八雲は、自分の手が血に染まっていることに気づく。傍らには血まみれの遺体があった。混乱する八雲の前に、制服姿の少女の幽霊が現れる。「――赦さない」と呟く少女を追って歩き出した八雲は、殺人の疑いをかけられ、重要参考人として警察から追われることになる。湖畔を人知れず歩き回り瀕死の状態にあった八雲を後藤と英心が見つけ出したが、凶器の指紋が八雲のものと一致し、さらなる窮地に立たされる。女性の悲鳴が聞こえると心霊マニアの間で評判の鍾乳洞で起きた殺人事件に、八雲はほんとうに関与しているのか。〈彼を殺したのは、あなた。警察に捕まれば、あなたの大切な人が死ぬ〉八雲は七瀬美雪の脅しを受け、逃亡せざるを得なくなったのだが……。八雲の無実を信じ、事件の真相を明らかにしようと奔走する晴香に美雪が襲い掛かる！　晴香を拉致した美雪を八雲は〈始まりの場所〉へと誘い出すが――。
【添付ファイル】「火の玉」大学の裏手に火の玉が出る。真琴に言われた２人が見たものは――。

主な登場人物

戸田山誠道（寺の住職）
秀英（誠道の寺に勤める青年僧）
初音（誠道の寺の前に捨てられていた少女）
夏目葉子（西多摩署の刑事）
松本浩（高校教師）
増岡美波（10年前に失踪した少女）
増岡珠恵（美波の母）

神永さんコメント

八雲が殺人容疑をかけられるこの巻で、初めて本格的に八雲目線の文章を書きました。それによって八雲が周囲の人たちをどう受け止めているのか、ちゃんと読者に伝えることができましたね。前巻で両眼の赤い男の素性が明らかになり、八巻では八雲が生まれた理由が明かされる。このあたりからそろそろ、シリーズの終わりを意識し出しています。謎の回収にかかっているというか。

心霊探偵八雲９　救いの魂

2014年12月25日角川文庫刊

2012年３月31日角川書店刊
（四六判ソフトカバー）

あらすじ

八雲の高校時代の同級生である秀明は、自宅で何者かに襲われた妹の優花の姿を見つけた。霊が見えるという秀明は、優花を襲った人物の霊を病院で目撃する。八雲もまた、彼女の生霊を目撃していた。昏睡状態で集中治療室にいる優花の思念が八雲に「深い森」と訴えかけるのだ。八雲に殺人事件の嫌疑がかけられた時に逃亡を手伝ったとして警察を懲戒免職処分となった後藤は、心霊現象専門の探偵として生計をたてようとしていたが、青木ヶ原樹海で焼死体を発見した女子大学生の相談にのろうとして、霊に乗り移られてしまう。発見された焼死体は勢力を伸ばしている新興宗教団体の幹部で、団体内部の権力闘争が原因で殺されたと目されていた。さらに、優花を襲ったのちに自殺をした男もまた、同じ宗教に入信し、多額の借金をしてまでお布施を積んでいた。この宗教団体の急激な変化にも七瀬美雪と両眼の赤い男がかかわっているようで……。

【添付ファイル】「盤上の駒」チェスが得意な八雲が、晴香にチェスを教える――。

主な登場人物

前原里奈（樹海を探検中に遺体を発見した大学生）
内川広樹（樹海で里奈と一緒にいた大学生）
蒼井優花（自宅マンションで何者かに襲われた看護学校生）
蒼井秀明（優花の兄、八雲の高校時代の同級生）
蒼井香織（優花の母、夫とともに交通事故で死亡）
御子柴岳人（明政大学の准教授）
島村恵理子（世田町署の刑事、後藤の妻・敦子の友人）
峰岸京佳（新興宗教団体・慈光降神会の教祖）
檜山健一郎（新興宗教団体・慈光降神会の幹部）

神永さんコメント

この巻から後藤は私立探偵になります。「心霊探偵八雲」というタイトルの割には探偵が出てこないので、本物の「心霊探偵」を出そうと思ったんですよ（笑）。ちなみに「心霊探偵」というタイトルは文芸社が付けたもの。当初は「魂の視覚」になるはずでした。自殺の名所と言われる富士の樹海はいつか舞台にしてみたいなと思っていた。あの樹海に八雲が行ったら一体どうなるんだろうと、興味があったんです。

心霊探偵八雲 10　魂の道標

2019年3月25日角川文庫刊

2017年3月31日角川書店刊
(四六判ソフトカバー)

あらすじ

七瀬美雪に左眼を傷つけられてしまった八雲。後藤は英心の依頼で、自宅マンションの一室で奇怪な現象が起きたという妊婦のもとへ向かう。真琴は知人のカメラマンから持ち込まれた心霊写真を石井に見せる。いつもなら八雲に相談するところだが、八雲は心因性の視覚障害を起こしており、霊を見ることができないのだ。だが、八雲の唯一の肉親で、後藤夫妻に養子として引き取られている奈緒が霊に取り憑かれてしまったことで、八雲は自分が能力を失ったことを呪う。憑依された奈緒が家から飛び出して行方不明となり、彼女を捜す後藤は車にはねられて生死の境をさまよう。真琴に心霊写真の相談をしていた佐山は「あれは、心霊現象ではない」という謎の言葉を遺して自宅マンションから転落死してしまう。呪われたマンションと憑依された奈緒の関連は——。自分を失い呆然とする八雲のために、晴香が、そして仲間たちが立ち上がる！

主な登場人物

広田節子（妊娠中に自宅マンションで心霊現象に遭う）
佐山武（フリーカメラマン、真琴の仕事仲間）
広澤正蔵（児童養護施設〈みちしるべ〉の園長）
広澤一枝（正蔵の妻）
山品秀幸（ショッピングセンター建設に携わった建設会社社員）
重森（佐山の友人）
高部（児童養護施設〈風音〉の虐待事件を取材していた記者）

神永さんコメント

八雲の左眼が見えない。というのが物語のメインです。死者の霊が見える左眼の存在を呪っていた八雲が、晴香たちと出会ったことでその存在を認め、受け入れようとしていた矢先に七瀬美雪に傷つけられる。避けていたものを自ら欲するようになる、という八雲の気持ちの流れを丹念に追いかけた巻ですね。エンディングを書くためには、この八雲の変化は絶対に欠かせません。

心霊探偵八雲 11　魂の代償

2019年3月30日角川書店刊
（四六判ソフトカバー）

あらすじ

「お願い。助けて」。八雲の眼前に現れた女性の幽霊。彼女がとても苦しんでいるように感じた八雲は、晴香とともにその真相を究明することにした。明政大学にある日本軍の研究施設を利用した資料館には、厳重に封印された箱があるという。その箱を開けて以来、霊に付きまとわれている学生の相談を受けた真琴は資料館へ赴き、閉ざされた箱のなかにある木乃伊化した首のない死体を発見する。とある廃屋で心霊現象に遭った石井も、多摩川の水門近くで幽霊を見たと相談を受けた後藤も、それぞれ八雲に相談を持ち掛ける。だが、関係者が一堂に会した映画研究同好会の部室から帰宅しようとした晴香が何者かに襲われ拉致されてしまう。七瀬美雪は晴香を人質に、八雲を脅迫する。晴香を救出するために一丸となって謎を解こうとする八雲たちだが……。「——あなたは、愛する人の為に、何を犠牲にしますか？」何者かの手帳に記された言葉が、重く八雲の胸にのしかかる。

主な登場人物

中本紗奈（多摩川の水門近くで幽霊を見たという女子高校生）
安井真紀（明政大学医学部の学生）
川上春江（多摩川沿いに住む老婦人）
川上慧（内科医。妻と子を失い、失踪した）
川上涼子（春江の息子の妻。３年前に交通事故で死亡）
川上聡美（春江の孫娘。涼子とともに交通事故に遭い、脳死判定を受ける）
長岡百花（明政大学の卒業生。かつて資料館の倉庫で肝試しをする）
生田知子（百花と倉庫に行って心霊現象に遭い、失踪した）

神永さんコメント

十二巻と合わせて上下巻にすべきかどうか悩んだんですよ。でも両方合わせたら900ページにもなってしまって、断念しました（笑）。いつも書いているあとがきもこの巻はなし。「そこで終わるの⁉」というぶった切った作品を一度書いてみたかったので、実現できて嬉しかったです。

心霊探偵八雲 12　魂の深淵

2020年6月25日角川書店刊
（四六判ソフトカバー）

大切な人を守るため、八雲が下した決意とは……？
16年にわたって紡がれた「八雲」シリーズ、感動のフィナーレへ!!

心霊探偵八雲　SECRET FILES　絆

2009年10月25日角川文庫刊

2007年6月1日文芸社刊
(四六判ソフトカバー)

あらすじ

中学教師の高岸明美は、他人を寄せ付けず、寂しげな目で教室に佇む1人の生徒のことが気になっていた。彼の名は斉藤八雲。幽霊が見えると噂され、クラスメイトから疎まれる孤独な少年のことを、明美は理解しようと努める。明美もまた、暴行の末に身ごもった子どもを育てるシングルマザーだった。クラスのリーダー格の司は、悪戯心から八雲を肝試しに誘い出す。だが、司たちと一緒に明かりの消えた学校にやってきた佐知子は、桜の木の下で赤子の幽霊に遭遇する。その赤子の両眼は、血のように真っ赤だった……。後藤と宮川は、謎の情報提供者が指定した場所に急行する。そこで2人が目撃した、痩身に黒いスーツをまとった男は何者なのか。2人は情報をもとに望まれない妊娠の末生まれた子どもを無免許で斡旋していたという産婦人科に向かい、身元のわからない子どもの遺体を発見するが……。晴香が涙せずにはいられなかった驚くべき八雲の過去を一心が語る。
【添付ファイル】「憧れ」八雲を訪ねてきた、いわくありげな女性を晴香が追うが——。

主な登場人物

高岸明美（八雲の中学時代の担任の先生）
司（八雲のクラスのリーダー格）
佐知子（八雲の隣席の少女）
洋平（司の後ろの席に座る少年）
多恵（八雲のクラスメイト）
下村祐介（下村産婦人科の医師）
橘冨美子（公園の管理事務所に勤める第一発見者）
金田美佐子（化粧品メーカーに勤めるOL）
尾崎清美（美佐子の友人）
原喜美恵（6年前に池から遺体で見つかった少女）

神永さんコメント

「どうしてあの作品を書いたんですか？」と聞かれても、「出版社の無茶ぶり」としか答えようのない作品が結構あって、これもそうですね。文芸社から『B-Quest』という雑誌が出ることになって、「短編を書いてほしい。ただし本編とは直接関係のないものを」というのがリクエスト。しかも向こうの都合で収録作のボリュームがちぐはぐになっています。創作の舞台裏って結構、こういう身も蓋もない話が多いんです（笑）。

心霊探偵八雲　ANOTHER FILES　いつわりの樹

2013年7月25日角川文庫刊

あらすじ

とある神社の境内にある杉の木は“いつわりの樹”と呼ばれ、「この木の前で嘘をつくと、呪われる」と噂されていた。ある日、その杉の木の前で刺殺体が発見される。被害者の望月は、なんと石井の高校時代の同級生だった。容疑者はすぐに捕まったものの、供述と被害者の致命傷が一致せず、事件は混迷を極める。一方、晴香の友人の麻衣は、いつわりの樹がある神社で心霊現象に遭い、八雲に相談する。八雲が神社へ調べに行っている間に麻衣は晴香の眼前で豹変し、何者かに取り憑かれた様子を見せる。麻衣に憑依した幽霊は、10年前に神社内で転落死した女性だった。2つの事件の鍵は石井が握っていると指摘する八雲。しかし石井は何かを隠しているようで……。誰が嘘をついているのか。関係者をすべて神社に集めた八雲が、いつわりの樹の前で真相を解き明かす。

主な登場人物

望月俊樹（石井の高校時代の同級生）
箕輪優子（俊樹の婚約者）
小坂由香里（優子の姉で、望月の同級生）
松田俊一（現場で取り押さえられた容疑者）
麻衣（心霊現象に遭った晴香の友人）

神永さんコメント

舞台版「八雲」のために書き下ろした脚本を小説化したものです。脚本では絞っていた人数を、小説では増やすなど多少のアレンジはしています。最初から芥川龍之介の「藪の中」をやろうと思っていたもの。関係者3人の証言がそれぞれ異なる。さてその真相はというお話で、自分ではよくできたかなと思っています(笑)。

心霊探偵八雲　ANOTHER FILES　祈りの柩

2014年6月25日角川文庫刊

あらすじ

「夜、その泉を覗き込むと、真実の姿が映る」。町の外れにある泉で、水面から這い出てきた幽霊に遭遇して以来、謎の歌を歌い続けているという佐和子。相談を受けた八雲が鏡湧泉と呼ばれる泉に行くと、不審な電話を受けて現地にきた真琴と遭遇する。泉に行って何者かに取り憑かれたと怯える貴俊は、除霊ができると評判の牧師のもとを訪れる。その牧師は、８年前に後藤とコンビを組んでいた元刑事・桐野光一だった。桐野は後藤と正反対の性質で、方針の違いから幾度となく衝突をしていた。だが、除霊の部屋のドアを後藤が開けたとき、桐野は首から血を流して倒れており、相談をしていたはずの貴俊の手には血まみれのナイフが握られていた。桐野はなぜ刑事を辞め、牧師になったのか。そして、なぜ、殺されたのか。歌い続ける佐和子は、いったい誰に取り憑かれているのか――。後藤と因縁の男との知られざる過去が明らかになる。

主な登場人物

御子柴岳人（若き数学の准教授）
宇津木賢人（明政大学法学部の学生）
戸塚貴俊（鏡湧泉で心霊現象に遭った青年）
佐和子（貴俊の恋人）
戸塚由希子（貴俊の母で警察の OB の娘）
織田亮（賢人や貴俊の中学時代の同級生）
桐野光一（後藤と過去に縁のある牧師）

神永さんコメント

これまで語られてこなかった後藤の過去にスポットが当てられます。「ANOTHER FILES」はサブキャラに重きを置いている作品が結構ありますが、これもそうですね。これも舞台が先にあって、ワンシチュエーションのミステリに挑戦したんですが、思ったようにいかなくて。それを作りなおしたのが『祈りの柩』ですね。ただし当初の舞台とはもはや別物というくらいに変わっています。

心霊探偵八雲　ANOTHER FILES　裁きの塔

2015年９月25日角川文庫刊

あらすじ

「塔の最上部にある姿見は黄泉の国とつながっている。ある時間にその前に立つと、亡者と再会できる」。キャンパスの中央に建つ時計塔には妙な噂があった。新聞記者の真琴は、大学時代の先輩の紹介で、現役大学生ながら類稀なる才能を持ち『時計塔の亡霊』という小説を書いてデビューした作家・桜井樹を取材する。取材中に桜井は「この作品は自分が書いたのではなく、亡霊に書かされたのだ」と、妙なことを語りだす。晴香は友人の花苗から心霊現象に遭ったと相談を持ち掛けられ、２人で現場となった時計塔に向った。そこで花苗は、何者かに鉄パイプで殴打され殺害されてしまう。そして現場で気を失っていた晴香は、殺人事件の容疑者として捕らえられてしまうのだった。目撃者の証言もあり、無実を証明することは困難を極める。晴香の無実を信じたい八雲たちの心も千々に乱れるが……。

主な登場人物

桜井樹（大学在学中に『時計塔の亡霊』を書いた若き作家）
小池花苗（時計塔で心霊現象に遭った晴香の友人）
西澤保伸（花苗とともに時計塔に行った文芸サークルの先輩）
恩田秀介（真琴の大学時代の恩師で、現在は明政大学の准教授）
水原紀子（３年前に学内で亡くなった女子大生）
瀬尾稔（明政大学の警備員）

神永さんコメント

大学内の事件を扱ったもので、若干青春キャンパスミステリ的な雰囲気がありますね。殺人容疑がかけられた晴香を、八雲がどれだけ信じられるのかがテーマ。感情よりも理論優先で、自分の内側に引きこもりがちな八雲ですが、この巻では感情をそれなりに覗かせていますね。

心霊探偵八雲　ANOTHER FILES　亡霊の願い

2017年2月25日角川文庫刊
ファイルⅠ　劇場の亡霊　「小説 野性時代」2016年11、12月号
ファイルⅡ　背後霊の呪い　「小説 野性時代」2017年1、2月号
ファイルⅢ　魂の願い　書き下ろし
その後　書き下ろし

あらすじ

八雲と晴香が通う明政大学は、まもなく学園祭の時期を迎えようとしていた。演劇サークルの演目は「裁きの塔」。呪われていると噂されるいわくつきの脚本だ。通し稽古の最中に舞台は暗転し、倒れるはずのないセットの塔が倒れていた。講堂で起きる不可解な事故の秘密と幽霊の真意を八雲が鮮やかに解き明かす（「ファイルⅠ　劇場の亡霊」）。幽霊に付きまとわれていると晴香に相談するオーケストラサークルの男。八雲に直接、自分が呪われていると相談していたアキ。ただならぬ雰囲気を感じ取った晴香がアキから話を聞こうとするが、彼女は「私に関わらないで」と言い置いてその場を立ち去る。幽霊に付きまとわれているという男の背後には、たしかに怒りをたぎらせる男性の霊が佇んでいて……（「ファイルⅡ　背後霊の呪い」）。映画サークルに所属する坂本は、自ら監督して撮影した映画に、怪しい心霊現象が写っていることに気づくが……（「ファイルⅢ　魂の願い」）。

主な登場人物

広瀬羽美（演劇サークルに所属する学生）
絵里子（羽美とともに心霊現象に遭った学生）
永見（羽美の恋人役を演じる男子学生）
智子（学園祭の公演で主演を務める1年生）
黒川（演劇サークルの部長）
渡辺優（オーケストラサークルでオーボエを担当）
三崎アキ（八雲に直接、呪われていると相談する儚げな美女）
坂本栄史（映画サークルで監督を務める学生）

神永さんコメント

短編集です。長編を書くのはスケジュール的に厳しい時期で、「短編ならなんとか」と連載を引き受けた覚えがあります。これも2人が通う大学が舞台で、3作とも学園祭もの。毎回アイデアをゼロから出すのは大変なので、何かしばりを作ろうと思ったんです。ちなみにこれと近い時期に書いた『浮雲心霊奇譚　白蛇の理』は、動物しばりでした。

心霊探偵八雲　ANOTHER FILES　嘆きの人形

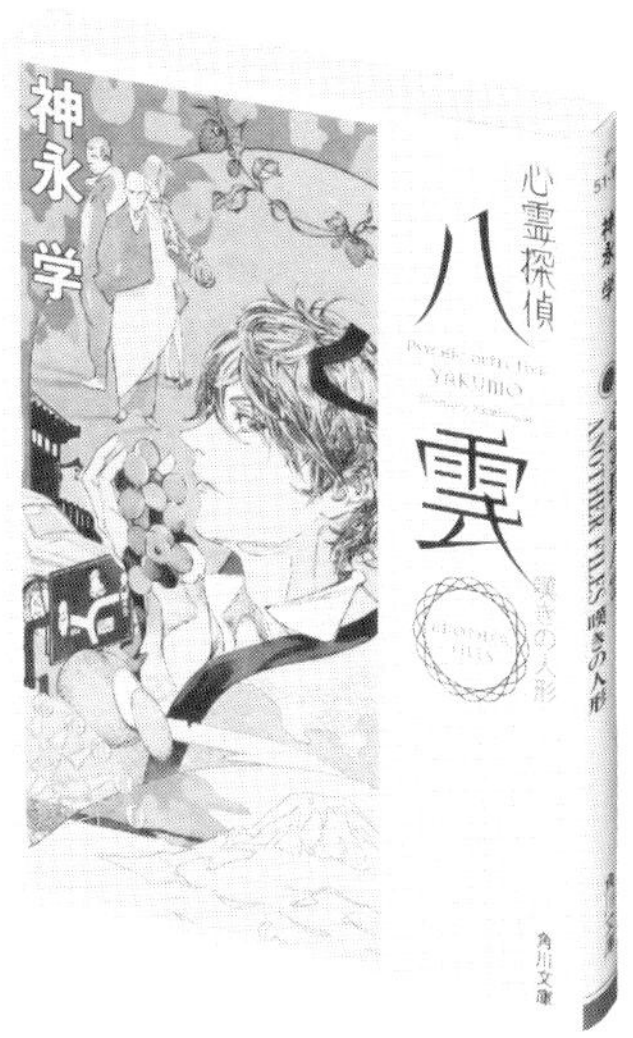

2018年7月25日角川文庫刊
　第一章　亡霊の呻き　「小説 野性時代」2017年6、7月号
　第二章　亡霊の影　「小説 野性時代」2018年3、4月号
　第三章　嘆きの人形　「小説 野性時代」2018年5、6月号
　その後　書き下ろし

あらすじ

八雲のもとに、叔父の一心から不思議な相談事が持ち込まれる。偶然居合わせた晴香と後藤と連れ立って、一行は一路山梨へ向かった。ある酒蔵では、毎夜幽霊が出て、掛け軸の中に姿を消すという。その掛け軸には両眼の赤い男が描かれていた。幽霊の正体を探るうちに、晴香が何者かに襲われて――（「第一章　亡霊の呻き」）。豪雨に見舞われ、急遽近くに宿をとることになった八雲たち。古びたビジネスホテルにチェックインしたが、そこで晴香は心霊現象に遭う。八雲に助けを求めようにも、すさまじい雨の音が晴香の叫び声をかき消して――（「第二章　亡霊の影」）。ホテルで見つけた人形の靴を手に、幽霊の願いをかなえるために移動する八雲たち。目当ての家に辿り着いて彼らが目にしたのは、人形と語り合う女性の姿だった。この家に彷徨う幽霊の正体とは――。霊の声を聞き、風光明媚な土地を訪ね歩く、山梨編3編を収録した短編集。

主な登場人物

静子（跡継ぎ不在のなか、酒蔵を守ってきた女性）
健三（酒蔵の跡継ぎ）
大堀（ビジネスホテルの従業員）
宏美（娘を失い人形を抱く女性）
政恵（宏美の母）

神永さんコメント

こちらも短編集で、山梨しばり。短編集は楽しいんですが、どういう心霊現象にすればいいか毎回悩みますね。うちの事務所のスタッフにもよく助けてもらっています。第2話の「亡霊の影」に出てくる掛け軸は、『浮雲心霊奇譚』（集英社刊）とリンクしています。気になった方はそちらもぜひどうぞ。もう1人の赤い瞳の男が登場する時代ものです。

心霊探偵八雲　ANOTHER FILES　沈黙の予言

2020年3月25日角川文庫刊
「小説 野性時代」2019年10月号～2020年2月号

あらすじ

悔い改めなければ、三つの魂が地獄に落ちる――。心霊現象が相次ぐ湖畔のペンションに、不吉な予言が告げられた。かつての同級生である奈津美から依頼を受け、八雲と晴香は山間のペンションを訪れる。オーナーの桂木、アルバイトの奈津実、奈津実の友人たち。病気療養のために長期滞在している高部夫妻と、八雲と晴香。さらに予言を告げた張本人である天使真冬までも現れる。彼女は自らの予言を阻止するために、この場にきたと告げるのだった。こうして９名で過ごす７月最後の夜が始まる。折悪しく豪雨がペンションを襲い、ここへ通じる一本道が土砂崩れで閉ざされてしまった。クローズドサークルのなかで第一の犠牲者が命を落とす。高圧的にふるまっていた元市議会議員の高部が、階段から血を流して死んでいるところを発見されたのだ。次なる犠牲者に容赦なく迫る魔の手は、いったい誰のものなのか――。

主な登場人物

天使真冬（預言者を名乗る人物）
大地奈津実（ペンションのアルバイト）
桂木（ペンションのオーナー）
高部（夫婦で長期滞在中の元市議会議員の男。かつて奈津実たちの高校の校長だった）
高部光恵（高部の妻）
清宮浩二（奈津実の友人）
小林珠理奈（奈津実の友人）
吉田光（奈津実の友人で珠理奈の恋人）

神永さんコメント

これは犯人を決めずに連載スタートしているんですよ。こんな話、ここでしていいのかどうか分かりませんが（笑）。最近はプロットを作らずに書くことも多いので不安はなかったです。「次は誰が死んだら面白いですか」と編集さんと相談しながら、ライブ感をもって書ききった作品。湖畔のペンションが舞台なので、「クローズドサークルもの」っぽい雰囲気が出せて楽しかったですよね。

心霊探偵八雲

ファン意識調査プレイバック

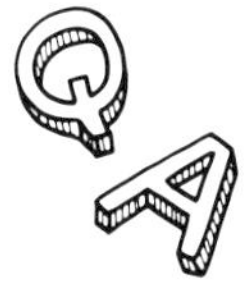

「小説家神永学オフィシャルサイト」（https://www.kaminagamanabu.com/）で募集されてきたアンケートコーナーは、2014年にスタートした人気コーナー。ちょっとドキッとするような内容も、思わず考え込んでしまうような質問もありました。ここでは「心霊探偵八雲」にまつわるアンケートをピックアップ。回答したことがある人もない人も、完結にあたってあらためて考えてみてはいかがでしょうか。

イラスト：小島真樹

キャラクター人気投票編その1

「心霊探偵八雲」シリーズの中で好きなキャラクターは誰？

（2017年3月実施）

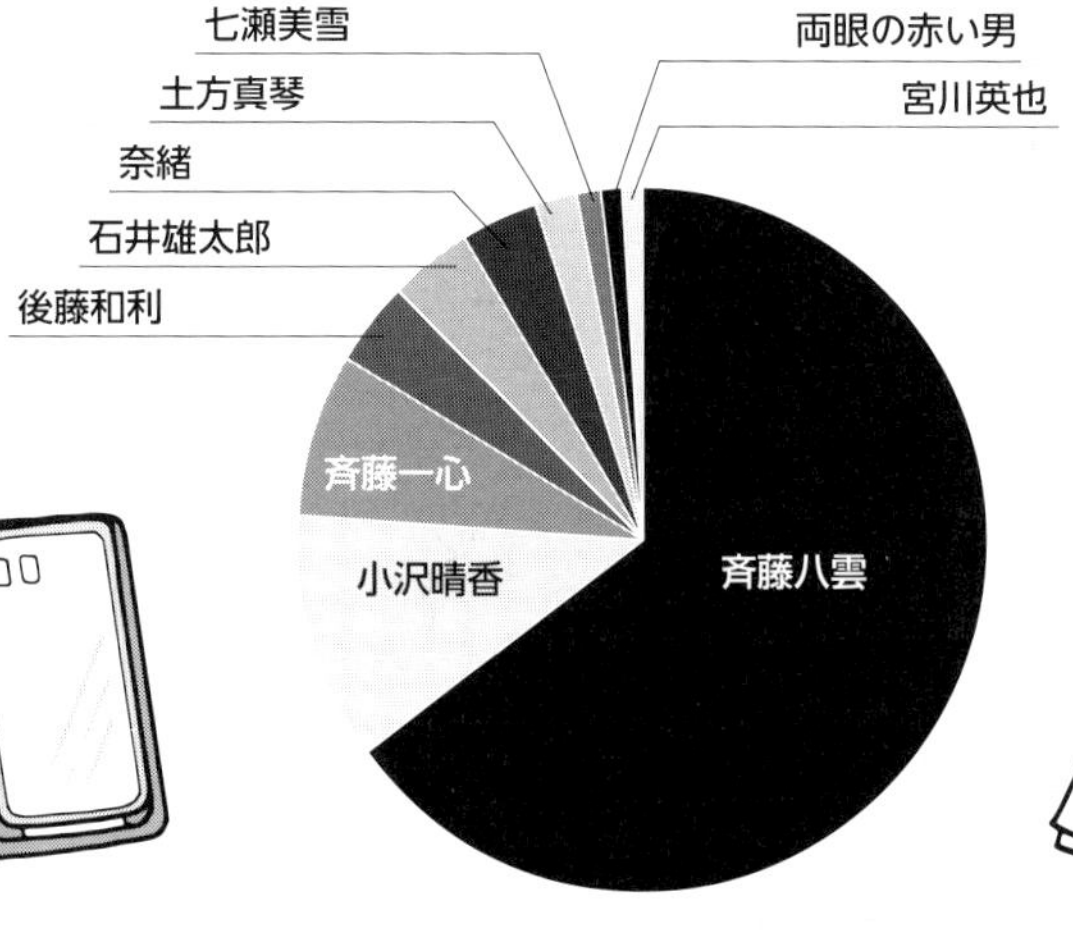

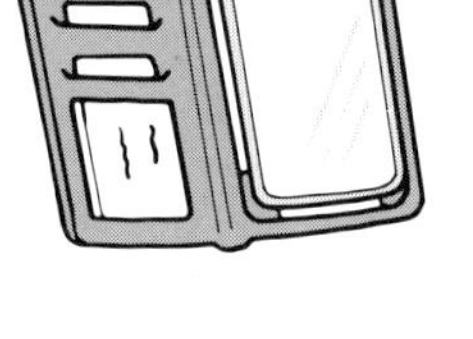

キャラクター人気投票編その2

「心霊探偵八雲」シリーズの中で友達にしたいキャラクターは誰?

（2016年9月実施）

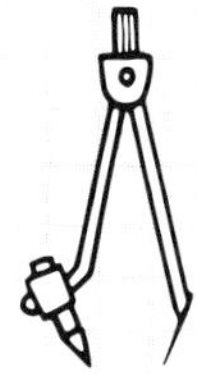

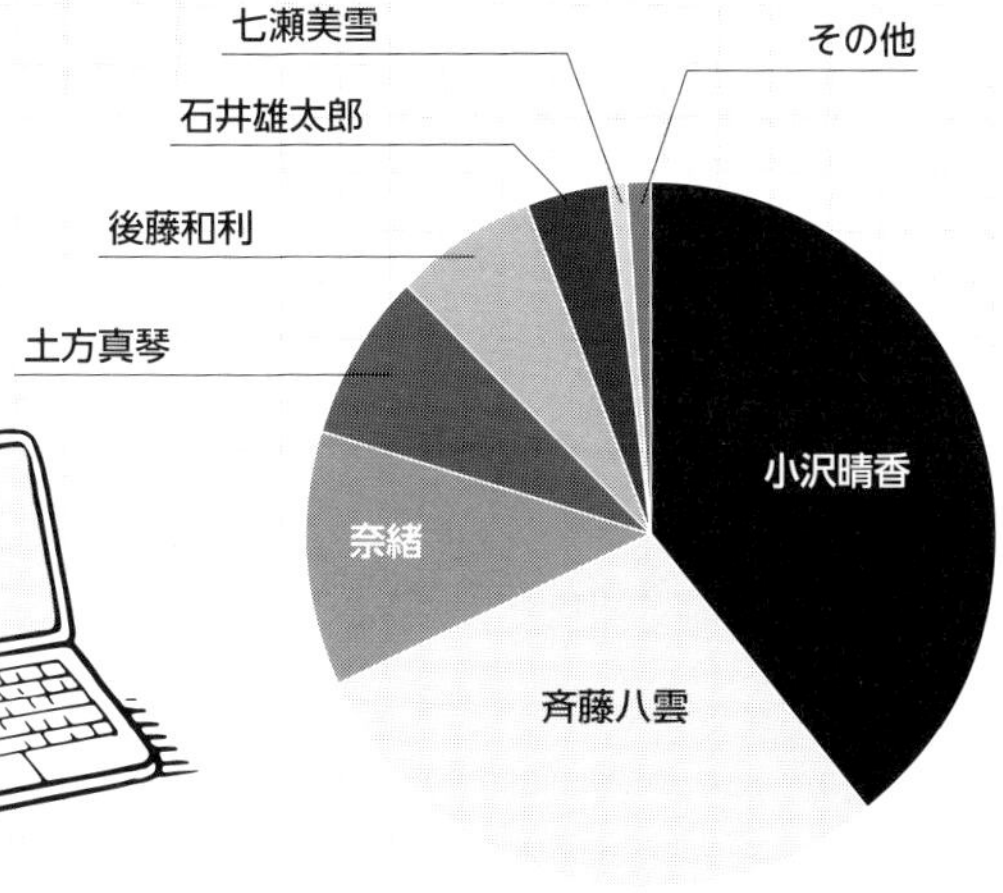

八雲編その1

八雲に似合いそうな職業はなに?

（2019年5月実施）

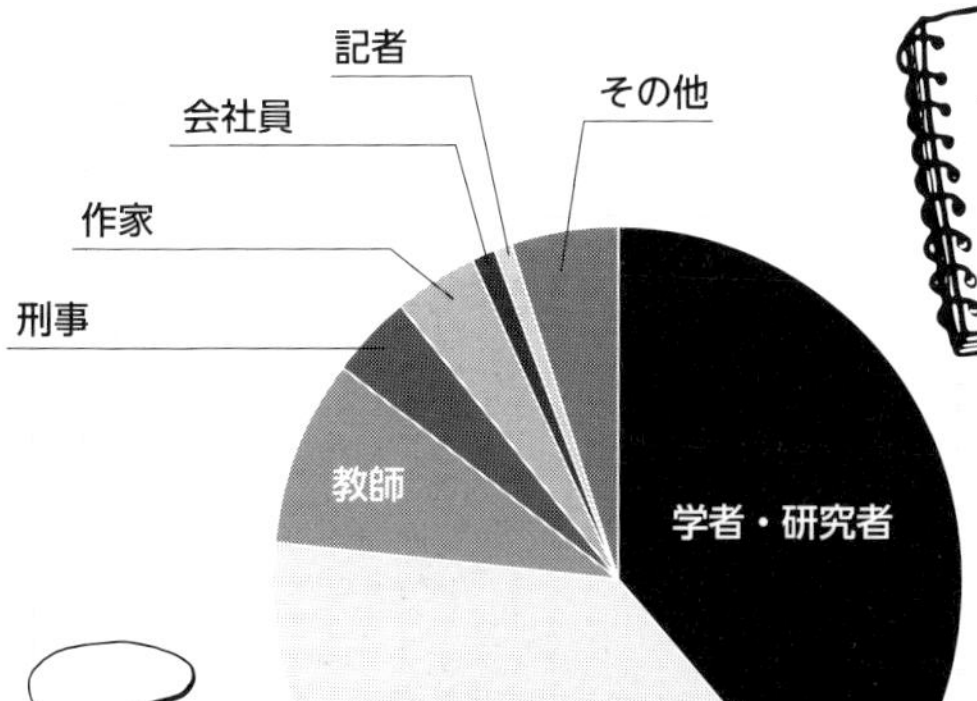

八雲編その2

遊園地で八雲と一緒に乗りたい乗り物はなに?

（2016年11月実施）

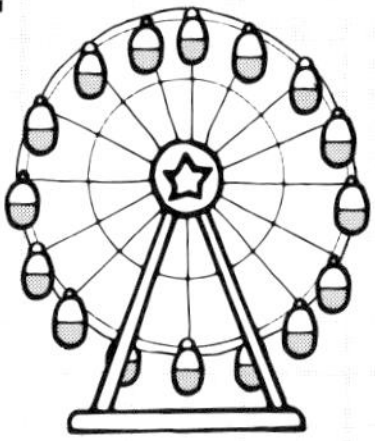

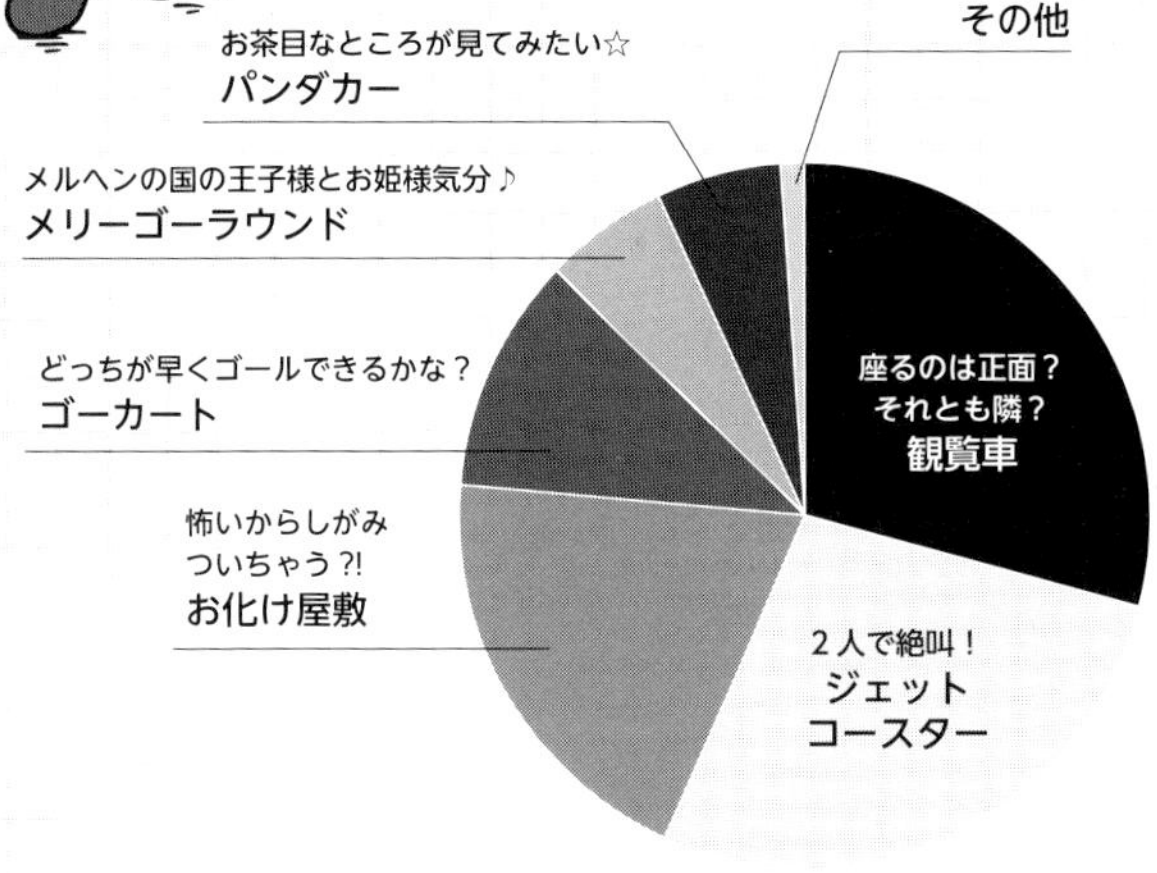

八雲編その3

8月3日は八雲の誕生日! プレゼントしたいものはなに?

（2016年8月実施）

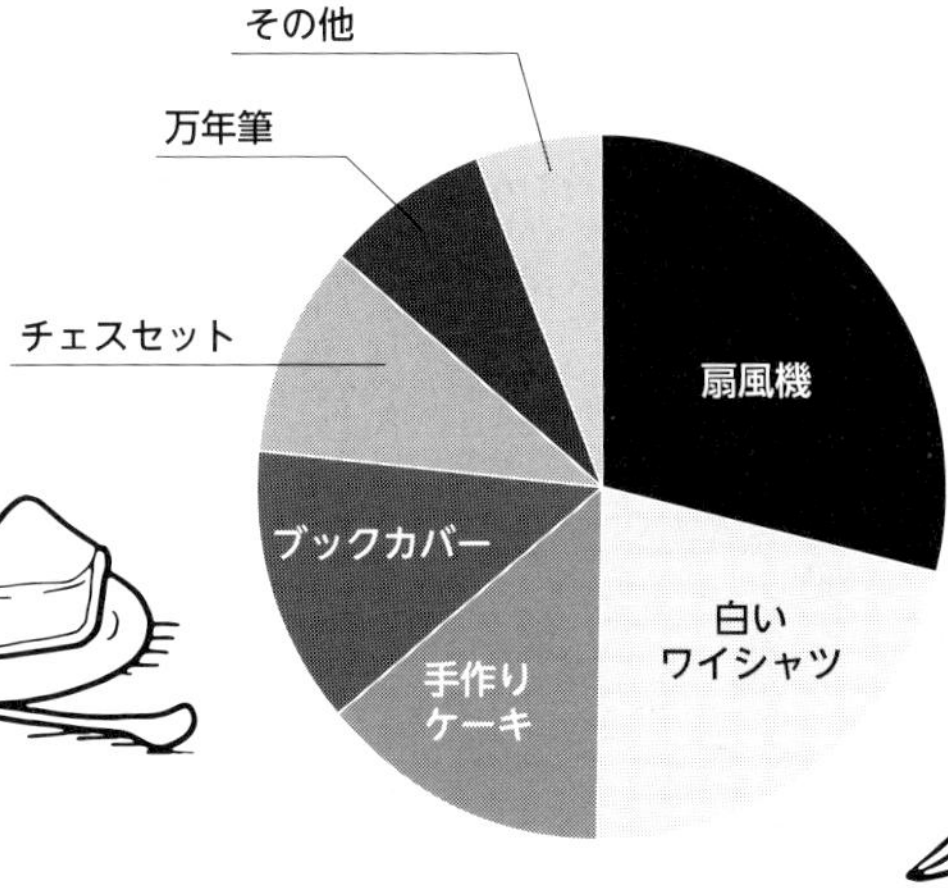

八雲編その４

バレンタインデー、八雲が喜んでくれたチョコレートは？

（2015年3月実施）

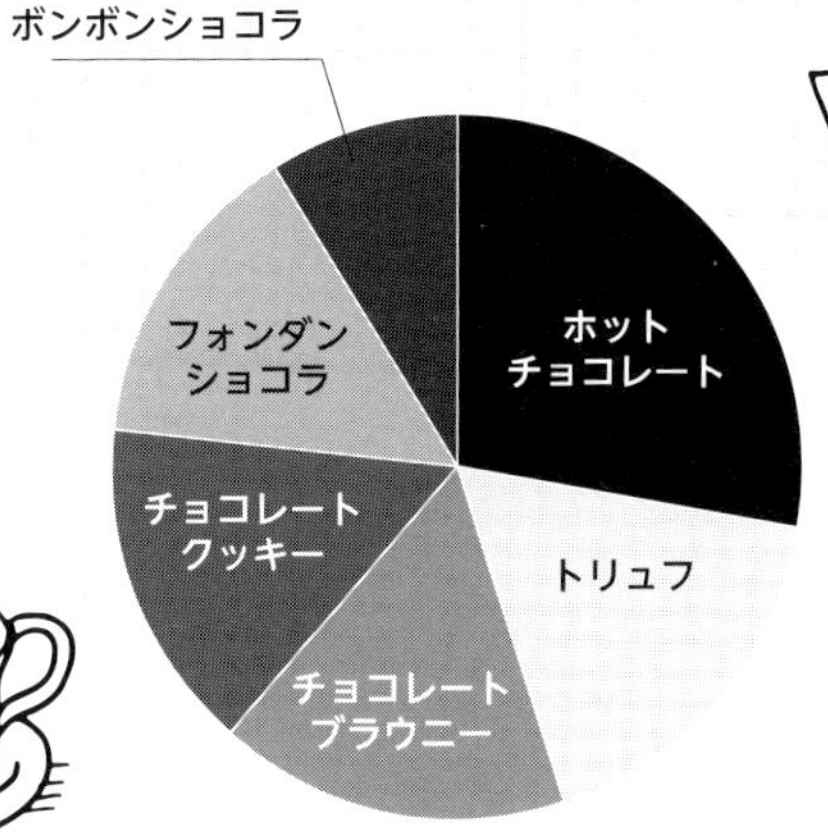

八雲編その５

食欲の秋！八雲が食欲を爆発させそうな物は？

（2019年10月実施）

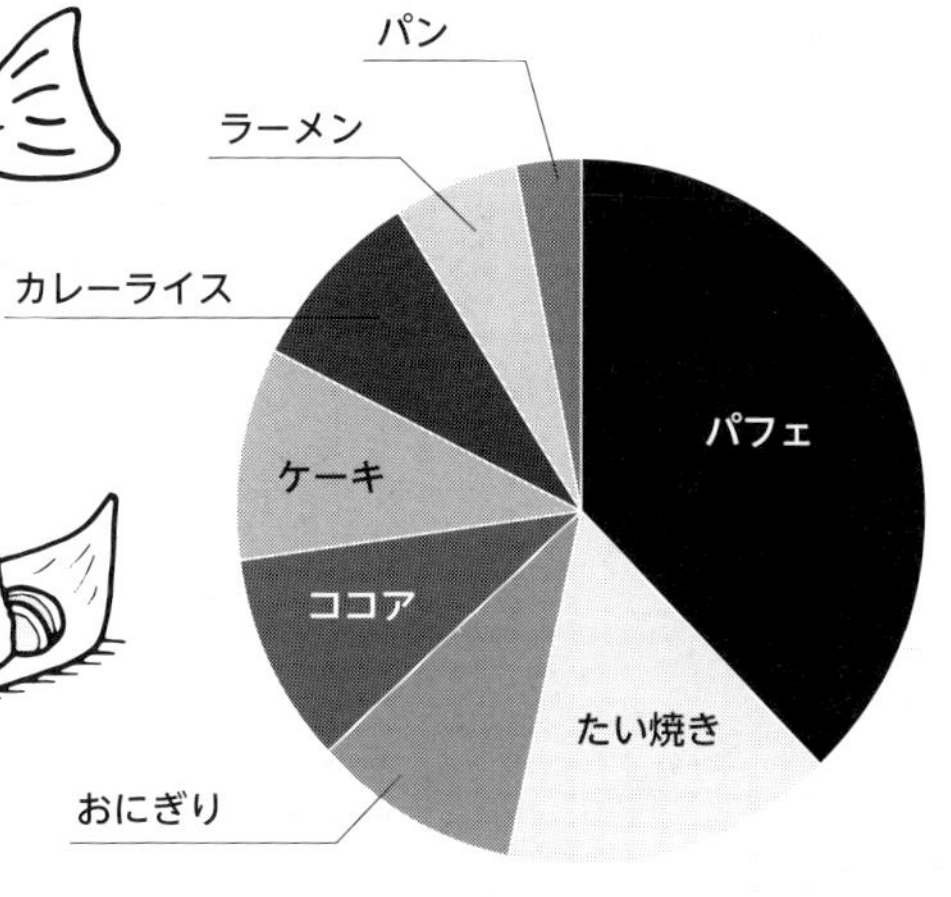

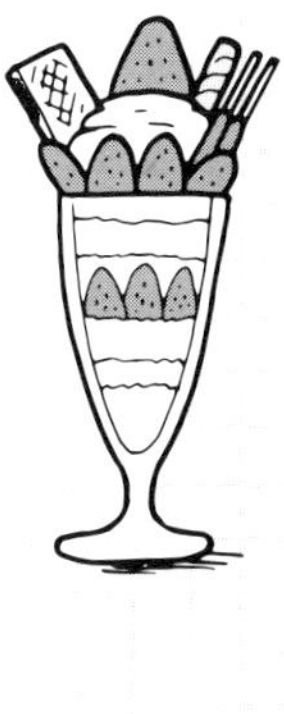

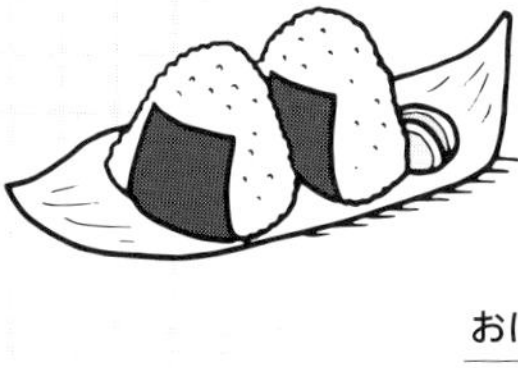

八雲編その６

八雲とお祭り！最初にまわりたいお店はどれ？

（2015年8月実施）

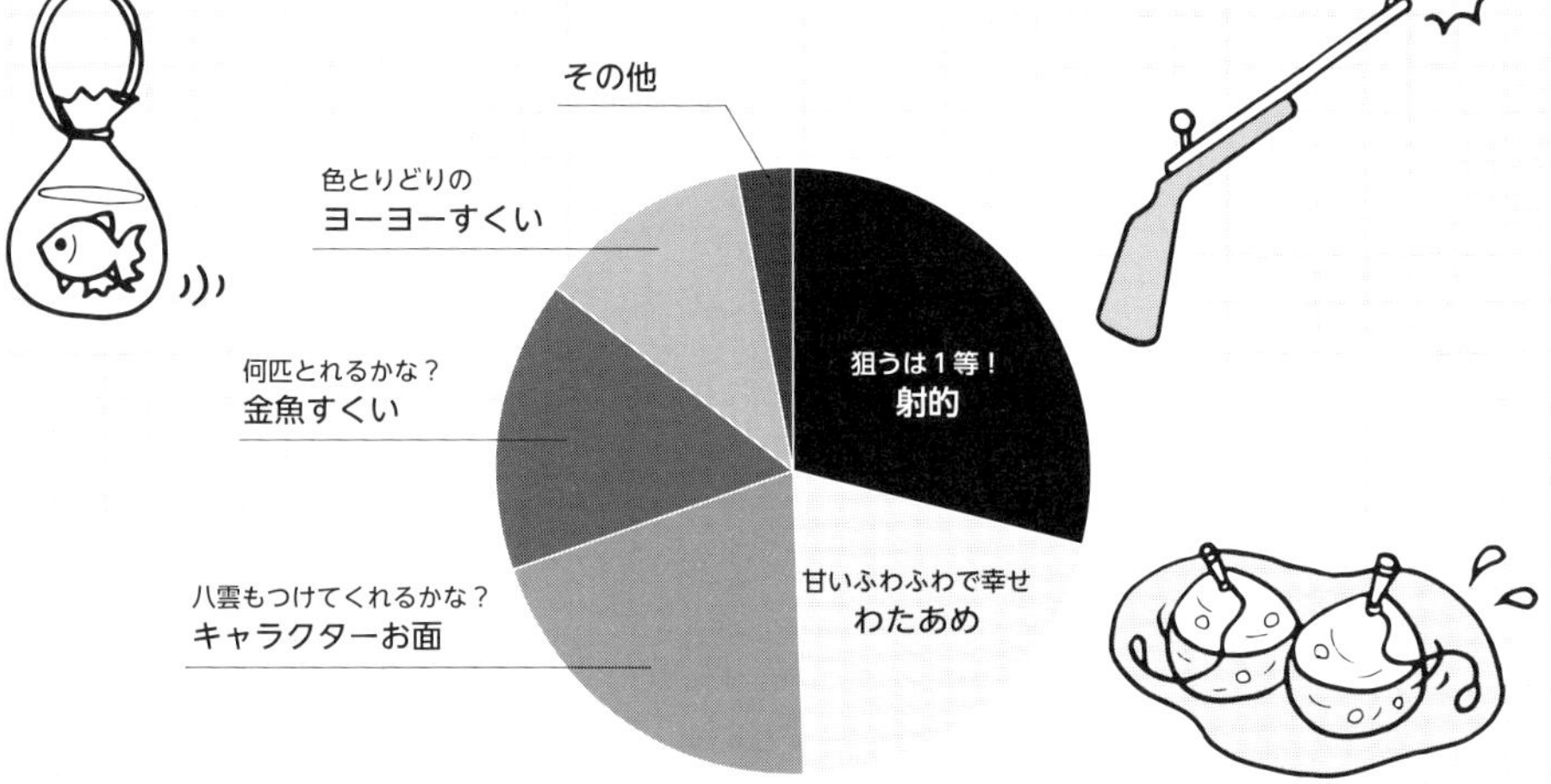

八雲編その７

GWに八雲と一緒に出掛けたい場所はどこ？

（2015年5月実施）

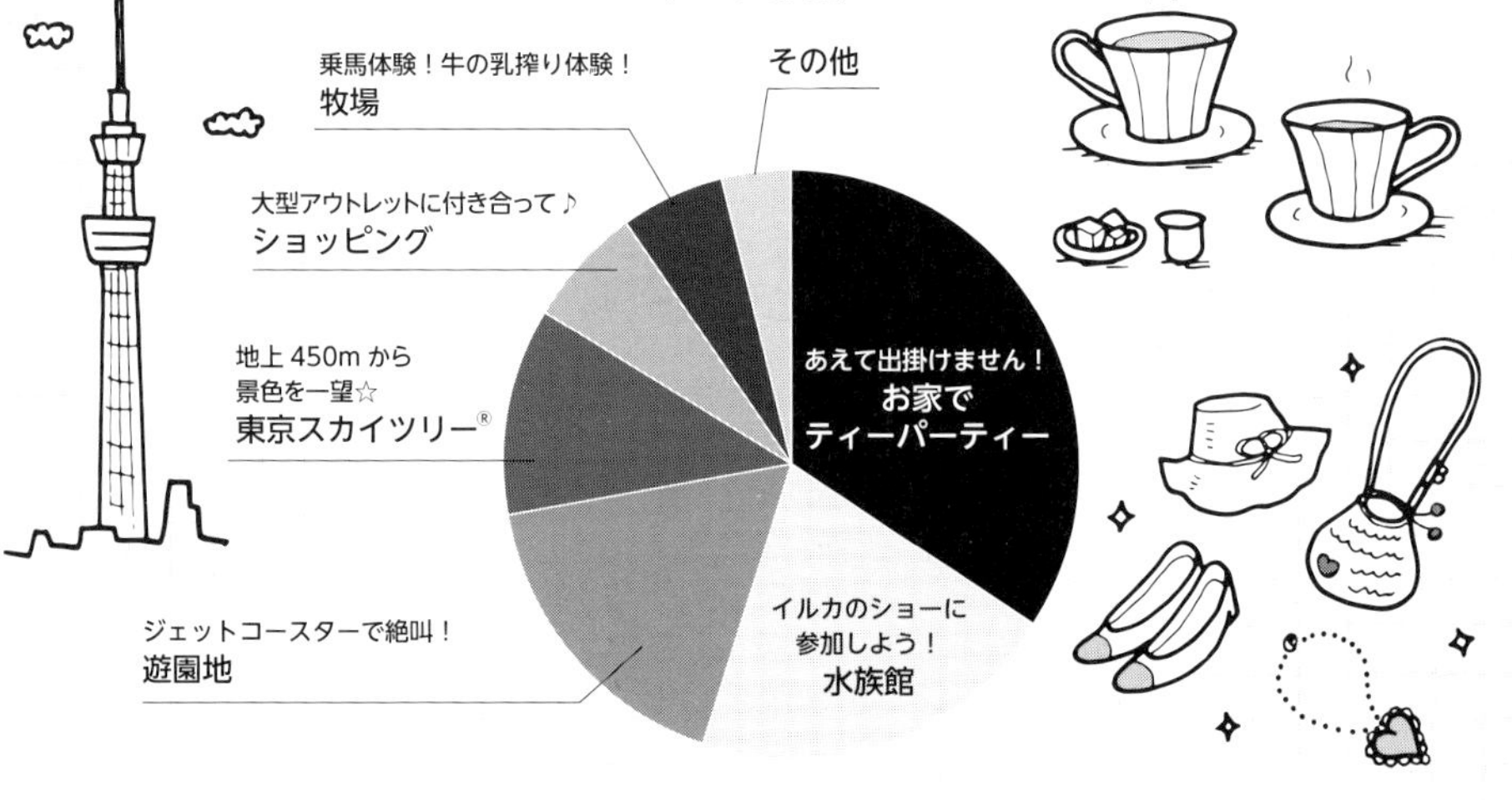

イラスト編

単行本「心霊探偵八雲」シリーズの中で 好きなカバーイラストはどれ?

（2017年4月実施）

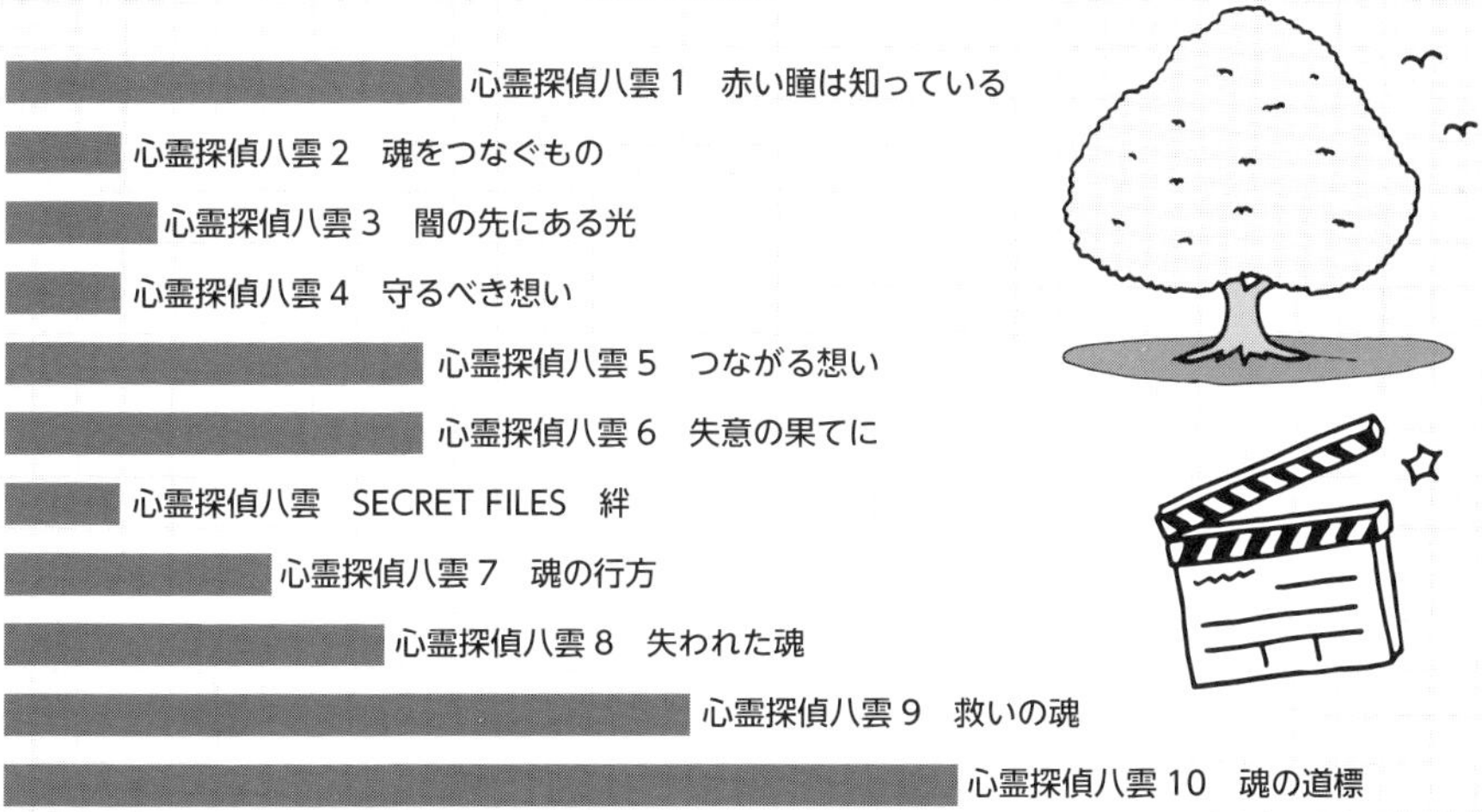

読書編

秋の夜長に読み返したい「心霊探偵八雲」シリーズは?

（2017年11月実施）

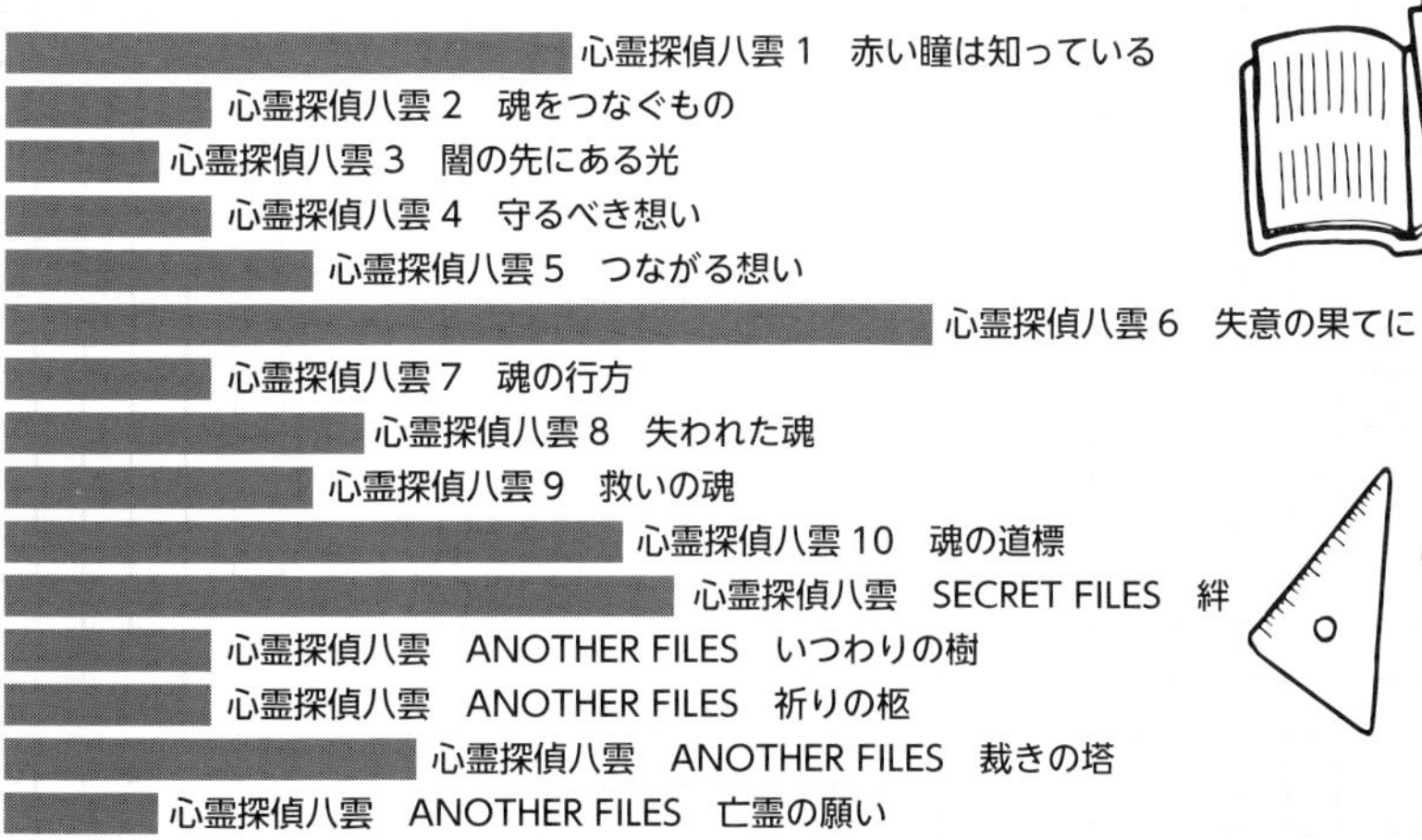

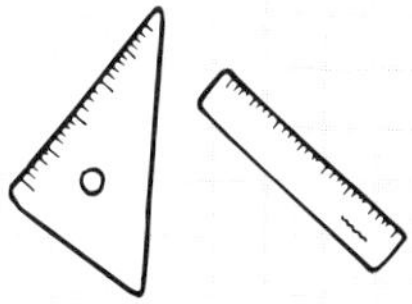

完結お祝い・応援コメント

読者編

長きにわたって多くの人々から愛され続けてきた「心霊探偵八雲」シリーズ——。その完結に際して、読者のみなさんからお祝い・応援のコメントをいただきました。

●完結おめでとうございます！八雲たちの物語をもう読めないのは寂しくもありますが、彼らなら、きっと幸せな未来をつかめると信じています。神永先生、本当にお疲れ様でした！（アフターストーリー待ってます！）（snow）

●八雲と晴香だけでなく、他の仲間達に加えて雲海と八雲も関係や思いが変化するので驚きや面白さがあり12巻も期待で胸が熱くなります。個人的に七瀬美雪は何かしらの形で救われたらと密かに願っています。（Nayutoshi）

●小学生の頃にこの作品を知り、今ではすっかり八雲さんの事が大好きになっていました。作品の世界観や登場人物の思いの強さに惹かれ、私の人生を変えた作品と言っても過言ではありません。この度は完結おめでとうございます！（倉渕真梨華）

●こんなにも好きになった心霊探偵八雲シリーズが終わってしまうのは寂しいですが、同時にとても嬉しいです！八雲とお父さんの関係がこの後どう解決するのか、晴香ちゃんの恋の行方……皆がどういう運命になるのかとても楽しみで、今からワクワクが止まりません！（翅）

●初めて八雲に出会ったのは中学生の時でした。境遇の似ている八雲に自分を重ね、その強さと優しさに何度も救われてきました。八雲の行く先、進む先は楽な道では決してなく、とても辛く険しい道のりでしたが、晴香という存在がいたからこそ、諦めず光に手を伸ばすことが出来たんだろうなと思います。八雲には、八雲だけには、どうか幸せになってほしい、笑っていてほしいと、心から思います。（ミロ。）

●初めて八雲に出会ったのは高校生の時に友達から『すごく面白かったからぜひ読んで！』と渡されたのがきっかけでした。あっという間に読み終えて、私は『面白かったから買う！』と決心し、シリーズとなってからもずっと読み続けています。とうとう完結というお知らせを見て、楽しみという気持ちと終わっちゃうのかぁ…という寂しい気持ちで複雑です（笑）十数年前の気持ちと変わらず、最終巻の発売も楽しみに待っています！（まみたそ）

●だんだん可愛くなっていく八雲が楽しみで読んでます。幸せになって欲しいです！（十色）

●心霊探偵八雲完結おめでとうございます!!中学1年生の時に友達に勧められて読んでみてから大好きになりました。シリーズが終わってしまうのはとても寂しいですが最後まで読むことが出来てとても嬉しいです。（なつみかん）

●中学生の頃に八雲シリーズと出会い、あの頃お兄さんお姉さんだった八雲や晴香ちゃんは今ではもう年下になってしまいました。ミステリであると同時に登場人物たちの心の成長が尊く美しい、大好きな本です。（真中智美）

●初めて出会ったのは高校生の時でした。友達との待ち合わせで何気なく立ち読みし、衝撃を受けました。それから私も三十路を越えてもなお、八雲が大好きです。最終章には期待と寂しさが込み上げてきます。（莉斗）

●小学校のときから読み始めて今では八雲と同じくらいの歳になりました。私の人生に寄り添ってくれた八雲が完結してしまうのは寂しいですが、これからも八雲と晴香、そして八雲に関わった全ての人に幸多からんことを！（左記）

●私が心霊探偵八雲と出会ったのは小学生の時。母が仕事帰りに買ってきた事が、きっかけでした。その八雲が完結するのは寂しいですが、どのように物語が着地するのか楽しみです。（直）

●完結おめでとうございます！心霊探偵八雲を10年以上前から読み始めて、ついに完結する事に嬉しさと寂しさを同時に感じています。今後、八雲と晴香がどうなっていくのかも気になりますし最終巻発売を期待して待っています（ユーカリ）

●小学生の時に親が買っていた2巻を読んでハマりました。あれからずっと新しく出る度に本に齧り付くように読み込んできたとても思い入れのある作品です。好きになって約15年の八雲が終わるのは寂しい気持ちもありますが、最後八雲がどの様な結末を迎えるのか本当に楽しみです。八雲大好き！今までありがとう！（my）

●9年前、まだ学生だった私は自転車で2時間かけて1番近い本屋さんへ行きました。その時ふと目に止まった心霊探偵八雲を買ってから、長いお付き合いとなりました。ついに最終巻……！完結おめでとうございます！（kana）

●八雲に出会ったのは12年前の中学2年生の時、図書室の先生にこの作品なら読みやすくて面白いよと勧められたからです。1巻を読んで八雲の世界観に惚れ込み、当時の最新刊まで一気に読みました。卒業してからはバイトで貯めたお金で最新刊を買って、今では文庫も含め全巻揃ってます！八雲は私の中で思い出深い作品です。今回ついに完結してしまいますが待ちに待ったこの時が来た！と思いすごく楽しみにしてます！最後、八雲と晴香はどうなるんだろ?!（あづさ）

●ずっとずっと八雲が大好きです。終わっちゃうのはすごく寂しいですが、完結した内容もすごく楽しみです。早く読みたいです！（Monster）

●あまり小説は得意ではなかったのですが、リズミカルに進んでいくストーリーに惹き付けられました！完結本当におめでとうございます！八雲シリーズだけでなく、他のシリーズも楽しみにしています!!（ヨザリカ）

●「心霊探偵八雲」に出会えて本当によかったです。登場人物達の会話や心情が、時に怖く時におもしろくて、読み進める度に楽しくなりました。次巻で完結を迎えるのは少し悲しく寂しいですが、楽しみです！（松田楓花）

●シリーズ完結おめでとうございます！別のシリーズから神永先生の作品を好きになり、心霊探偵八雲に巡り会いました。心霊現象等の話はとてもとても苦手なのですが、1度読み始めたらお話に引き込まれ大好きになっていました。もうこの続きはないのかと思うと寂しい気持ちもありますが、そんな時はまた1から読み返したいと思います。素敵なキャラクターと作品をありがとうございました！（いちごじゃむ）

●母が見ていたアニメをきっかけに八雲シリーズを知り、小説を全て買ってたくさん読みました！完結してしまうのはとても寂しいですがこれからも読み続けようと思います。神永先生お疲れ様でした。素敵な作品に出会えて本当に良かったです！（しまこ）

●中学生の時にこの作品に出会いました。授業の合間で読んでいたら授業が始まっていて先生に怒られました。それでも、続きが読みたくて机の下で読んでいたらバレてさらに怒られたことがありました。いい思い出です。笑。（みーやん）

●八雲完結おめでとうございます。先生、お疲れ様でしたっ！（くぅら）

●心霊探偵八雲と出会ってから6年間愛読してきました。八雲くんの言葉足らずだけど優しいところ本当に大好きです！完結するのは寂しいですが早く続きを読みたいです！（もえ）

●本を読むのが苦手だった私が中学生の時に大好きな先輩にオススメされて、会話のきっかけを増やしたくて読んだのが始まりでした。以来先輩よりも私の方が八雲にハマってしまい、新刊が出るたびにすぐに本屋に走り、その日のうちに読み、次の日先輩に貸すというのがお決まりでした。今は電子書籍でいろんな本を読みますが、八雲だけは今も発売日に本屋に走っています。完結はさびしいですが、ずっと見てきた八雲たちがどう危機を乗り越えていくのかすごく楽しみです！ありがとうございました！（もちろー）

●ファンになって10年以上経ちました。後半になるにつれて、八雲の成長に涙が止まらず、毎回泣かされています。発売日はもう既にスケジュール帳に入れました。終わってしまうのが寂しいですが、とても楽しみにしております！（ふらわー）

●とうとう八雲が完結してしまうと思うと、嬉しいやら悲しいやら、何か複雑な気分です。とても楽しみにしていたシリーズでした。本当にありがとうございました！（Lucy）

●小学生の時から読んできた、心霊探偵八雲シリーズがついに完結するんだなぁと思うと、最終巻を読んだときの結末とかどうなるのかなど、すごいドキドキワクワクするし、終わっちゃうんだなぁという少し寂しさも感じます。でも、この八雲シリーズは学生時代を過ごしてきた私にとって、読書がもっと好きになったきっかけでもある大切な本です。終わってしまうことに寂しさもあるけど、神永さんの他の作品も楽しんで読ませていただいているので、八雲シリーズももう一度読み返したり、他の作品の新作も楽しみに、これからも神永さんを応援していきたいと思います!!素敵な作品をいつもありがとうございます!!（みるきぃ）

●八雲と出会ったのは、中学生の時でした。八雲が成長し、心を開いていく姿を追い続け、今では八雲の年齢に追いついてしまいました。八雲シリーズのおかげで、大切な友達もできました。本当にありがとうございました！（チョコ）

●神永先生の記念すべきデビュー作であり、16年にもわたって書き続けてくださった作品、「心霊探偵八雲」。ついに完結!!まずお疲れさまでした！そしてこれからも頑張ってください！応援してます!!（未来の小説家）

●私が小説を読むきっかけをくれた1番大好きなシリーズです！完結してしまうのはとても寂しいです…でも完結してしまっても自分の中で一生忘れない作品だと思います。沢山の感動をありがとうございました！（みずき）

●神永先生、長い間八雲シリーズの執筆本当にお疲れ様でした。私が初めて八雲に出会ったのは、すでに文庫化されていた時でした。ずっと気になっていたタイトルで、初めて手にして読んだ時、八雲の優しさに触れてこのシリーズが大好きになりました。いよいよシリーズ最終巻、とても寂しい気持ちでいっぱいですが、どうか八雲の思いや優しさが報われますように。これからも八雲に別の場所で会えますように。（ガッくん）

●完結お疲れ様でした。学生の頃に知った作品がついに終わってしまう寂しさもありますが同時に八雲たちがどうなるのか楽しみでもあります。素敵な作品を生み出してくださりありがとうございました。八雲最高！（出雲）

●今まで読んだ本の中で一番大好きなシリーズです!!晴香ちゃんと八雲君がどうなってしまうのか。早く読みたいー。前作の続きがとても気になって。でも、終わってほしくないよ（泣）（珠里）

●中学1年の時から読み始め、今ではもう八雲と晴香の年齢を超えてしまいました。あの時からずっと一番好きな本がとうとう完結してしまうと思うと、青春が一つ終わってしまうような寂しさを感じますが、八雲たちがどのような道を進むのか、見届けられることを楽しみにしています！（なつ。）

●中学生の頃に八雲に出会って早十数年。完結おめでとうございます！遂に終わってしまうのか…と思うと寂しくもありますが、ここまでこれてよかったと思います。神永先生お疲れ様でした！これからも新作を期待しつつ待ちたいと思います！（airin）

●完結は淋しいですがとても楽しみです！学生から社会人になり、親になり…10年以上親しんできた、大好きな作品の最後が、満開でありますように♪神永先生、スタッフの皆様、最終巻楽しみにしています！（虹ママ）

●仲間だなんて言葉を使わなくても強い絆と信頼を見せてくれた八雲たちは、私の理想です。みんなで力を合わせて困難を乗り越えていく姿に勇気付けられました。終わってしまうのは寂しいですが、最後まで見届けます！（アキヅキ）

●やった　待ってました。こんなに早く読めるとは。神永先生本当にありがとうございます。11巻ラストから12巻に思いを馳せていました。最終と思うと寂しくて複雑ですが楽しみが出来ました。どんなお話かな。どうか皆が幸せでありますように。（敦子）

●いつも心霊探偵八雲を読んでいます。最後になってしまうのはすごく残念です。八雲が事件を解決してみんなが助かり、八雲と晴香ちゃんがもっと仲良くなったらいいなと思います。今から読むのがすごく楽しみです。（渋谷一貴）

●八雲の戦いの結果、晴香と八雲、石井と真琴の恋の行方、後藤家のこの先、もう楽しみなこと、気になることばかりでドキドキしています。息子と一緒にどうなるかと予想しながら5月まで待ち続けます。（拓來ママ）

●ついに、ついに終わってしまうんですね…。嬉しいようで悲しいような。心霊探偵八雲シリーズを読みあさっていた頃からもう何年経ったんだろう。いつのまにか八雲と晴香の年齢を超えてしまいました。何年にもわたって楽しくワクワクする時間をありがとうございました!!（ほの）

●魂の代償の衝撃の終わりから、こんなにもすぐに新刊を書いてくださった神永さん、本当にありがとうございます。どんな終わりでも受け入れます。けど、ハッピーエンドがいい!!（ハル）

●八雲を追いかけてもう何年経つでしょう。彼らが毎日事件を追う中で、私はいくつも歳をとり、今では結婚して家庭を持っています。神永先生、素敵な作品を生み出してくださり、ありがとうございました！（mai）

●小学5年生くらいから読み始めたのでとても愛着のあるシリーズです！なんと言っても最初はとてもヘタレだった石井があんなに成長して…なんだか親のような気分です（笑）そして神永学先生もお疲れ様でした!!（ぺんぎんの森）

●中学生の時に図書館で出会った八雲シリーズ。気づけば自分も八雲と同じぐらいの歳になってました。長いようであっという間な12冊。冒頭から人を引き付ける内容で毎回発売されるのをとても楽しみにしていました。ついに完結するのは寂しいですが八雲がどのような終止符を打つのかとても楽しみです！（にゃんたま）

●八雲いよいよ完結おめでとうございます。というか感無量です。終わってしまうのかぁと…とても100文字では語れないので、「私の中での八雲は永遠に不滅です。大好きです」とだけ伝わりますように。（れいちん）

●八雲と晴香の焦れったくも徐々にお互いを認めて惹かれあう二人に、キュンキュンしました。最初は人を信じられなかった八雲が周りの皆の力を借りて事件を解決していく姿がとても好きです。（まゆ）

●小学生の時に出会った八雲、10年以上ずっと楽しみにしてた八雲が完結…寂しい、けど、八雲や八雲を取り巻く人達の行く末が気になる！楽しみ、寂しい、いろいろな感情がごちゃ混ぜに…八雲、大好きです！八雲、ありがとう!!（N★Y）

●小学生の頃から拝読させて頂いておりました。自分も八雲と共に大人になり成長して来たと勝手に思っております。毎回毎回とても引き込まれるストーリーで、キャラクターが皆んな個性的でどのキャラクターにも共感し愛着が湧く、そんな素敵な小説だなと思っています。この心霊探偵八雲が終わってしまうのは、非常に寂しいですがまた、いつかどこかのタイミングで八雲たちに会える事を楽しみにしてます。神永先生、本当にありがとうございました。（もか太郎）

●小学生の時にたまたま兄の本棚から見つけて読み始めて読み続けています。読み始めてその時に発売されている最新刊まで追いついてからは、次の発売が楽しみで仕方がありませんでした。八雲くん大好きです！（はんか）

●心霊探偵八雲と出会ったのは9年前程ですが、それから新刊がいつ出るかいつ出るかとワクワクしながら毎日を過ごしていました。そんな日々が終わるのだと思うと寂しいですが、最終巻どうなるか楽しみです！（ゆーん）

●私が小学生の時に祖母の家で出会った作品で、漫画っ子だった私が「小説ってこんなに面白いんだ」って感動したのを覚えています。それから月日が経って八雲と出会った時は小学生だったのに今は私の方が年上になってしまいました。だけど、八雲が大好きなのは小学生からずっと変わりませんでした。本当に出会って良かった、私の人生の一部になった作品です。神永先生八雲を生んでくれてありがとうございました。（あいり）

●初めて本で涙が出たのが「心霊探偵八雲」でした。八雲君と後藤さんのやり取りが大好きで2人が会話している所では必ず笑ってました！素敵な作品と出会えて感謝してます。ありがとうございます！（しょうこ）

●高校生の時アニメを見てその雰囲気にぐっと惹かれたのが心霊探偵八雲との出会いでした（いつの間にか八雲より年上になっていて驚きです）。八雲だけではなく、みんなの心の変化を丁寧に描いているところがとても大好きです。どんなラストを描かれるのか、楽しみです！（まあや）

●私が高校から読み始めて約10年間、とても大切で大好きな本になりました。一つ一つの物語が心に残り、沢山笑って沢山泣いて、どんなに感情を揺さぶられたかはかりしれません。完結しても、何度でも読み返します。ずっと大好きです。ありがとうございました。（本屋雲璃）

●心霊探偵八雲を読み始めて12年。とうとう完結すると思うと、ラストも気になるけど、やはり少し寂しい気持ちもあります。12歳の頃、初めて手に取った瞬間を今でも鮮明に覚えています。これからもずっと私の本当に大好きな作品です。（miwa）

●とうとう終わってしまうかという気持ち。半分は悲しい、そしてもう半分は嬉しい。小学校1年の時に初めて読み、あれから8年経った今でも大好きな作品。謎解きの面白さだけでなく、人間関係の複雑さ、大切さを教えてくれた、間違いなく私の人生に深く影響を与えた作品。（坊野みずき）

●中学3年生の時に学校で配布された角川文庫のPR冊子を見ている時、おもしろそうだな、と思い買ってみたのがきっかけです。読み進めていく内に大ファンになりました。あまり本を読まなかった私ですが八雲を読むようになってから他の本も読むようになりました！八雲は完結してしまいますがこれからも神永先生の本をたくさん読みます！（かっぱ）

●八雲と出会い約10年。表紙が破れるほど何度も読み返し、私の生活に欠かせない存在でした。完結するのは嬉しい反面、少し寂しくもありますが、八雲と出会えたことに感謝しつつ、心待ちにしております。（あやと）

●八雲シリーズは私のバイブルです。八雲達の姿に幾度となく勇気づけられ、感動させられました！完結は寂しいけど、八雲達の幸せをずっと願ってます。今まで本当にありがとう!!（ふりこ）

●学生の頃から新作が出る度に、次の日の事も忘れるくらい読み進めた物語。私の青春の1冊が完結してしまう寂しさと嬉しさとで複雑な気持ちです。ぶっきらぼうだけどやさしい八雲のこと、ずっと大好きです。（おすかー）

●八雲は中学生の時に出会って、社会人になった今でもずっと大好きな作品です。この作品で神永学先生を知れたから起こった様々な出会いもありました。作品は完結してしまうかもしれませんが、八雲や晴香、それに2人を取り巻く家族のような優しい人々は永遠に私の心の中で生き続けます。完結まで見届けられることに心からの喜びを感じております。本当にありがとうございました。（ひょん）

●12年前友達の勧めで心霊探偵八雲を知りました。そこから一気にファンになって気づけばとうとう完結　完結して八雲の世界

観がなくなる寂しさもありますけどお疲れ様でした。（りんどう）

●読書嫌いな私をミステリー小説好きにしてくれた大切な作品。長い間読み続けてきたシリーズが完結してしまうのは寂しさもありますが、やっぱり八雲と晴香の関係がどんな形になるのか、読むのがとても楽しみです！（みさぽん）

●小学校でこのシリーズに出会いあれから15年、、終わって欲しいと思いながら、終わって欲しくもないと思ってもいた日々遂に、この日が来てしまうんですね。終わるのは、寂しいですが私が小説読むようになったきっかけを作って頂けたこと感謝です！また、一から読み返そうと思います!!長い間、お疲れ様でした！（ちゃき）

●神永先生♪遂に完結！お勤めご苦労様でした（笑）そして八雲ファミリーを誕生させて下さったことに改めて感謝申し上げます！ですが私はこれからも八雲ファミリーの痛快劇がやって来ると信じていますよ♪ふふ…（笑）（おやつルンバ♪）

●高校生の頃に本屋さんの店頭でふと気になって購入し、それからずっとずっと大好きな作品。終わってしまうのは嬉しくもあり悲しくもありますが、彼らの行く末を最後まで見届けたいと思います。（nico）

●中学生の時に八雲の作品に出逢いました。気付けば、大学生の八雲を越して社会人です。幽霊という恐怖の対象であったものに苦手意識を感じていましたが、幽霊は人の思いの塊という事を作品で学び、私達と同じ人なんだって思うと、幽霊に出会っても、今は仲良くなれそうな気がします。作品が完結するのは寂しいですが、完結編を読むのが待ち遠しいです。（うり）

●心霊探偵八雲の完結おめでとうございます！今まで本を読むことに全く興味のなかった僕が初めて夢中になれる本が心霊探偵八雲でした。読んだ瞬間に八雲の世界観の虜になりました！僕が変わるきっかけになる本でした！本当に完結おめでとうございます!!（NORI）

●クライマックス。寂しい。でも、すごく楽しみです。心霊探偵八雲は読めば読むほど呑み込まれていくお話でした。怖い話が苦手なのに夜に読んでしまったこともあります笑後日談も楽しみです！ありがとうございました！（ナマケモノ）

●八雲12完成おめでとうございます。待望の完結編ですが16年間読んできたのでとても寂しいです。ラストは只々八雲の幸せを願うばかりです。完結編ですが神永先生なので今後の作品にとても期待しています。（ハチとナナ大好き）

●完結おめでとうございます。この本と出会ったのは私が中学生の頃でした。社会人になった今も大好きな作品です！これからもずっと八雲は記憶に残る作品です！素敵な作品をありがとうございました。（ゆいちゃん）

●八雲くんと晴香ちゃんは、私に「人と人との繋がり」がいかに尊いものかを教えてくれました。2人に出会えて本当によかったです。（千穂）

●完結おめでとうございます。いつも応援してる神永学さんの作品が完結。実にめでたいですね！これからの作品も期待しつつまだまだ応援していきたいと思います。頑張ってください！応援してます。（いちか）

●小学校から読み続けて新刊が出るたびに楽しく読ませて貰っていました。完結してしまうのは少し寂しいですが最終巻も楽しく読ませて頂きます。（カイ）

●やっと！と言うべきか、とうとうこの時が来てしまった！と言うべきか。正直、複雑な心境です！まだまだ皆の話を読みたいし楽しみたいし、でもどんな決着が読めるのか落ち着きたい？して…！神永先生があまり待たせないように頑張るとサイン会でお話しされてたのでとにかく嬉しいの一声です！今からドキドキしながら読める時を待ってます！（ちいちゃん）

●八雲の物語は、本を読むとかでは無く、八雲の人生を見ているようでした！物語が終わってもきっと、八雲の人生は続いていくのでしょう、その先も見てみたいのですが、とりあえず、斉藤八雲君、そして神永学先生お疲れ様でした。（yakumokian）

●小学生の頃に本屋さんで八雲に出会って10数年…いつの間にか26歳になってしまったけど、あの頃と変わらず心霊探偵八雲シリーズが大好きです。今まで辛い思いをしてきた八雲、支えてきた晴香ちゃん、後藤さんや石井さん真琴さん奈緒ちゃん、登場人物みんなが幸せな結末を迎えられますように!!（ERiKA 8）

●文庫版からはまり刊行されてるものをすべて読んで単行本が発売されると買いに走りました。舞台も原作が好きなのにさらに好きな役者さんが八雲君を演じてくれてすごく嬉しかったです。八雲君と晴香ちゃんがこれからどんな道を辿っていくのか今から最新刊が楽しみでなりません。（やん）

●待ち遠しい気持ちと終わっちゃう寂しさと複雑です。でも一番は早く読みたいワクワクかな。（テト空）

●私が八雲に出会ったのは中学生の頃でした。最初は何故か外伝から読み、八雲に憧れて服装やら髪型やら色々真似した青春を送りました。それから14年の歳月が流れ、気がつけば八雲よりも自分が年上になっていました。自分にとってこの本は青春で、読みながら大人になったと言っても過言ではないです。完結おめでとうございます。また八雲に会いたくなったらいつでもページをめくりに行きたいと思います。ありがとうございました。（コンダクター）

●心霊探偵八雲は私に神永さんを教えてくれた作品です。神永さんのおかげで私は本が好きになり、色々な作品に触れる機会を与えて貰いました。今私は高校生なので、神永さんの出された文庫本は全て親のおかげで揃えられましたが、大学生になったら自分のお金で単行本も買って本棚に並べたいなと思います。最後になりましたが完結おめでとうございます！寂しい気持ちもありますが、どのようになるのか期待も大きいです。楽しみにしております。（Lion）

●完結。。。終わってしまうのですね。寂しいですが、たくさんの素敵なお話をありがとうございました！（しんさん）

●終わってしまうのは悲しいけど、めっちゃ楽しみです！（コレット）

●中学の時に友達にオススメされて読み始めたら読みやすくて他の作品も読むようになりました。そんな本が完結するにあたって残念という気持ちと楽しみという気持ちで胸がいっぱいです。（田中）

●初めてであったのは、中学1年の読書の時間に先生に勧めてもらってからです。中学生のお小遣いで、八雲を全巻（当時出ている巻数）揃えるのは、大変でしたが、部活が毎日忙しくても雨の日は中止だったため、るんるんで買いに行ったのを覚えています。部活の合間はずっと読んでいたり、授業中に続きが気になってこっそり読んだ事もあります（笑）高校生の時には、いつ続刊がきてもいいように何度も読み返したりしました。続刊が来た時は予約して発売日初日にとりにいき深夜まで読んだ事もあります。今では、大学生になりバイトも始め、本も自由に買えるようになりました！笑八雲と晴香の関係もこんなに続いたんだなと思うと、しみじみしますが、共に悲しみもあります。最終巻、どんな終わり方をするのかとても楽しみです！私の本の青春は、神永先生のおかげです！ありがとうございました。心霊探偵八雲完結おめでとうございます!!お疲れ様でした！（もーりースン）

●心霊探偵八雲完結、おめでとうございます！小学生の時からずっと読んでいました。八雲シリーズが終わってしまうのは残念ですが、これからも応援しています！（瀧澤江）

●八雲最新刊、もうすぐ読めることをとても心待ちにしてます!!どんな展開でどんな結末になるか、色々と想像して、ワクワクドキドキです。最終的にはハッピーエンドで終わって欲しいです。（ぴろぴろ）

●小説にハマるきっかけになった一番大好きな作品です。16年間ありがとうございました！小説が完結しても、八雲達は普段通り活躍していくんだろうなぁなんて笑いまた八雲達がチラッと登場する作品を期待していたり？笑（みき）

●完結おめでとうございます!!神永先生の作品にハマるきっかけになったのが八雲でした。八雲が成長するのと共に私も高校大学就職結婚まで、いろいろなことがあったと思い返します。終わっちゃうのは寂しいけど、楽しみでじっくり読んでいきたいと思います。読み終わったら幼馴染と八雲トークで盛り上がりたいです。（うさぎ）

●小説でこんなにも人との縁や繋がり、登場人物達の思いに感激したのは初めてでした。毎回発売日が待ち遠しく、完結してしまうのは悲しいですがいつまでも私の大好きな小説で、ずっと宝物です!!（因幡の白兎）

●心霊探偵八雲完結おめでとうございます!!心揺さぶられるストーリーと八雲達の成長に感動してばかりです！私の青春は心霊探偵八雲とともにありました！これからも神永さんの作品を楽しみにしています！（はる）

●5月29日、誕生日です　最高の誕生日プレゼントです　完結なのは残念ですが、NO.1作品です（ゆり）

●まってました！読み出した頃、八雲の晴香に対する態度も段々変わってきて信頼とか意外にもLoveな感じがでてきたり！事件を解明していくドキドキのストーリーもですが、登場人物それぞれの話がとても楽しくて、最後が寂しいけど早くみたい！期待して待ってました！（BOI）

●一巻が出てからずっと追いかけてくれた物語が遂に完結ですね！今から楽しみです。八雲と晴香をはじめとする登場人物が救われ、幸せになれるような結末がいいなと思ってます！（saekiond）

●『心霊探偵八雲』シリーズが大好きで、単行本・文庫本ともに全巻所持している在日中国人です。十数年前読み始めた頃、日本語はあまり得意ではなく、辞書を頼りに読みながら、感銘を受けました。もうすぐ最終巻が読めると考えると、すごく感無量です。八雲君こそ、私の魂の道標です。今までも、これからも、大好きです。（離傷）

●心霊探偵八雲は、人との関わりについて考えるきっかけになった、私にとって大切な作品です。出会えて本当に良かったです。神永先生ありがとうございました。（ゆりか）

●中学生の頃から読ませて頂いていました。八雲と出会ってから私は本を読むことが好きになりました。最終巻を迎えるのは寂しいですが、楽しみにしています。長い間、ありがとうございました。お疲れ様でした。（ニュードー）

●ついにこの時がやって来てしまいました。終わってしまうのは悲しいですが、またどこかで（小冊子や他作品などで）八雲達に会えるのを期待し楽しみにしています!!お疲れ様でした!!（さゆ）

●姉に借りたのが最後、早く続きが読みたくて読みたくて…となり、毎日楽しく、そしてボロボロ涙を流しながら拝読させて頂いてます。八雲と晴香の展開ももちろん楽しみですが、奈緒の成長、後藤さんの暴れっぷり（笑）などなど、様々な情景・人間模様と、様々なミステリー・謎が絡まり合い、読んでいて心も頭も色んな所へ連れて行って貰えるような、とても魅力的に感じるシリーズです!!完結するのはとても寂しい。もっと続きを見たい。だけど、完結しても、八雲たちは変わらず騒がしく、かつお互いを見て支え合いながら過ごしていくんじゃないかなぁと勝手に想像しています。一心さんも、どこかで微笑みながら皆を見ています。…見ているといいなぁ。八雲たちに会えて嬉しかったです。こんな人たちに出逢えたらなぁ…。書き続けて下さった神永先生には感謝でいっぱいです。本当にありがとうございます。（なみのすけ）

●中学生の時、どん底にいた自分を救ってくれたのが八雲シリーズでした。同じ山梨県の生まれ、縁のある中学校の先生が偶然にも共通していたという点から神永先生と八雲に出会えたのも必然だったと思います。自分の生まれと運命に抗えない、自分は無力だと絶望していた時期に八雲と晴香に出会えたのは大きく、それから10年以上このシリーズと歩み、人生の岐路で色々と考えるきっかけにもなりました。ありがとうございました。（笠井美那）

●挿絵に惹かれて買った本でした。気づけば八雲が私を読書好きにさせました。八雲を知らなかったら、私は小説にハマることなく生きてきたと思います。本を読む楽しさを教えてくれたのは八雲です。今では弟と2人で完結を寂しく思う毎日です。先生お疲れ様でした。これからも数あるシリーズを読破していきますので、お体に気をつけて活動を続けてください。（リリベベ）

●リサイクルショップで偶然手にとったのがきっかけでした。冬になると夫と子どもがスキーをするため、私は荷物番をしながら読破するのが毎シーズンの楽しみでした。繊細な八雲が幸せな人生を過ごせるように願っています。（カスミりんこ）

●「心霊探偵八雲」という作品と出会って約13年。当時この作品を教えてくれた司書のお姉さんに感謝と、生みだしてくれた神永学さんに最大の感謝を。私の青春時代、八雲で埋め尽くされました（笑）（さおり）

●本が面白い楽しいと知った作品が終わるのは寂しい。でも八雲・晴香・後藤・石井達が笑顔で歩いていくと思うと嬉しい。八雲の左眼に対しての想いがもっと変わったら一心も笑顔だろうな。八雲。晴香。早くくっつけ！笑（蒼李優）

●中学生の時に出会って読み始めた私ももう社会人になりました。早く完結を見届けたい気持ちと、まだ読み続けていたい気持ちが同じくらいあります。（はる）

●ある日、本屋でたまたま手に取ったのが『心霊探偵八雲　赤い瞳は知っている』でした。読んだ時、作品の中に引き込まれる感覚は未だに覚えてますし、毎巻感じてます。終わる時はくるけど、寂しいものです。本当に、寂しい。（シンゲン∞）

●完結おめでとうございます!!八雲は、元々本嫌いだった私が少しずつ本を読み始めた頃に出会い、本が好きになるきっかけを作ってくれました。八雲を読むことで、登場人物の温かさにふれ、ドキドキワクワクしたりして世界が広がったような気がします。（はるか［悠］）

●私が中学生の時から愛読させて頂いている八雲シリーズが完結するなんて未だに信じ難いです…。発売日当日に書店へ駆け込む予定でおります。今までの八雲シリーズを読み返し、期待を胸に抱きながら5月の発売日まで待とうと思います。（Ring）

●完結おめでとうございます。アニメと漫画から入りましたが、物語に引き込まれて気付いたら関連書籍を片っ端から購入していたのが学生時代の良い思い出です。発売楽しみにしてます！（しおり）

●小学校、中学校、高校、大学、そして社会人と「八雲」のみんなと一緒に成長してきました。たくさん笑って、たくさん泣いて、みんなと出逢えたことが本当に幸せです。みんなのこれからが幸せに溢れていますように！（ふみ）

●シリーズ完結おめでとうございます！神永先生を知ったきっかけがこの心霊探偵八雲でした！すごく大好きで大切な作品です♪神永先生お疲れ様でした！他の作品も期待しています！これからも応援しています！頑張ってください！（香奈）

●八雲と、家族や仲間の絆に心揺さぶられます。誰かに支えられて生きていくなかで、自分も誰かの支えになっていく。生と死は、その連鎖の中にあるのではないかと思える作品です。この物語の最後、こころして見届けます。（SAE）

●心霊探偵八雲シリーズの本はいつも楽しみに読んでいました。最後はどうなるのかとハラハラした気持ちで早く読みたいです。八雲シリーズが完結しても自分の中で勝手に物語を続けたいと思います。（さくらんらん）

●完結おめでとうございます！八雲に出会って10年近くになりますが、本当に大好きな作品です。八雲が少しずつ心開く瞬間がたまりません。とても素敵で完結が寂しいです。神永先生お疲れ様でした!!（のんのんびより）

●完結おめでとうございます。私はこの作品と出会って10年になります。嬉しさと寂しい気持ちがありますが本当に出会えてよかったと思います。私の唯一無二です。ありがとうございました。（Ai）

●八雲完結、おめでとうございます！初めて八雲と出会って十数年。八雲の素晴らしい謎解きに魅せられ、いつも続編が刊行されるのを楽しみにしていました。そんな日々に終止符が打たれるのは寂しいですが、最高のフィナーレを神永学先生は用意してくださったことでしょう。ただ、わたしが一番気になるのは八雲と晴香の関係だったりします。晴香、幸せになってねー！（plastic mucc）

●前巻を読んでひたすら早く晴香ちゃんを助けてほしいと急いていました。中学生の頃から読み続けてきた大好きな作品が終わってしまうことに寂しさも感じます。どうかハッピーエンドで！あわよくば八雲くんと晴香ちゃんの温泉旅行も！楽しみ、大好き、寂しいetc.いろんな感情はあるけどやっぱり全部本当の気持ちです。十数年分の期待を胸に、待っています！（アイカ）

●読み始めた当初小学生だった私も、八雲たちと同年代になりました。今だからこそ等身大の八雲の姿が見える気がして、感慨深く思います。八雲と一緒に成長出来てよかったです。素敵な作品をありがとうございました！（ゆず）

●（祝）八雲完結！12歳の時に本屋で偶然見つけて購入し、面白すぎて集め始めたのがきっかけです。今ではもうすぐ30歳。何度読み返しても新鮮な気持ちで読める素敵な作品の完結に、いろんな思いで胸がいっぱいです。（朱璃）

●八雲に出会ったのは私が中学生の頃でした。初めてシリーズものにハマり一気読みしたことを覚えています。「心霊探偵」という名前から怖い話かと思いきや、とても心が温かくなったり、死について、生について考えさせられる素敵な作品で、終わってしまうことがとても寂しいです。これまで八雲も晴香も、たくさん悩んで苦しんできたから最後はみんなが笑って幸せに過ごせていればと願うばかりです。2人が幸せになりますように!!そして神永先生、お疲れ様でした!!（かなだ）

●八雲と出会い10年と少し。何度も読み返し、アニメ漫画なども追いとうとう完結。長いようで短いそんな10年でした。完結は嬉しいようで寂しいですがまた何処かで完結の先の物語が読めたら嬉しいです。（愛梨@）

●16年間、お疲れさまでした。とうとう終わってしまうのですね、寂しさが一番でまだまだ八雲たちを読んでいたいです。最後は、八雲も晴香も幸せになってほしいです。特に八雲は自身を大切にすることと、晴香と幸せになってくれれば嬉しいです。心霊探偵八雲は、神永先生に逢わせて下さったりとても思い出深い作品でした。最後の本も先生のサインをしていただきお話をしたいです。（ナミネー）

●まずは、長きにわたり我々を楽しませて頂きありがとうございました。……しかし、完結する嬉しさと、完結してしまう寂しさが共存してます。また八雲とどこかで会える日を楽しみに……（とらぼるた）

●心霊探偵八雲がついに完結…寂しい、まだまだ八雲の活躍が見たい！といった気持ちがありますが、事件に巻き込まれることのない平穏な日々を過ごせるようになって欲しい…。八雲、今までもこれからもありがとう！（やまみ）

●中学生の時に出会い早12年が経ちます。新刊が出る度にワクワクで、今度はどんな事件なんだろう、八雲がどんな活躍をするのかが、本当に楽しみでした。終わってしまうのは、本当に悲しいですが、最終巻とても楽しみです。巻を追うごとに成長していく八雲が、大好きでした。最終巻には期待しかありません。とても楽しみにしてます！（くぢぃあき）

●中学校の本棚で八雲に出会いました。妹を巻き込んで晴香ちゃんと八雲の関係にヤキモキしたり、幽霊の描写にびくつきながらページをめくったことを忘れる事ができません。完結おめでとうございます。（三二三）

●長年愛してきたシリーズが完結する淋しさはありますが、何より前巻の続きが気になること、そしてもどかしくも初々しい2人のラブにもきっと進展があるだろう期待でワクワクが止まりません！あ〜楽しみ（奈々）

●高校生の時、小説が一切読めず漫画ばかりでした。そんな中勧められた「心霊探偵八雲」を読んでみるとすらすらと読める!!そこから、読書が好きになりました！長い間お疲れ様です。完結するのは寂しいですが同時に嬉しい気持ちが強いです。また1から読み直し、電子書籍でも全巻集め始めました！さらなるご活躍に期待して待ちます！（しいちゃん）

●心霊探偵八雲、完結おめでとうございます。初めて作品を知った時、タイトルからおどろおどろしい内容なのかと思いました。いざ読んでみると予想とまるで異なり、心霊現象や事件を通して人と人の関わりを描いた作品であることに気付き、二巻を読む頃には大好きになりました。これからも、神永先生の作品に期待しています。ありがとうございました。（横山准平）

●ずっと母と一緒に読んできた大好きな作品がついに完結。早く読みたい…でも終わってほしくない…そんな気持ちですが、最終巻、八雲くん達が全てを解決し、幸せになることを願ってます！神永先生、素敵な作品ありがとうございました！最後まで母と一緒に読もうと思います！（梟仮面）

●心霊探偵八雲完結おめでとうございます。何度も読み返して次の巻が出るのがとても待ち遠しかった作品でした。終わってしまうのはとても残念です。ドラマ・アニメ・舞台・ドラマCD・コミックといろいろ展開がありましたね。ドラマやコミックは原作と展開が違っていたりしていましたね。原作と違っていて毎回この先どーなるの?とワクワクしながら見ていました。神永先生太っ腹すぎます(笑)(RIO KANATA0323)

●完結おめでとうございます。高校生の頃に大学生の八雲達に出会い、気づけばもう直ぐ三十路(笑)いつのまにか、彼らの歳を抜いてしまったけれど素敵な物語は私の中では終わりません。(莉桜)

●神永先生、心霊探偵八雲完結おめでとうございます!キャラクターの言葉1つ1つがとても深く、引き込まれる台詞ばかりで人の命の重みだったりとか人との価値観の違いだったり人間の色々な事が書かれていてとても勉強になりました。「こんなにも素晴らしい作品があるだなんて…もっと早く見ていればよかった…」と1人で後悔していました笑その後すぐに学校の先生やクラスの人に小説やアニメを勧めて強制的に心霊探偵八雲の沼に引きずり込んでやりました笑そんな作品がとうとう完結されるとの事で嬉しい反面少し寂しい気持ちもあります。自然と涙の出る作品…こんなにも素晴らしい作品に出会えて私はとても幸せです。神永先生、長い間お疲れ様でした。そして素敵な作品をありがとうございました!!(氷麗)

●完結してしまうのがとても寂しいです。思えば、読み始めた頃は八雲たちが年上だったのに今では私のが年上。これほど一緒にいたものが終わってしまうなんて、寂しい以外の言葉はありません。しかし、最終巻は早く読みたいと思う、わがままな私です(笑)期待してまってます。(すもも)

●本を全く読まなかった私が唯一ちゃんと全て揃えて読んでいたのが心霊探偵八雲シリーズでした。毎回毎回ハラハラドキドキする展開があり、スピーディーに物語が展開されていき手を止めることなく読み切れます。とても素敵な作品に出会えてよかったです。(もり)

●中学1年生の時、図書室で出会ってからずっと大好きな作品です!完結してしまうのは寂しいですが大切なことをたくさん教えてくれたこの作品におめでとうという気持ちです!心霊探偵八雲ありがとう!(Spring cow)

●完結おめでとうございます。「八雲」は青春時代の思い出です。単行本と文庫本全巻揃えて何度も読み直し、Anotherも揃え、完結するのが楽しみです。八雲君達のその後みたいなのもあれば読みたいと思います。(ままげちゃん。)

●文庫版第一巻が出た頃は小学生でしたが完結を迎えた今、八雲や晴香より年上になりました。八雲は初めて自分のお小遣いで買った思い出のシリーズです。そんな作品の完結は寂しい反面結末が楽しみでもあります。神永先生素敵な物語をありがとうございました。(鍋猫)

●完結おめでとうございます!本を読むのがあまり好きではなかった小6の頃、旅行先の暇つぶしでたまたま手に取った八雲がきっかけで、読書が趣味になりました。翌日に2巻を買いに行ったのも良い思い出です(笑)本当にありがとうございました!!(さわざわ)

●心霊探偵八雲シリーズの完結、おめでとうございます!学生の頃から読んでいた心霊探偵八雲シリーズが遂に、完結されるとのことで、そこまで長く拝読させていただいていたと思いますと感慨深いです。最終巻での八雲と晴香の関係やお話をとても楽しみにしてます。(ゆき)

●友人と一緒に大好きだったシリーズなので新刊は楽しみだけど寂しい気持ちもあります。最終巻を読んだら、いつものように何処が好きだとか、感想とか、を友人と話す予定です。二人とも社会人になり読む時間は少なくなりましたが、この本ははずせません。神永さんのシリーズでも大切なシリーズです。ずっと応援しています。(かえるのうた)

●中学生からファンでした。出会えてよかった。大好きです!これからも!(まねは)

●八雲シリーズ完結おめでとうございます。何回も読み直すぐらい大好きな作品です。いつもぶっきらぼうでクールだけど、いざという時は晴香ちゃんを守る八雲くんに、いつも胸をときめかせていました。特に一回だけ「晴香」と名前を呼んだシーンは涙なしでは読めませんでした。素敵な作品を生み出してくれてありがとうございます。(mina)

●私が『心霊探偵八雲』に出会ったのは、家の近くの図書館でした。今、私はその図書館で働いています。八雲くんが、私を図書館と結びつけてくれたと思ってます♪(ぺんきち)

●前作を読んで、最新刊を楽しみにしていました!完結は寂しいです…。最後は2人や周りの人が幸せであればと思ってます!寂しいですが楽しみにしています!(とん)

●「次は、あなたの1番大切なものを奪ってあげる」と晴香を美雪に攫われてしまう…次のページではどんな展開が待ち受けているのか、ページをめくる度に緊張感と期待が一気に押し寄せます。頭脳明晰で皮肉屋で、いつも冷静な八雲が、いつにもなく焦って苛立っているのがとても新鮮です。晴香ちゃんと出会い、少しずつでも八雲の心に変化があったのが感じ取られて見所です。奇怪事件の謎を解き明かしていく爽快感と恋の甘酸っぱさが何度読み返しても飽きないです。完結してしまうのは悲しいけれど、結末がとても楽しみです。最後も八雲の活躍を期待してます!いつもの皮肉屋の八雲は戻ってくるのか…晴香ちゃんの恋の行方は…最終巻の発売が今から待ちきれません!(サザナミ)

●完結おめでとうございます。小学生の時に図書館で八雲シリーズに出会って以来、ずっとファンです。完結は少し寂しく感じますが、八雲や晴香ちゃんたちに出会えたことを本当に嬉しく思います。(ボンタンアメ)

●ステキな本に出会えて幸せです。完結は寂しいですが、また、八雲達に出会えることを楽しみにしています。(長谷美保)

●心霊探偵八雲は、私が初めて出会ったミステリー小説です!この小説があったからこそどんどんミステリー小説が好きになりました!シリーズ作品の中では1番好きな作品です!これからも応援しています!!(あおい)

●小学生の時から見ていた八雲ですがいつのまにか大学生になっていました。笑これからも一生読み続けます!応援していきます!!(パクミ)

●小学生の頃に出会って、今は高校生、八雲は自分を育ててくれた本のひとつです。完結してしまうのは悲しいけれど、晴香ちゃんのような明るい誰かに力をあげられるような人になりたいです。(ちろる)

●12年前初めて八雲と出会い、それからずっとファンです。神永さんの作品は沢山読ませていただきましたが、中でもやはり八雲は私の中で不動の1位です!完結してしまうのはとても寂しいですが、完結してしまっても何度も読み返そうと思います!素晴らしい作品を今後も生み出して行ってください!応援しています!(182)

●ついに八雲が完結…嬉しいような寂しいような。家族、知人、勧めた人皆がはまった八雲。本を読まない母もはまった!本当にすごい!!楽しい一時をありがとう!!(ゆきち)

●大学生の頃、初めて八雲と出会いました。通学に片道2時間半かかり、いつもは寝て過ごしていた時間を八雲と過ごすようになってから、楽しみになりました。勇気と希望もくれるような作品で、勉学も部活ももっと頑張ろうと思わせてくれる作品です。私の中でかけがえのない作品が、終わりを迎えてしまうのはとても悲しいです。ですが、八雲が幸せに過ごせることを願っています。(mAIKoGrAm)

●長い間お疲れ様でした!心霊探偵八雲を読んで私は神永さんの作品にハマりました。一番思い出深い作品です。みんなの恋が実り、幸せになる事を心から祈ってます!次回作も期待してます!(パン)

●高校生の時に司書の先生からオススメしてもらってから、少しずつ自分で買い集め、何度も読み返してきた『心霊探偵八雲』シリーズ。これからも八雲や晴香、他のキャラ達、そして『八雲』シリーズがずっと大好きです。(紅月)

●私が八雲くんを初めて知ったのは小学6年生のときです。当時は海外から転校してきたばっかかで漢字があまり読めなかったので、辞書片手に読んでいました。その頃から変わらず今でも一番好きな作品です。(ドミノ)

●神永学先生、シリーズ完結お疲れ様でした。嬉しいような、寂しいような気持ちです。この作品は、19歳の娘が中学の頃勧めてお気に入りとなり待ち望んでいるものです。最後は、やはり八雲の素直な気持ちが晴香に伝えられるといいなあと思います。毎巻、期待してたんですよー。素敵な作品をありがとうございました。(TOM)

●中学の時友達におすすめされて読んだこのシリーズ。初めはシリーズの小説に抵抗があったものの、心霊探偵の沼にハマってまだ抜けられていません!やっと完結、おめでとうございます。読むの楽しみにしています!(後藤刑事ファン)

●シリーズの初めでは、八雲にとって雲海は憎む対象でした。しかし、晴香たち仲間といる時間が増えていき、八雲は〝雲海が存在するから今の自分自身も存在するのだ〟と考えるようになっていきます。そして、八雲は雲海のことを〝父さん〟と呼ぶまでになっていました。この八雲の成長に私はとても感動しました。八雲だけでなく、晴香、石井…沢山の人たちが成長していく姿に心を動かされました。私にとって心霊探偵八雲シリーズは沢山の感動を与えてくれたとても大切な作品です。そのシリーズが完結することはとても寂しいですが、シリーズ最後の物語を大切に読みたいと思います。(ひなこ)

●当時、私は通っていた中学校でいじめに遭い、不登校になりました。何をする気力もなく、気分が落ち込み、いつしか体調を崩して入院してしまいました。そんな時、母が入院中の暇つぶしにと、心霊探偵八雲一巻の小説を見舞いの品として持ってきてくれたのが出会いでした。私は怖がりだったので、何故病院に入院してるのにホラー小説を持ってきたのかと、はじめは憤りすら感じました。しかし読み終わって、八雲が抱えている苦悩や、それを少しずつ癒していく晴香を見て、涙が出ました。八雲を知ってもう十年以上経ちますが、終わってしまうのが凄く寂しいと思うとともに、感慨深くもあります。先生、ひとまずお疲れ様でした。またいつか、どんな形でも八雲と再会出来ることを願っています。(夕闇)

●心霊物と探偵物と恋愛物と、私の好きなジャンルを全て取り込んでてハマらない訳がなかったです!一度読み始めたら次へ次へとページを捲る手が止まりませんでした。完結してしまうのは寂しいけど七瀬さんとの対決の結末と晴香との恋模様をじっくり眺めたいと思います!完結おめでとうございます!!そして長い間お疲れ様でした!!

（なみはげ）

●心霊探偵八雲完結、おめでとうございます！八雲シリーズには1巻を初めて読んでからすっかりハマってしまい、毎回とても楽しませてもらってました。正直、完結してしまうのは寂しいです。でも、きっとこれからも八雲シリーズを何度も読み続けると思います。八雲シリーズ大好きです！ありがとうございました！（美音）

●どんなシリーズも同様でしょうが終わってしまう寂しさと、結末を切望する気持ちが同じくらい強いです。でもずっと最初から読んできたので、やはり着地点をすごく楽しみにしています。当事者二人も一度でいいのでしっかり思いを通わせて欲しいと思っています。直球で！（ぴくぽん）

●八雲遂に完結ですね　嬉しいような悲しいような、八雲達と歩んだ16年は私の大切な宝物です。神永先生お疲れ様、ありがとうございました（ひーさん）

●神永先生、八雲に会わせてくれてありがとうございます。毎回展開にドキドキしながら、今読み返してます。幸せが訪れるといいなあ。（ゆみくん）

●たまたま書店でタイトルを見て買ってみようと思ってから11年が経ちました。素晴らしい時間をご提供下さいましたことに感謝します。完結することに寂しさもありますが幸せになるメンバーを見させていただきたいと思います。神永先生をはじめスタッフの皆様お疲れ様でした。そして本当に有難う御座いました。（伊藤絵美）

●八雲完結お疲れさまでした。あぁ、神永ワールドにめろめろになり1★年、八雲終わったなんて寂しくてロス確定。私は八雲だけ文書派なので、来年位まで鼻息荒くして待ってまぁす。（朱理ママ）

●心霊探偵八雲の完結おめでとうございます！小学生の時に兄が買ってきてくれてから、ずっと神永さんの本が大好きでした。完結してしまうのは少し寂しいですが、とても嬉しいです。これからも頑張ってください。陰ながら応援しています！（りんご雨）

●小さい頃からずっと見ていて21歳になった今でも大好きで読み続けています！八雲を読んで本にハマりました。大好きな八雲が終わっちゃうのがとても寂しいですが、最終巻もとても楽しみにしてます！サイン本などあればぜひGETしたいと思います！また他のシリーズも読んでいるので続く限り読み続けたいと思います。（mayu）

●小学生からの八雲の一ファンとして、待ち続けた最終巻が読める嬉しさと、胸を踊らせて何度も読み返した作品が完結してしまう悲しさが入り交じって複雑な気持ちですが、八雲と晴香の恋路が気になって夜も眠れません！（もん）

●12巻発売おめでとうございます！中学生の時に知り、今もずっと好きな作品です！完結してしまうのは寂しいですが、これからも応援しています！（ヒマワリ）

●神永学先生、この度は心霊探偵八雲完結おめでとうございます。私は八雲で先生の作品と出会いました。当時中学生で不登校で自殺すら考えていた私は読んでいて生きる強さを頂きました。今では社会人になり、栄養士として働いています。今の自分があるのは先生の作品があったからだと思います。本当に八雲と出会えて良かったです。ラストどうなるのかとても楽しみです。八雲が幸せになる事を祈っております。これからも全力で先生を応援させて頂きます。（88）

●魅力的な登場人物、楽しく切ないストーリー。リアルタイムで読み続けることができて幸せでした。本当に最後なのでしょうか…ぜひAnotherやafter filesとして彼らの姿を拝み続けたい。とにかく今は…先生本当にお疲れ様でした！（わんにゃんこ）

●完結おめでとうございます！初めから読んでいたので終わってしまうのは少し寂しい気持ちもありますが、八雲くんがようやく面倒ごとから解放されるのかな？と思うと嬉しいです。とにかく八雲くんに惚れ込んでいるので、八雲くんに出会えたことを嬉しく思います！（Smyle）

●八雲が終わってしまうのは凄く寂しいです。ですが始まりがあれば終わりもある。八雲の最後の勇姿をしっかりと目に焼き付ける準備はできています！最終巻、楽しみにしています!!（oracion）

●心霊探偵八雲11を読んで、八雲くんと晴香ちゃんのお互いを大切に思う気持ちに胸を打たれました。大好きな2人に明るい未来が来る事を心から願っています。（友季子）

●完結おめでとうございます！ずっと読み続けているこの大好きな作品が終わってしまうことがとても寂しいです。ですが同時に、彼らの新しい日々が始まる事が楽しみでもあります。ずっと彼らの幸せを祈り続けています!!（Shion）

●心霊物は苦手なのに、『心霊探偵八雲』は最初から物語の中にぐいぐい引き込まれました。（八雲シリーズに出会った切っ掛けは、当時交際中だった、主人のお薦めだったからです）今では、新刊が出る前などは、第一作から読み返すほど大好きな作品です。八雲や晴香、後藤など登場人物みんな大好きだし、完結は寂しいです。でも、これからも何度も読み返すと思います。（ゆきんこ）

●神永先生、心霊探偵八雲の完結おめでとうございます。巻数を重ねるごとに、八雲の赤い眼への心持ちも変わってきて、晴香との関係も深まって、まだまだ先が気になり、続きを読みたい気持ちでいっぱいです。八雲は今まで幾重もの雲をはらい、今後、両眼の赤い男との決着をつけて更に陽の光に近づいてゆくのだろうなと思います。最終巻、期待しています。とても面白い長編作品お疲れ様でした。他の作品の今後も楽しみにしています。（まいな）

●約8年前に心霊探偵八雲と出会い、これまで何度も読み返したり、新刊を心待ちにしたりしていました。その思い出深い作品が完結すると知り、期待と喪失感がないまぜな複雑な気持ちです。しかし、長かった八雲や晴香たちの物語がどのような結末を迎えて、それぞれがどのような思いを抱いてその後を生きていくのか、とても楽しみです。（Kiwi）

●約10年前に八雲シリーズに出会い、新刊の発売がこんなにも待ち遠しいシリーズは他にありませんでした。漫画やアニメ、舞台も全て観覧し、早く結末が読みたいけど、終わってしまう悲しさとでとても感慨深いです。最終巻、心待ちにしております。（しおりん）

●神永先生完結おめでとうございます！ついに……ついに……完結（泣）高校生の頃から買い始め14年の月日が経ちました。長かった……けど買い続けて本当によかった！読むのがとても楽しみです！（ひつじ）

●「心霊探偵八雲」は私が初めて夢中になり、1冊読了する度に続刊を待ち遠しく感じる作品でした。完結することは楽しみでもあり寂しくもあるけれど、八雲や晴香ちゃん達のこの先を見届けられることを嬉しく思います。（いすみ）

●嬉しい気持ちもありますが、これから八雲や晴香達がどうなっていくのかを知ることができるのが最後となると少し寂しいです。最終巻が出るまでに今までの八雲を読んで待ってます。神永先生今までお疲れ様でした。（桃）

●『心霊探偵八雲』が小学生の時から大好きで応援し続けていた私も大学生になりました。八雲や晴香に年齢が追いついたと思ったら完結してしまうなんてとても寂しいです。でも、同じぐらい楽しみな気持ちが大きいです。（りほこ）

●心霊探偵八雲シリーズ完結おめでとうございます！学生時代から応援していた小説だったので、八雲の物語が終わってしまうのは残念だなと思います。このお話に出会ってから、死者（幽霊）に対する考えや、人の本質、人同士の絆など色々と考えさせられ、改めて気づけたことが多い作品でした。この作品に出会えてとても良かったです！やっぱり、ラストは素敵な結末で終わって欲しいと思うのと、晴香と八雲には幸せになって欲しいです！また、別の機会で八雲達に会えるのを期待しています。今までありがとうございました！（夏遊）

●神永先生、心霊探偵八雲完結おめでとうございます！そしてお疲れさまでした！八雲君もお疲れさま！完結は少し寂しくもありますが、楽しみに読ませていただきます。（あやっぺ）

●初めてこの作品に触れたのは小6の頃。読書が苦手な私でしたが、一心不乱に読み進めました。それからずっと、完結を迎える今も変わらず大好きです！心霊探偵八雲シリーズ、そして神永先生に出会えて本当によかった！（今日の夜）

●読み始めた頃まだ小学生だった私も社会人になりました。このシリーズは当時からずっと大好きで、新作が出るのを毎回楽しみにしてました。終わってしまうのはとても寂しいですが、長い間楽しませて頂きまして本当にありがとうございます！ずっと大好きです！（かんな）

●遂にこの時が来たか、という思い。寂しさと嬉しさ。小学生の頃に八雲に出会って、今はもう八雲の歳を越えてしまった。晴香と出会って変わっていく八雲の成長を見ていられて、幸せでした。ありがとう、神永学先生。（ぽち）

●神永先生の作品を読むきっかけになったシリーズです。何度も何度も読み返しました。この作品を通して自分自身の考えを見直すことができました。終わってしまい悲しいですが、またスピンオフなど読める日を楽しみにしています！先生お疲れさまでした（まんね）

●この作品には大学受験を控えた高校3年のときに出会いました。受験勉強そっちのけで授業中もずっと読んでいました。無事に大学を卒業して社会人になってからも続刊が出るのが楽しみで仕事も頑張れました。神永先生お疲れ様でした。八雲に出会わせてくれてありがとうございました。（soyoka）

●本当に今までずっと、中学生から今にいたる高校生まで読んでました。素晴らしい作品をありがとうございます！（こーん）

●遂に完結。おめでとうございます！嬉しいのに寂しくて、楽しみなのに哀しくて、なんだか複雑な気分です（笑）いつも新刊を楽しみにしていた、本当に大好きな作品です。出逢えたことに感謝っ！ありがとうございました♪（莉沙。）

●心霊探偵八雲、完結おめでとうございます!!と同時に非常に悲しい気持ちです…八雲が終わってしまうなんて……最終巻は完結した喜びの涙と終わってしまう悲しみの涙を流しながら読みます…笑（水無風）

●完結おめでとうございます。1巻から八雲ファンです。私が生涯で一番好きな小説が完結だと思うと悲しい反面どうなるのか楽しみでもあります。ワクワクドキドキしながら今回も読ませて頂こうと思います！（りおりん）

●初めて読んだ時から晴香ちゃんと八雲はもちろんのこと、登場人物全員に幸せになってほしいという思いで見ていました。途

中、読むのが苦しくもなりましたが、とうとう完結。みんなが幸せになることを願っています！（もえ）

●中学生の時から読み始めて早○○年…ついに完結！新刊が出る度に嬉しくて、発売日には本屋に走っていました（笑）どの巻を読んでも楽しくて、早く続きが読みたい！と思いながら何度も繰り返し読んでいました。「心霊探偵八雲」は、人との〝つながり〟を深く考えさせられた作品です。私は八雲や晴香たちと出会うことができて幸せでした。完結は寂しいですが、これからも八雲たちが幸せに暮らしていけることを願っています。全てのキャラクターに！ありがとうございました（ふゅーちゃん）

●小説を読むのは好きだったのですがたま欲しい作家さんの小説を購入するついでに別の作家さんも購入してみようとしたのがきっかけで6年くらい前に『心霊探偵八雲』を読ませていただきました。初めはホラーなのかとドキドキしながら読んでいたのですが八雲と晴香ちゃんの掛け合いが面白いのと真相に進んでいく展開がとてもワクワクドキドキして次々読みあさりました笑先生の本を手に取り読み始めたのは日が浅いですが一巻を発売してから結構年月がたっているのでもう終わってしまうのだなぁと残念な気持ちとこんなに長く続けてくれて感謝の気持ちでいっぱいです。後藤さん、石井さんにも会えなくなるのは寂しいですがスピンオフとか書いていただけたらいいなと思っています。最終巻も買わせていただきますがその前にもう一度一巻から読み直したいと思います！（ひぐってぃー）

●小学生の時にたまたま母親が買ってきた本を読んで八雲シリーズと出会い、小説にのめり込むきっかけになりました。完結と聞いて嬉しくも悲しくもなりました。すっごく読みやすくて、ドキドキハラハラして、大好きです。（有栖）

●中学1年生の時、たまたま授業で使った新聞に心霊探偵八雲が紹介されていて、それを読んで次の休み時間に早速図書室に借りに行った事を今でも覚えています。学生時代は八雲達と過ごしてきたと言っても過言ではないくらい繰り返し読んでいました。大好きな作品が終わってしまう事は寂しいですが、キャラクター達の成長を見守れた事をとても嬉しく思います。八雲、晴香、神永先生お疲れさまでした！他の作品も応援しています！（Uji）

●中学の時に心霊探偵八雲に出会ってから数年新刊が出る度ワクワクしながら待っていました。心霊探偵八雲シリーズが完結してしまうのは、寂しく思いますがいつも楽しみをくださりありがとうございました！お疲れ様でした!!（棗）

●とうとう最終巻になってしまいました。発売日が決まったことで、新刊発売を待つ楽しさとともに、寂しさがだんだん込み上げてきました。リニューアル版の初版から読み始めて早16年。今は終わってほしいような、まだ続けてほしいような不思議な気持ちです。最後の一文を読んだときにどちらになるのかそわそわしながら発売を待っています。神永先生、長い間ありがとうございました！（かえる）

●いよいよなんですね！ブログを読みながら、いつ？いつ出るの？と待ちわび、進捗情報を見ながら、頑張って！と心の中で励まし、まぁ聴こえてないでしょうけど（笑）でも嬉しいです。八雲君は晴香を助けられたのか？早く発売日が来て欲しい！（ひろりん）

●完結おめでとうございます。中学生の時から読み始めたこのシリーズ、今ではもう八雲や晴香の年齢を追い越してしまいました笑終わってしまうことが悲しくもあり嬉しくもあり…複雑な気持ちです。幸せな形での完結を期待して待っています!!（もも）

●次が出るのをいつも楽しみにしていましたが、とうとう完結してしまうんですね…。八雲が自分は孤独ではなく、必要な人間だと気付かせてくれたのは晴香ちゃんだったんだと思います。二人のこれからがとても気になります。（でびるまん）

●本屋で表紙に惹かれ手に取ってから、八雲くんをはじめ心霊探偵ワールドに登場する人たちの考え方・生き方に心を奪われております。もう完結なのですね。さみしいですが、12巻楽しみにしています。神永先生、16年間お疲れ様でした！（真冬）

●八雲に出会ったのは高校の図書室。シリーズを夢中になって追いかけているうちに彼より年上になっちゃったけど、わくわくどきどきする気持ちはあの頃のまま。八雲と晴香の関係にどういう決着がつくのか、楽しみです。（なつ）

●八雲完結おめでとうございます。気がつけば八雲の歳を追い越すほど続いていた作品なだけに嬉しい反面寂しさもありますが、最後まで眼を離せない展開を期待しております。今後の八雲の活躍も是非お願い致します。（晴香の友）

●長きにわたる連載お疲れ様でした。心霊探偵八雲は人生の半分を共にしてきた、謂わば相棒のような作品なので、完結は正直寂しくもあります。ですが、大好きな作品である事はいつまでも変わりません。心霊探偵八雲を生み出して下さり、本当にありがとうございます。これからも応援しています。どうかお身体にお気をつけて。（深雪）

●初めて八雲を手に取ったのは小学生の時、それから二十歳を過ぎた今でもずっと大ファンです！そんな八雲が完結するのは寂しくもあり、どのような結末を迎えるのか楽しみでもあります。今までありがとう！（くまごろう）

●シリーズ完結おめでとうございます。中学生の時に出会って以降、ずっと読み続けていて、次の巻を楽しみに待つほど好きでした。様々な苦難を乗り越えて八雲達が少しずつ成長していく過程に勇気をもらったことも少なくありません。ありがとうございました。（タカトラ）

●ついに心霊探偵八雲12の発売日が決まりましたね！11巻の続きがみれて嬉しいけどもう完結しちゃうなんて悲しいです。ほんとに今まで楽しくワクワクしながら読ませてもらいました！ありがとうございます！12巻、魂の深淵タイトルに重みがある感じがしますね。読むのを楽しみにしてます！もう完結してしまうけれどこれからもずっと読ませていただきます！これからも神永学先生の本、楽しみにしています。応援してます!!（杏樹）

●八雲君シリーズ完結おめでとうございます！何度読んでも泣けて、笑えて、ページをめくる手が止まりません！「心霊探偵八雲」に出会えて本当に良かったです！これからもずっと大好きです！（しゃんぷー）

●晴香が初めて赤い瞳を見たときの「きれい……」というセリフが衝撃的で、〝自分と違う〟ことに対する捉え方が変わりました。たくさん影響を受けてきた大好きな作品なので、どんなラストとなるのか本当に楽しみです。（卯月はる）

●小学生の頃に八雲に出会って10余年来のファンです！心情が丁寧に描かれていて、登場人物が成長し人間関係も変わっていく様子に心惹かれます。後藤一家等、どのキャラも大好き！完結も待ち、しかして期待しています！（昭和の黒猫）

●長い間八雲書き続けてくださりありがとうございます。お疲れ様でした。八雲ファンの私達にとって最終巻は楽しみでもありますが、終わってしまう寂しさもあります。また1から読み直そうと思います。できれば八雲の前の赤い隻眼が読んでみたいです。（みーたんママ）

●どうか、この先も八雲と晴香の未来が光り輝くものでありますように。（めめ）

●友達に勧められて読み始めた八雲シリーズ。その面白さにどっぷりとはまり今では母親もはまって一緒に読んでいます!!八雲と晴香のやりとりや関係性がとても大好きでいつも楽しみにしてます♪12巻で最後ということで完結する嬉しい気持ちとまだ見たいなというちょっぴり寂しい気持ちがありますが八雲ファンとしてとても喜ばしく思います。完結おめでとうございます。（momo）

●学生の頃から、ずっと読んでました。最終巻の発売楽しみにしてます!!（かえ）

●表紙に惹かれて読み始めたのがきっかけで、どっぷり八雲の世界にはまりました。八雲や晴香ちゃん、後藤さんなど一人一人が個性豊かで読んでいて引き込まれてしまいます。八雲と晴香ちゃんの恋の行方も気になるところです。（みこちぇ）

●八雲くんと晴香ちゃんとの関係がどうなっていくのか楽しみです。完結おめでとうございます。（梟）

●正直初めは八雲くんが嫌いでしたが読んでいくうちに大好きになりました！私がやっと見つけた面白い作品が終わるのは悲しいですが最後がとても気になってムズムズしてるので複雑です笑完結まで書いてくださってありがとうございました！そして晴香ちゃんと八雲くんに出会えて良かったです！（いりこ）

●中学の頃からのお友達からのおすすめで学生時代から大好きです。体調を崩しやすい私にとって八雲シリーズは心の支えです。神永先生、八雲に出会わせてくれてありがとうございます。（ゆり）

●完結本当におめでとうございます　小学生の頃に八雲に出会い、今では私も八雲と同じ大学生になりました。この10年、八雲達と同じ時間を歩むことができて幸せでした。（小島智瑞）

●八雲完結万歳　クールで優しい八雲が好きです。（ゆきの）

●八雲完結おめでとうございます　アニメ、小説と拝見させていただきましたが、とても面白かったです。終わってしまうのは、とても悲しいですが、これからも私は、八雲のファンであり続けるとおもいます！（なーちゃん）

●とうとう最終巻なのですね。ハラハラドキドキの、恋と心霊と勇気の物語を楽しませてくださってありがとうございます。八雲くんと晴香ちゃんのお二人の青年期を過ぎた、大人のお話も知りたい読みたいので、いつかまた、お二人が皆の前に出てくれることを願っています。（からす堂）

●中学生のころにはまり、気づけば八雲、晴香たちより少し年齢を上回ってしまいましたが、変わらず好きな二人です！また私の青春時代を語るときは欠かせないものです！当時は同級生に本を貸していかにおもしろいかをプレゼンしてたのも懐かしいです！完結おめでとうございます！（まるもっと・DD・ホイホイ）

●私が八雲シリーズを知ったのは今から7年程前の私が中学2年生の時です。私は当時クラスの子からいじめられていて学校に行くことが嫌になっていました。そんな時本を読もうと思い教室の後ろにあった本棚を見た時に心霊探偵八雲の1巻が置いてありなんとなく興味が湧いて見始め面白くて当時買う事は中々出来なかったので学校に行って教室で八雲を見ることが楽しみになりそれを主な目的にしていました。なので私にとって八雲シリーズは辛い時に助けてくれたシリーズです。なので終わってしまう事は悲しいけれど同時に嬉しい気持ちもあります。最終巻楽しみにしています！神永先生、今まで八雲シリーズをありがとうございました！（八雲シリーズに助けられた女性）

●八雲のそっけないけど優しいキャラに惹かれ、また読んでいてワクワクハラハラするストーリー展開が大好きな作品です。七瀬との対決の結末や晴香ちゃんとの進展など、どう完結するのか楽しみに待ちます！（タカハル）

●心霊探偵八雲完結おめでとうございます!!八雲が温かく平穏な日常を送れるようになることを願ってます。大好きです。（みね）

●心霊探偵八雲の完結、おめでとうございます！小学生の時に八雲と出会いました。そして、一巻を両親に買ってもらい、さらに、続きを読むために図書館に通っていたことを今でも覚えています。大人になった今、たくさんの本に触れてはきましたが、やっぱり八雲が私の中では一番の作品だと思っています。ずっと追い続けた作品が完結することに少しの寂しさはありますが、またいつか、どこかで八雲たちに出会えることを楽しみに、期待して待っていようと思います。（ふゆ）

●遂に完結…嬉しいような寂しいような…複雑な心境です。八雲に出会ってから、今まで追い続け、気がつけば20代も後半に…！新刊が出るのを鈴木先生の素敵な装画と共にいつも楽しみにしていました。自分の人生を一緒に過ごした思い出の沢山詰まった大切な作品です！（霞）

●完結おめでとうございます！八雲シリーズ1からずっと楽しませて頂きました。すごく感情移入しちゃって晴香や八雲の感情に振り回されっぱなしでした。完結してしまうのは、寂しいですが八雲達はこれからも私の中で成長していくことと思います。素敵な作品をありがとうございました。（かすみん）

●途中から読み始めたのですが、読みやすかったです。最終巻寂しいですがとても楽しみにしています。（あかり）

●八雲君、たくさんの感動と勇気をありがとうございます。人と人との繋がりとは何か？家族とは何か？深く考えさせられました。完結は寂しいですが、八雲君の未来が明るく幸多きことを切に願います。（千葉亜季子）

●遂に最終巻。。楽しみなような残念なような。けど、結末が気になる！（本音（笑））きっと最後は八雲らしいラストだと思うので発売を楽しみにしています。最終巻になりますがまた、違う形で八雲たちに会えたらと思います。（エリィ）

●とうとう八雲も完結するんだと思うとなんだか寂しくなります…。毎回はらはらドキドキ…時々キュンってなるのがたまらなく好きです。読むのが楽しかったです。あとは、八雲と晴香ちゃんがどうなるのか…気になって仕方ありません。（かな汰）

●八雲が晴香ちゃんや後藤刑事達と幸せにいてくれると嬉しいです！（ちー）

●私が初めて本にハマったのが心霊探偵八雲でした。それから毎回新刊が出るのが楽しみでした。終わってしまうと思うと寂しくて仕方ないですが楽しみでもあります。八雲達の人生が幸せでありますように！（みり）

●八雲が完結すると聞いて、これからどうなるのかという期待と、終わってしまう寂しさが入り混じっています。小学生の時から八雲を読み始め、気づけば八雲たちと同い年になりました。とても感慨深いです。八雲は晴香や他の人達と関わる中で感情の変化が少しずつみられてきました。仲間思いで不器用な彼がとても魅力的なキャラだと、毎回読んでいて感じます。これからも八雲を大好きでいます！八雲完結、楽しみにしています！（まい）

●完結おめでとうございます！お疲れ様でした!!八雲は私が読書にハマったきっかけの大切な一冊です！中学のときに、たまたま母が読んでいた八雲を手にとって開いてみると、気がつけば、ページを捲る手が止まらなくなっていたことを今でも覚えています。八雲を知ってから、ずっと私のなかには登場人物たちが生きていて、私を楽しませてくれています。本当に素敵な作品に出会えてよかったです。（あしこしうたの）

●完結おめでとうございます。私が八雲と出会ったのは、中学生の時でした。タイトルと文庫版第一巻の装画に惹かれて、あらすじや中身も見ずに衝動買いしたことを思い出します。あれからもう10年以上も八雲シリーズに楽しませてもらっています。私が小説を読むようになったきっかけにもなりました。八雲シリーズは登場人物それぞれに色んな感情や立場の変化があり、何度も読み返したくなる作品です。このような素晴らしい作品を生み出して頂き、そして完結まで書き上げて頂き、本当にありがとうございました。（龍）

●私が小学生の時に出会った「赤い隻眼」そこからシリーズにハマって、とうとう八雲と晴香と同い年になりました。完結は寂しいけれど、おめでとうございます。２人に、彼らに幸せな未来が待っていることを願います。（学生服）

●八雲完結おめでとうございます！完結が嬉しい反面終わってしまう喪失感が半端ないです。職場の先輩に薦められて読み始めたのに今では私の方がどハマりしてるくらいです。本編完結してもアナザーファイル期待してます!!（ripple）

●素敵なストーリーを作っていただき感謝してます。八雲は自分の絵に沢山影響を受けています。彼が生きてきたストーリーをみて、私も辛い時に「頑張ろう！」という気持ちが出てきます。今後の作品も頑張ってください！（Lefterstein）

●完結、おめでとうございます！小学生の時から好きでしたが、続編を待ちわびているうちに私ももう二十歳になってしまいました。これだけ長い間シリーズを追ってきたので、完結は大変感慨深く少し寂しくもありますが、どのようなラストを迎えるのかずっと気になっていたので楽しみな気持ちの方が遥かに強いです!!心の底から楽しみにしております!!（ある）

●シリーズを読み始めたのは小学生。それが今ではもう社会人。長きにわたって八雲たちに魅了されてきました。終わりは寂しいですが、八雲たちの行く末を最後まで見届けたいと思います。（ナオ）

●完結おめでとうございます。私がこのシリーズに出会ったのは、大学生の時です。図書館で、少し読んだだけで、八雲の魅力にハマってしまい、今では、すっかり全巻集めの八雲ヲタクです笑（スノーエル）

●遂に心霊探偵八雲完結。神永先生長い間お疲れ様でした。どのような最後になるかワクワクしています。大好きな石井刑事の活躍あるかな!?16年前頃に書店で心霊探偵八雲に出会い夢中になって読み続けました。作品が完結するのは少し寂しいですが、無事に完結を迎えることができてとても嬉しいです。私も八雲のようにひねくれものでどこか人生を冷めた目でみていた時がありました。八雲と共に闇のその先に小さな光があることに確信をもてるようになり、私の人生も変わったと思っています。神永先生、素敵な作品を生み出してくれて本当にありがとうございます。これからも神業楽しみにしています。応援しております。（わわわの和太郎）

●完結おめでとうございます。中学2年生で心霊探偵八雲、そして神永学先生のファンになってから9年が経ちました。今か今かと次回作が気になっていた八雲も遂に完結…本当にお疲れ様でした！今までもこれからもずっと応援しています！（れもん）

●初めて八雲と晴香に出会ってから10年が過ぎます。当初は育児の隙があれば読み進めていました。小さかった子どもも、最近は文庫版を読むようになって私の本棚の前を独占しています。新刊がでるたびにドキドキして、たまに涙がでたり。一冊一冊増えていくたびに、八雲と晴香の結末が近くなっているのを感じてました。ついにその時が来るんだなって、ただただみんなの幸せを願わずにはいれません。親子でたのしみにしています！（じん）

●心霊探偵八雲シリーズは小学生の時からずっと読み続けているので、完結するのはなんだか寂しいです…神永先生、長い間お疲れ様でした！（真）

●心霊探偵八雲が完結ということで嬉しいような悲しいような…。中学生の時に出会い13年も経っていることに驚き、今後八雲たちに会えなくなる寂しさも感じてます。それでも、完結しても心霊探偵八雲は大好きです!!（あたる）

●心霊探偵八雲、完結おめでとうございます！嬉しい様な寂しい様な、、でも、八雲が晴香と出会った当初を思うと、八雲も晴香も後藤さんも、みんなが成長して大切なものに気づけて、その物語に私自身も心を大きく揺さぶられました。出会えてよかった、ありがとう。（亜依）

●中学生の時友達の家で単行本の1から4までを読み、八雲の沼にはまっていきました。最後を早く読みたい！という思いと終わってほしくない！という思いがあって、完結が嬉しいような寂しいようななんともいえない気持ちです。ただ八雲と晴香の結末はファンとしてしっかり見たいなと思うのでしっかり読みたいと思います！心霊探偵八雲大好きです！ありがとう！（a-i）

●八雲完結をおめでとう！と喜ぶべきだとは思いますが、終わってほしくない気持ちが正直強いです。八雲に出会ってもう10年。今でも愛読してます。本当に大好きな作品で一人でいつも殻に閉じこもっていた八雲が晴香や後藤さんなど、たくさんの人に関わって愛情を知る。この成長をみるのが楽しみでした。またどこかで会えるのを楽しみにしています！八雲、ありがとう!!（アイミー）

●いよいよ最終巻ですかぁ。嬉しいような寂しいような複雑な気持ちでいっぱいです。八雲が終わっても御子柴さんでの登場場面期待してます！神永先生、お疲れ様でした。（ぴろぴろ）

●八雲君の活躍、毎回楽しみでした。ファンになったのが遅かったので、最初の方は取り寄せ全て見ましたが、もう最後だと思うと八雲ロスになりそうです。テレビアニメもよかったです。（市丸さおり）

●八雲達の物語を、時にハラハラしながら時に涙しながら読んでいました。色々な経験をし絆を深める八雲や晴香達。この物語に出会えた奇跡に感謝です。皆の事ずっと大好きだよー！（森菜）

●完結しても八雲くんたちのことはずっとずっと大好きです!!こんなに愛しいと思える物語に出会わせてくれてありがとうございました。そして何より長い間、本当にお疲れ様でした!!（フライドチキン）

●本編やアナザーストーリーも面白く、ついついいっきに読んでしまうぐらい、また次回作が待ち遠しい作品です。遂に完結とは残念です。また新しく続けばよいなあと思っています。（タックン1961）

●続編が読める嬉しさと、ついに完結してしまうんだという寂しさがあります。（しーちゃん）

●心霊探偵八雲は私が中学の頃に出会ってからずっと好きな小説でした。『大切な人』で真っ先に晴香を思い浮かべるくせに素直じゃない八雲にニマニマが止まりませんでした笑八雲シリーズで先生を知りました。ありがとうございました。（はる）

●初めてこの作品に出会ったのは5巻で中学3年生の冬。八雲の緑のコート姿が目に留まって購入したのを今でもよく覚えています。それから10数年。長いようで早い完結ですが、終わりまで一緒に読み進めてこれたことは素直に喜ばしい事だと思います。神永先生、完結おめでとうございます。（あくあ）

●完結おめでとうございます！私が八雲を読み始めたのは小学生の時でした。今では社会人になり、月日の経過を感じています。完結するのが寂しくもあり、でも最後を読める嬉しさもありとても複雑なのですが、変わらず穴が空くほど読み返したいと思います。素敵な作品をありがとうございました。（みほ）

●大好きな八雲！完結おめでとうございます 読み続けてきて10年以上…毎回ドキドキしながら待ってたけど、今回は寂しさも。でもどんな展開でラストを迎えるのか今まで以上にとても楽しみです！（ちぃ）

●八雲の物語はとても良かったです。今までの本の中で一番面白くて八雲の大ファンになりました。いや、神永先生の大ファンになったと思います。これからもanother files など楽しみにしています！（パンダちゃん）

●自分の名前が登場人物の晴香と同じで、親しみを持ちながら楽しく読ませてもらいました。結末はハッピーエンドに期待！（宮崎晴香）

●心霊探偵八雲の完結おめでとうございます！お疲れ様でした。私は小学校高学年の頃から約10年間何度も何度も読みました。とうとう終わってしまうと思うと嬉しいような寂しいような複雑な気持ちです。でも、AnotherFiles は続くと信じてますっ。期待して待ってます。（みみずみみこ）

●八雲シリーズ完結おめでとうございます。まだ、完結して欲しくないという思いもありますが、八雲たちの世界観に触れ、一緒に旅をしてきたような感じです。たくさんの思い出をありがとう!!（さき）

●完結おめでとうございます！クールで無愛想に見えて人一倍繊細で優しい、そんな八雲くんの事が大好きでした！（りちゃん）

●心霊探偵八雲に出会ったのは今から約12年前で、その頃は本も読んだことなく何気に図書室に行き先生に勧められて読み始めたのがきっかけでした。今ではこの作品が大好きですし本も好きになり、この本に出会えて良かったと改めて思えます！終わるのがすごく寂しいですがまた何処かで会えるのを楽しみに待ってます！（ありやく）

●私は中学2年生の時から心霊探偵八雲シリーズを欠かさず読んでおります。小説だけでなくアニメやドラマ、舞台も観させて頂き、私も八雲たちと同じ大学生になりました。八雲たちを通して私も成長する事ができ、完結して欲しい反面終わって欲しくない寂しさがあります。しかし、事件の行方、それぞれの恋路がどうなるのか楽しみでたまりません。完結しても、心霊探偵八雲シリーズはずっと大好きです。また、弟も当時の私と同じように中学2年生になったので勧めて新たな八雲ファンになってもらえるように他の色んな人にもお勧めして八雲を大好きになって欲しいと思っています。完結、おめでとうございます！（なの）

●中学生のときに八雲に出会い、とうとう大学生になりました。初登場のときは怖いお兄さんだと思っていたけど、いまは同い年の男の子。素直じゃないところもかわいいなぁと思います。特に晴香ちゃんへの態度がかわいい。いつまでもお幸せに（ふくろう）

●心霊探偵八雲は中学生のころから読んでいて、いつも想像と異なるどんでん返しが繰り広げられていて、それがもう最後なのかと思うと寂しくもあります。ですが、最終巻がどのような展開になっていくのかが楽しみでワクワクしています!!とにかく今は早く読みたい気持ちでいっぱいです!!（タキ）

●大好きな八雲が完結してしまうのは寂しいですが…これからもず——っと八雲が大好きです!!（アマドール）

●遂に完結！霊を通して見えてくる人間のエゴに、毎回感情が揺さぶられました。八雲の赤い左目を通して見た世界と、右目を通して見た世界が近づく日はくるのかな？赤い目に纏わる因縁と、何より晴香ちゃんとの関係はどうなるんだろう?!後藤さん親子や、石井さんと土方さんの関係も気になる！とにかくみんなに幸せになって欲しい!!最後にこれだけは伝えたい。「八雲くん、君の瞳は美しいよ」。皆様、本当にお疲れ様でした！手に取れる日を心待ちにしています♪（あたまに羽根）

●去年先生のサイン会の時に次が完結章になる、と聞いたとき、目の前が真っ暗になった記憶が残っています。本の中で1番大好きで大好きなキャラクターがたくさんいて。完結は嬉しいようですごく寂しい気持ちでした。泣きながら最後まで読んでいると思います。だいすき。（カナモリアツミ）

●とても楽しみですが、今までずっと読み続けて来たものが完結することは少し寂しい気持ちもあります。八雲と晴香の関係がだんだんと変化していくところや八雲の心境の変化など面白く、楽しく読ませてもらいました。ありがとうございました！（ミノ）

●完結おめでとうございます。実はアニメを観てから小説にハマり読み始めました！私は文庫本で読む派なので私の中の完結は文庫本です（笑）それまで楽しみに待っています。（にの）

●1巻が発売された当初から今まで長くつき合ってきた八雲作品。最後まで見守り続けます。（マリモ）

●八雲が終わってしまうなんて…なんか悲しいです。八雲が幸せになって欲しいです！（ちー）

●学生時代からずっと読んでいたシリーズがこの度完結されるということで、感慨深く思っています。神永先生、本当にお疲れさまでした。そして、このような素敵な作品を世に出してくれてありがとうございました。（千尋）

●八雲との出会いは中学生。図書室で出会った時になんとなく気になって読み始めましたが、実は初めて読んだ小説が八雲でした。とても読みやすくて、小説って面白いんだなときっかけをくれたのが八雲でした！八雲と後藤さんのやりとりが面白く、ハラハラドキドキな事件解決までのストーリー、そして八雲が晴香と過ごすうちに成長し、それが周りに広がっていく…ヒトの成長の物語。巻数が増えていくに連れて、八雲は自分自身に向き合い、前に進んでいき、遂に父親と向き合うように。終わりが近づいているとは思ってましたが、こんなに早く終わっちゃうとは思ってもいませんでした…。一番印象的なのは8巻で、赤裸々な八雲の本心そのものが描かれていて、普段言わないけど晴香を本当に大切に思ってるんだなと感じられました！そして前巻のラストが衝撃すぎて、絶対皆ハッピーエンドになると信じてます！その後もきっと、二人のその後が書かれると信じてます！そして八雲が伝えたいこともちゃんと晴香に言ってくれると信じてます！なので、最終巻楽しみにしてます！奇跡信じてます！待て、しかして期待せよ！を信じてます♪（綾瀬あゆむ）

●ついに八雲が完結ですね。嬉しいような、さみしいような、複雑な気持ちです。感動のラストとありますので、とても楽しみにしております。これからも応援します。（モモ）

●私の読書人生を共に歩んできた心霊探偵八雲が完結してしまうことに正直気持ちの整理がついていません。しかし、そんな気持ちと同等にクライマックスが読みたくて仕方ありません！どんな結末だろうと受け入れ態勢は万全です！完結しても私の心の中で八雲達は生き続けます!!（あやたう）

●八雲との出会いは何気なく借りたドラマDVDでした。すぐに小説を買い集め、どんどんハマっていきました。完結に寂しさも感じていますが、何よりお疲れさまでした。神永先生の作品に出会えた事に感謝です!!（みずまき）

●10年前にKADOKAWAの小冊子でこのシリーズを知り、面白さにはまってからずっと追ってきました。毎回ワクワクしながら読んでいました！最終巻も楽しみにしています!!（midnight）

●第一巻を手に取った時には、まさかこんなにも引き込まれ〝次の巻が待ち遠しくて仕方ない〟そんな思いをするとは思っていませんでした。神永先生こんなにも素敵な作品に出逢わせてくれて本当にありがとうございます。（けいこ）

●八雲は本を好きになるきっかけとなった小説です 完結と聞くととても寂しいですが、八雲に出てくる登場人物の関係性がどうなっていくか楽しみです 何度読んでも面白いため、完結してしまってもずっと読み続けていたいです！（かすみん）

●高校生の時に、友人に借りた事がきっかけで八雲シリーズが好きになりました。今でも新刊が出ると発売日当日に買いに行く程に大好きなので、完結してしまうのは嬉しい様な寂しい様な気持ちです。本当にお疲れ様でした。（伶奈）

●私を八雲のような素敵な作品に出会わせてくれて本当にありがとうございました!!神永先生は私に沢山のワクワクを与えてくれました。これからもず——っと応援し続けます!!本当に大好きです！（りお）

●完結おめでとうございます。中学生の頃より1巻から何度も読み返して来ました。現在、八雲より歳上になり、子どももいる今は、昔とは違う解釈ができるようになりました。長い間とても楽しませていただきました。自分の子どもにも読んでほしいと思っています。（しーやん）

●心霊探偵八雲終ってしまって悲しいです。八雲と晴香のやり取りも、後藤刑事と石井さんのやり取りもとても楽しく拝見しておりました。八雲はツンデレの中のツンデレだったと思います。神永先生本当にお疲れ様でした。ありがとうございました。（洵）

●八雲に出会ってまだ1年も経っていないのに、もう完結でとても残念です。もっと早くに出会っていたかったと思える素敵な作品でした！楽しませてくれてありがとうございました！（かにょ）

●八雲や晴香、彼らを取り巻く人々が心のそこから愛おしいです。新刊の発表をわくわく待ちながら過ごした、幸せな毎日でした。神永先生、今まで本当にありがとうございました。（結）

●早く読みたいというワクワク感と終わってしまうという寂しさの両方ありますが、最終巻本当に楽しみです。血は繋がっていないけれど、後藤さんや晴香ちゃんなどみんなを含めた八雲君の家族が大好きです。（ラルド）

●心霊探偵八雲に出会えて小説がさらに好きになり、小説を書くようにもなりました。そんな出会いをくれた八雲が完結するのは

寂しいです。(ゆいたん)

●八雲はミステリーでありながら事件を解決するだけでなく八雲を始め晴香や後藤、石井など登場人物みんなが葛藤しながらも一歩一歩前へ進んで行く姿が好きです！(中原慎乃祐)

●「心霊探偵八雲」完結おめでとうございます！小説を好きになったきっかけがこの小説でした。八雲くんと晴香ちゃんの会話が本当に大好きで毎回楽しみにしてました。新刊が出るのが本当に毎回楽しみで完結するのが少し寂しいです。これからもずっと応援してます！「心霊探偵八雲」を書いてくださってありがとうございます！(えみ)

●八雲たちとは中学校の時に出逢いました。八雲たちの物語が新しく見られないと思うと寂しい気持ちもありますが、それよりも彼らの絆や優しさなどに触れることができて幸せでした。ありがとうございました！(クロワッサン)

●シリーズ完結おめでとうございます。長い間ハラハラと楽しませて頂きました。神永先生ありがとうございます！いつまでも晴香ちゃんと八雲が寄り添い過ごしてくれたら嬉しいなと思います。(あっきー)

●八雲シリーズとの出会いは中学時代に友人に教えてもらったことがきっかけでした。クールだけど困った人を放っておけない心優しい八雲のこと、思いやりがあって可愛らしい晴香ちゃんのこと、すぐに大好きになりました！八雲シリーズの登場人物たちは、みんな引き寄せられるようにして運命的な出会いを果たしていますが、そんな人との出会いや生きる意味を探すことの尊さを八雲たちが教えてくれたような気がしています。個性的な登場人物は、それぞれ自分と重なるところがあって、いつも少しだけ身近に感じながら応援していました。シリーズ完結ということでとっても寂しいですが、また何度でも読み返して八雲たちに会いに行きたいと思います！素敵なシリーズに出会わせていただき、ありがとうございました!!(礼奈)

●完結してしまうのが本当に寂しいですが、とても楽しみです！八雲や晴香ちゃん達が心身ともに成長していく姿がとても楽しみでした。八雲と晴香ちゃんは完結しても二人で助け合っていってほしいという願望です…。うまく伝えられないのですが、やっぱり八雲大好きです！(ヤンちゃん)

●八雲シリーズ完結おめでとうございます！ホラーサスペンスを読むキッカケを作ってくれたのは八雲でした。最初は怖さが強いのではと不安がありましたが、一度読み始めたら一気に読み終えてしまいました。途中、奈緒が登場し、自分と同じ名前に親近感も沸き、さらにのめり込んでしまいました。八雲をはじめ個性豊かな人物たちが幸せになってくれたらいいなと読み進めていました。神永先生、長い間お疲れ様でした！そして八雲を生み出してくれて、ありがとうございました！(戸塚菜緒)

●今までの八雲君の人生は、辛いことだらけでしたが、晴香ちゃんと出会って、少しずつ人との繋がりも大切にするようになってきました。最後は、八雲君と晴香ちゃんのハッピーエンドで、終わって欲しいです。そして、今度は、大学を卒業した八雲君と晴香ちゃんのシリーズお願いします。神永学先生お疲れ様でした。(雅)

●小学生の頃に神永先生の作品に出会ってからずっと心霊探偵八雲のトリコです！新刊が出る度に晴香と八雲の微妙な距離感がどうなるのか楽しみにしていました！完結するのは残念ですが私の中で八雲の未来を想像しながらこれからも楽しみたいと思います。お疲れ様でした。この作品に出会えたことがとても嬉しいです！(もんも)

●私が中学生のときに八雲くんや晴香ちゃんと出会い、いつの間にか八雲くんの年齢を超えていました。完結は寂しいですが、ここまで八雲くんの成長を見届けられて大変嬉しいです！(しお)

●八雲と出逢った事で読書が好きになり、心から感謝です。不器用な八雲が晴香や一心さん達とぶつかり、徐々に心を開き変わっていく八雲の事が私にとっても大切な存在です。これからもずっと。(あずき)

●人と人の繋がりの大切さをすごく感じた作品でした。またどこかで八雲たちと出会えますように！(こぢゃる)

●小学生の時に出会いやっと八雲達と同じ大学生になれたのに完結すると考えると寂しい気持ちになります。八雲の成長を、周囲の人達の変化を見ることができて幸せでした。(はうルル)

●登場人物の様々な想いに感動させられる大好きな作品です。完結してしまうのは寂しくもありますが、八雲と晴香の関係など気になることが沢山あるので、最終巻も楽しみです。(るん)

●完結おめでとうございます！大好きな作品なので寂しいですが八雲くんたちに出会えて本当に良かったです。(もも)

●私が神永先生に出会った作品であり、ずっと追いたくなる作品の完結は嬉しくもあり寂しくもあります。八雲くんのような人が現実にいれば、きっと恋をしていたと思います。きれいな瞳を見つめていたいです。(こずえ)

●完結おめでとうございます！八雲シリーズが大好きで、小学生の頃からずっと追いかけてきたので完結してしまうのはちょっと寂しいですが、きっと自分にとって一生ものの作品になると思うので、最終巻とても楽しみにしてます！これからもずっと応援します！(ぴっぴ)

●八雲シリーズ完結おめでとうございます！神永さんの作品に出会ったのは、NHKで放送されていた八雲のアニメを見た時でした。そこから単行本を読むようになり、いつも面白くてすらすら読めてあっという間に読み終わってしまうぐらい大好きな作品でした。完結するのは嬉しいですが、寂しい気もします。これからの新作も楽しみにしています。(pa-chi)

●笑ったり泣いたりドキドキ冷や冷やしたり、本当にいろんな感情を与えてくれる作品でした。いろんな事件を乗り越えて強くなっていく晴香みたいに、どんな出来事も自分の成長の糧にしていける人間になりたいと思いました。この作品に出会えて幸せです。八雲君、晴香ちゃんありがとう！神永先生ありがとうございました！(Roika.)

●シリーズ完結おめでとうございます！どんな結末を迎えるのか今からワクワクが止まりません！(いびきのでかい熊)

●八雲と出会って約10年。アニメを見て原作に興味を持ち一気読みしました。八雲の秘めた優しさや晴香ちゃんの純粋な心が大好きで、とにかく二人には幸せになって欲しいです！八雲を生み出してくれて感謝です！(のぶちん)

●心霊探偵八雲、完結おめでとうございます。一冊目から何度読み返したかわかりません！八雲には私の人生をホントに長く支えて貰いました。いよいよ最終巻、終わってしまう寂しさより、期待の方が圧倒的に大きいです。八雲の未来が幸せだといいな。(よっちゃん)

●八雲完結おめでとうございます！16年間素敵な作品を本当にありがとうございました！この16年は、僕にとっても一緒に読んでいた家族にとっても大切な思い出です。終わってしまうのが寂しくて、正直まだ続けて欲しいですが、どう完結を迎えるのか凄く楽しみでもあります！また、八雲達に会えたら嬉しいですし幕末の赤い隻眼の方との繋がりも(勝手にですが)楽しみにしてます！嗚呼、でも暫くは八雲ロスになりそうです…(rafale)

●心霊探偵八雲の新刊が出る度に毎回ワクワクしながら購入していました！終わってしまうのが寂しいですが八雲は自分の青春でした！たくさんのドキドキとワクワクをありがとう！(Snow)

●完結おめでとうございます。ここまでハマった物語は初めてで、今から新刊が楽しみです！(しのは)

●完結おめでとうございます！1番好きな作品が終わってしまうのは寂しいですが、八雲と晴香、みんなが幸せになれる未来になってほしいと思います。機会があったらANOTHER FILESとしてまた新作が読みたいです！(桐生)

●学生時代に書店で単行本の「心霊探偵八雲」1巻をたまたま見かけて、表紙をめくったのが八雲シリーズと神永先生の作品を知ったきっかけでした。巻を重ねるにつれ、八雲と彼を取り巻く人物たちとの関係や感情の変化に、嬉しくなったり切なくなったりと、読むたびに心を揺さぶられていました。一方でミステリーとしての面白さが絶妙に絡み合い、それぞれの人物像に深みを出していてそこもまた魅力のひとつだなと思います。完結ということで寂しくはありますが、彼らの物語がどんな結末を迎えるのか…期待して見届けたいと思います。そして神永先生、シリーズ執筆お疲れ様でした！これからも陰ながら応援しています。(結城ひなた)

●完結おめでとうございます。自分が一番興味を持った小説が「心霊探偵八雲」でした。八雲君と晴香ちゃんの関係や事件などとてもわくわくしながら読んでいました。最新刊までたどり着いたら次はどんな話なんだろう？とすごく楽しみにしていました。たくさん言いたいことがあるのですが、うまくまとまらないのでこれで終わろうと思います。完結おめでとうございます。これからも頑張ってください。(琴葉)

●八雲や晴香ちゃん、後藤刑事たちと出会うことができて、時を過ごすことができて本当に良かった！八雲たちの物語は終わりを迎えますが、これからもページを捲って何度も赤い瞳に、彼らに会いに行きたいと思います。そしていつかまた共に新しい時を刻むことができれば!!(鳩羽)

●八雲シリーズに出会い没頭した中学生、大好きな声優、小野大輔さんの演じる八雲にもハマり、お金を貯め初めて舞台を見にいった高校生、そして晴香と同じ教職を目指してこの春、大学を卒業した今。八雲は私の青春でした！八雲、本当に大好きですありがとう(ちかはるん)

●事件に巻き込まれる二人にはらはらしたり、八雲と晴香の関係に時にほっこり、時にヤキモキしたりと神永先生の手の上で転がされ続けた日々……。ついに完結ということで、そんな日々が終わってしまうのが寂しくもあり、彼らの日常に一区切りがつくという感慨深い気持ちでもあります。心霊探偵八雲は終わってしまいますが、新しい神永ワールドにどう絡んでくるのか……いや、こないのか!?(笑)今後も要チェックで応援させていただきます！(ゆんた)

●私の中学生時代からの読書バイブルの八雲が完結してしまうことはとても残念ですが共に成長しお世話になった八雲ファミリー、神永学先生本当にありがとうございました！完結しても私の中で八雲ファミリーは永遠です！(なっこ)

●完結おめでとうございます！八雲を知った時、八雲と晴香はまだ歳上のお兄さんお姉さんでしたが、気付けば追い越し歳上に。それくらい長い間楽しく読ませていただきました。2人のあの距離感が大好きです。(高野悠)

●完結おめでとうございます。きっかけは母が読んでいた漫画でした。八雲や晴香、後藤、石井たちの掛け合いが楽しく、彼らの世界へ引き込まれドキドキ、ハラハラ、どきどき笑いがあったりして私にとって大切で大好きな作品です。（すもも）

●シリーズ完結、おめでとうございます！シリーズを読み始めた時は八雲くんより年下でしたが、いつの間にか追い越して長い間を共に過ごしてきたんだなぁ。大好きな心霊探偵八雲完結が楽しみな気持ちと寂しい気持ちがありますが、物語を通じて色々なことを感じさせてくれた心霊探偵八雲、神永先生、関係者の皆様、本当にありがとうございます！（まっち）

●シリーズ完結おめでとうございます！中学生時代に心霊探偵八雲に出会い、そこから神永先生の著書と共に半生を過ごしてきました。早く新刊を読みたくて八雲の発売日に本屋に走ったのもいい思い出です。（哀川拓弥）

●私が読書をするきっかけになったのが、心霊探偵八雲シリーズでした。ミステリーとしてももちろん楽しめますが、シリーズを通して八雲くんがまわりの人たちに支えられながら成長していくところも魅力的でした。完結するのは淋しい気持ちもありますが、最後の八雲くんの活躍を見届けたいと思います。（あやぱんな）

●晴香と出会ったことで誰かに必要とされ、また自分自身も誰かを必要と思えるようになって大きく成長したことでしょう。この先も辛いことはあるだろうけど、あなたは一人じゃない。おめでとう八雲。幸多からんことを。（moggy）

●心霊探偵八雲完結おめでとう御座います。学生の頃に1巻を図書館で借りてから作品にのめり込んでしまい、読み終わってすぐに本屋に買いに行った覚えがあります。気付いたら八雲達の年齢を超えてしまいましたが最新刊が出るたび家族で読み回して楽しませていただきました。八雲、晴香ちゃん、神永先生、お疲れ様でした！（そーや）

●私が高校生の時から読んでた愛読書。これがあったからきつい部活きつい仕事も新刊がでるのを楽しみに頑張れてきた気がします。いやでも本当読みたい反面寂しいです！ただ長い間お疲れ様でした！発売日までお仕事頑張ります！ちなみに読む頃お腹の赤ちゃんも大きくなってるから音読しようかな（笑）（みさと）

●消すことのできない出自と死者が見える目を抱え生きてきた八雲。あるがままを受け入れてくれる晴香たちと最後の難局を必ず乗り切ってくれると信じています。そしてできるなら、雲海と美雪に、罰とともに救いの手を。（くりのここ）

●八雲、完結おめでとうございます！私が好きな本を聞かれた時に必ず挙げるシリーズで、完結となるとなんだか嬉しいような寂しいような不思議な感情になります。彼らの物語がどうなるのか楽しみです！（髪結び猫）

●中学一年生、映画研究同好会の扉を晴香ちゃんと一緒に開けたときから、心霊探偵八雲は私を形作るとても大切なものになりました。八雲を通して人の想いの強さを知り、そばにいなくても互いが互いの心臓のように、生きる力を送り続ける彼らの関係性に憧れました。ずっと追い続けていた八雲が完結を迎える。それは八雲たちがそこで終わるのではなく、ひとつ区切りをつけるのだと、寂しい気持ちをぐっと堪えて、みんなが笑顔で、幸せな気持ちのまま本を閉じられることを願っています。八雲や晴香ちゃん、後藤さん、彼ら一人一人が、本当に大好きだし、愛おしい！私の世界を広げてくれた大切な物語。八雲に出逢えたことが特別な思い出です。COMPLETE FILES発売、そして八雲完結おめでとうございます。神永先生、素晴らしい物語を私たちに届けて下さりありがとうございます！これからも、新たな物語との出会いを、待ち、期待しております。（澄香）

●『心霊探偵八雲』完結おめでとうございます。いつも新刊が出る度に、発売日に仕事帰りに書店に寄って家に帰ってからすぐに読んでいました。神永先生の作品はどれも好きですが、やっぱり『心霊探偵八雲』シリーズが1番大好きです。（ゆき）

●「心霊探偵八雲」をはじめて読んだのは中学生でした。他人に興味ない振りをしているけど、実は一番優しい八雲くんが大好きです。完結しないでずっと続けてほしいです。（もも）

●完結おめでとうございます。いつも八雲たちに勇気をもらっていました。本当にありがとう！もうすぐ完結だと思うと寂しいです。どんな結末であれ、最後まで、そしてこれからも応援しています！（いめさん）

●八雲と晴香、みんなの幸せな未来をずっと願っていました。完結おめでとう！という気持ちと、終わってしまって寂しい…という気持ちもありますが、まだ見ぬ彼らの未来を心から祝福します！（晴子）

●心霊探偵八雲シリーズ完結おめでとうございます!!〝心霊探偵八雲〟と出逢って、約15年が経ちました。学生だったあの時、友人から薦められ読み始めて長く愛せる本とは、こういう物なのではないかと思わせてくれたのが〝八雲〟でした。そんな八雲が完結…悲しいような、ホッとしているような複雑な気持ちでもあります。終わってしまう悲しみ、八雲がさまざまな人と関わったことによって心のトゲが取れていった安堵が混ざりあった気持ちではありますが、私の本棚からは八雲はいなくなることはないので、いつでも会いに行こうと思います。（YASAKA★）

●八雲くんの新作を毎回楽しみにしていました。八雲くんは、神永先生と出会いのきっかけとなった作品で、気づけばとっても長い間、楽しませていただきました。長期間にわたったシリーズがとうとう完結されるのですね。どうか、八雲くんと晴香ちゃんが幸せなエンディングでありますように！神永先生、そして八雲くんに携わったスタッフ様、本当にお疲れ様でした!!（くまっち）

●文庫新刊棚で1巻の「赤い瞳は知っている」と出会ったあの時からずっとファンです。完結はとても寂しいけれど、最後まで八雲たちを見守れることが嬉しいです！でも、やっぱりまだ読みたいです！（琴春）

●中学生の頃からずっと大好きです！10巻からの刊行スピードが嬉しい反面終わってしまうのが悲しい…。晴香ちゃんの「きれい…」は永遠にNO.1尊い最高のセリフです。好き!!八雲と晴香ちゃん幸せになってくれ！（ぬまこ）

●晴香と関わる中で自身と向き合い成長していく八雲、八雲と共に変わっていくキャラクター達をずっと追ってきました。大好きで、とても大切な作品です。彼らの紡ぐ物語のラストをしっかり見届けたいと思います！（HALU）

●完結おめでとうございます！中学生の頃に出会い、今では八雲たちの年齢を追い越してしまいましたが、新刊が出るたびにワクワク、ドキドキしながら読ませて頂いていました。楽しかったです！ありがとうございました。（ちぃ）

●たくさんのドキドキをありがとうございました。いつかまた、さよならのその先で逢えますよう。八雲と晴香に幸あれ！（mao.）

●「心霊探偵八雲」は何度読み返しても飽きない大好きなシリーズです。どのようなエンディングになるのかドキドキしています。八雲と晴香が毎日笑顔で過ごせますように！（てりー）

●大学生に憧れたのは八雲を読んだからでした。ずっと大好きで追いかけていた作品が完結すると思うと寂しいですが、最後の最後まで、八雲と晴香の、そして周りのみんなの行く末をしっかり見たいと思います！（かいちゃん）

●完結、おめでとうございます！高校生の頃からずっと楽しませていただいてます。嬉しい気持ちもあり、少し寂しい気持ちもあります。登場人物もストーリーも魅力的で何度も何度も読み返しています。素晴らしい小説をありがとうございました！（SAI）

●いつの間にか、八雲君や晴香ちゃんより年上になってしまいました…。二人の未来が明るいものでありますように！待て、しかして希望せよ！（幸澤）

●神永先生八雲完結おめでとうございます。人生の半分程追いかけ続けた作品の完結は心にぽっかり穴が開くようで寂しい気持ちが大きいです。どういう結末を迎えるのか八雲ファミリーの行く末がどうなるのか楽しみです。（まの）

●10年以上読み続けてきた八雲がどういう結末を迎えるのか楽しみであるけれど、終わってしまう寂しさもあります。ただはっきり言えるのは、八雲と晴香ちゃんには幸せになってもらいたい！ってことです！（ほむほむ）

●終わって欲しくない。。!!というのが正直な感想です。本屋で衝撃的な出会いをし、そこからどっぷりハマりました。八雲と後藤さんとのやり取りで声を出して笑ったり、晴香の強さと可愛さに憧れたり、登場人物の想いに泣いたり。。読む度に好き度が増して、新作を買ってもすぐに読まず焦らす自分がいました。きっとこれからも1番好きな作品であると思います。こんなに胸がワクワクする作品は初めてです。心霊探偵八雲という作品に出会えて本当に嬉しいです。ありがとうございます!!これからもずっとずっと大好きです。（焦らしすぎて胸きゅん祭り）

●八雲完結おめでとうございます。何時の間にか八雲と晴香の歳を越してしまいましたが、これからも大好きな作品で、何度も読み返して行きます。その内後藤の気持ちが分かる歳になったり、子どもを産む事があれば梓の気持ちがより一層分かる様になるのでしょうか。ずっと期待の連続です。この作品に出逢えた事に感謝です。（吟）

●続きが気になって途中で止められず、気づいたら一冊読み終えてしまう。どのキャラ目線でも夢中になれる、とても大好きな作品でした。完結してもその先を楽しみにしています ありがとうございました、うれしい。（朔和（サクヨリ））

●私が小学生の頃に出会って、そこからハラハラどきどきしながらも読んでいました！10年程ずっとファンだったので完結は嬉しいですが寂しさもあります。もっと八雲達を見てたいです！最終巻楽しみにしてます！（kinomi）

●中学生のときからずっとずっと大ファンの心霊探偵八雲シリーズついに完結!!おめでとうございます!!正直すごくさみしいですが。神永学先生素敵な作品をありがとうございました!!（sayoko）

●大学生の頃にアニメ媒体で出会ってから、小説を買って読み、八雲ワールドにはまりました。それから八雲をきっかけに、沢山の小説を買って読むようになり、私の中で影響を与えたシリーズです。幽霊も少しだけ怖くなくなった気も…今回の新刊も楽しみにしてました！終わってしまうのは寂しいですが、前回の続きを早く読みたいです！（まる）

●いつも面白い話ありがとうございます！晴香ちゃんと八雲の恋愛模様がやっぱり気になります。どうなるかドキドキで待ってます。（夕陽）

●完結おめでとうございます!!遂に決着が!!とワクワクしている反面、完結がさみしいです……もっともっと八雲ワールドを堪能させて貰いたかったです………気付けば、学生時代に妹にオススメされて読み始めた八雲。今では2人も子供に恵まれた環境になったのに、ずーっとずーっと八雲は読み続けている。どんなに環境が変わっても読みたい！と思ってしまう中毒性の強い本！あの最後に向けての爽快感がクセになる！2人の可愛い進展にキュンキュンする！最後はどうなるのか！11巻を読みまくって5月まで楽しみにしてます！神永先生、本当にお疲れ様でした!!素敵な作品本当にありがとうございます!!（みかん）

●完結おめでとうございます！と言ってしまうのは少し寂しい気持ちもあるのですが、友達のように親しく感じた登場人物が幸せになれることを祈っています。（榎木怜士）

●赤い隻眼の頃からの愛読者です。当時私は中学生でした。とても辛かったときに八雲と出会い、彼等のように強く優しく生きようと頑張ってくることができました。有難う御座いました。これからもずっと大切で大好きです。（こうこ）

●八雲は父に勧められて、人生で初めて読んだ小説です。当時小学生だった私は字を読むことが苦手でした。でも八雲には何故かのめり込んでしまい、1日に2冊読んだりもしました。それくらい大好きな作品です。完結はちょっぴり寂しいけれど、見届けられること、とても嬉しいです。八雲の世界が大好きです。ほんとうにありがとうございました。（初音）

●中学一年生から読み始め、私もこの春大学四年生、八雲くんや晴香ちゃんと同じ年齢となりました。大好きすぎて終わって欲しくない気持ちもありますが、最後まで見届けたいです。（未来）

●この本と出会った頃はまだ八雲達と同じ大学生だった私も、この十数年で就職し、結婚し、母となりました。八雲と晴香、そして二人の大切な人たちには、一体どんな未来が待っているのか――完結を楽しみにしています。（ゆきんこ16）

●完結おめでとうございます。私にとって心霊探偵八雲はなくてはならない存在です。完結を聞いてとても心が踊り、嬉しい気持ちが溢れると同時に少し寂しい気持ちにもなりました。これからも応援しています。（卯月さくら）

●完結おめでとうございます。シリーズを読むたびに真相や続きが気になり、一気に最後まで読んだことを思い出します。心霊事件の謎もですが、八雲と晴香の関係の変化を見守るのが私の醍醐味です。（カナ）

●中学生の時から心霊探偵八雲が大好きです。姉に勧められてから数年、何度も何度も読み返し、青春時代を八雲と共に過ごしています。ついに完結という事で少しの寂しさはありますがラストも期待して待っています!!（いもけんぴ。）

●シリーズ完結おめでとうございます！家族でアフリカに移住していた頃、親戚のおばちゃんが本好きの私にと送ってくれたのが「赤い瞳は知っている」でした。小学生時代と変わらず、大学院生になった今でも大好きです！（Julia）

●完結おめでとうございます！早く読みたい！と思っていたけれど、終わってしまうのは寂しいし…複雑な気持ちです。いつもワクワクドキドキしながら読んでいました。素晴らしい本をありがとうございました。（れい）

●いよいよ完結おめでとうございます！心霊探偵八雲を通じて心の苦しみや痛みを知りそれに立ち向かう強さを学びました。完結は寂しくもありますが最後は皆が幸せになりますように…待ちます！しかして期待します!!（りっちゃん）

●八雲君達に出会えて本当に良かったです。神永先生、ありがとうございます！（かずみ）

●心霊探偵八雲完結おめでとうございます！小学生の時からずっと読んでいました。お話が終わってしまうのは残念ですが、これからも沢山の物語を期待しています！（瀧澤江）

●完結おめでとうございます。心霊探偵八雲シリーズは、最後まで一気に読んで、さらに何度も読んでしまうほど大好きです！これからも素敵な作品を楽しみにしています！（Linz）

●神永先生、心霊探偵八雲完結おめでとうございます。ついに完結…！嬉しいような寂しいような複雑な心境です。八雲くんや晴香ちゃんには1歩踏みだす勇気をもらいました。最高の作品をありがとうございました。（海）

●完結おめでとうございます。心霊探偵八雲を読んでから神永さんの本のファンになりました。心霊探偵八雲はとてもおもしろく、新刊の発売を励みに日々を過ごしていました。これからの本も楽しみにしています。（ムラ）

●完結おめでとうございます！中学生から読み続けてきた本が社会人となった今完結することに感慨深い気持ちです。じっくりと読ませていただきます！（うっちー）

●神永学さんお疲れ様でした。心霊探偵八雲は私の1番好きな本です。沢山驚いたり笑わせてもらいました。終わってしまうのは寂しい気持ちもありますが、完結お疲れ様でした。（武羅夫）

●心霊探偵八雲は終わってしまっても、八雲くんと晴香ちゃんの物語はまだまだ続いてほしい。そして、最後はハッピーエンドで！2人には幸せになってほしい!!（エリー）

●私が神永先生の作品と出会ったのは、この「心霊探偵八雲」でした。まさに「脳内映像小説」という言葉がぴったり。自分で読むだけでは足らず、当時高校生だった私は図書委員長という立場を利用し、司書さんに直談判をして全巻揃え、生徒たちに広めたことが懐かしく思い出されます。素敵な登場人物たちのことですから、どのような結末を迎えても、たくさんの読者の心の中に生き続けてくれることを願っています。（なでしこ）

●私は一年前に図書室で八雲に出会い、心霊現象を扱ってるにもかかわらず本格的なトリックになっているのに驚き、一気にのめり込んでいきました。八雲や晴香ちゃんなどそれぞれのキャラクターも、本当に大好きです……！（あめでお）

●八雲シリーズ大好きです！完結するのは、寂しいですが…物語がどうなるのか、八雲と晴香はどうなるのか！期待しています!!（もん）

●かっこいい憧れの歳上のお兄さんだった八雲くんを、いつのまにか成長を見守る親戚のおばさんのような気持ちで見ていました。どのような結末にたどり着くのか最後まで見届けます!!（サラ）

●完結おめでとうございます！私が小学生くらいだったとき、はじめは中古で見つけて、父にねだり、夢中で読んだのを覚えています。新刊が出るたびにドキドキして本を手に取りました。私も八雲たちと同じ大学生を経て、社会人になりました。いつまでも八雲シリーズ大好きです！ありがとうございました!!（さく）

●心霊探偵八雲シリーズ、完結おめでとうございます。約15年前に、1巻を読んだ時からファンです。完結して、嬉しいような寂しいような複雑な気分です。原作、ドラマ、舞台、漫画、アニメなど、この15年間楽しませてもらいました。神永先生、お疲れ様でした。素晴らしい作品を、有難うございました。（ヒガサ）

●心霊探偵八雲の完結を読むのが楽しみでもありますが、少し淋しさも感じています。八雲たちにとって良い結末を迎えられていると嬉しいです。（R.K.）

●小学生の頃、教室を抜け出してこっそり読んだ思い出の作品。それがついに完結するなんて！寂しいけど最終巻が楽しみで仕方がないです!!（おもちつき）

●中学生から読み始めいつしか八雲達の歳を越え社会人になりました。『トンネルの闇』を読んで安全運転を心掛けてます！（ざくろ）

●「心霊探偵八雲」完結おめでとうございます！八雲と、そのかけがえのない存在である晴香ちゃんに幸せな未来が訪れますように。最終巻を心待ちにしています。（紗綾）

●1巻発売当時はまだ中学生でお小遣いを貯めてから買っていましたが、今では有給とって発売日に買いに行くほどになりました。それほどのめり込める作品でした！完結おめでとうございます（玲音）

●本を読むきっかけをくれた心霊探偵八雲。神永学先生という神様にも出会えました。小説、漫画、アニメなど、何を見ても全てが最高です！完結は寂しいですが、これからもシリーズを見返して、愛し続けていきます!!（八神）

●15年間、唯一リアルタイムで買い続けています。完結が寂しすぎる！まだ終わらないでーー！と、思う反面八雲くんと晴香ちゃんの結末が知りたくてたまりません（笑）八雲、ちゃんと漢を見せてくれるって信じてるよ!!（なあ）

●ついにシリーズ完結！おめでとうございます！高校1年生の時に初めて書店で八雲シリーズを見つけて早11年、新刊が発売される度にどういう展開になるか楽しみに読んでました！八雲と晴香の関係がどうなるのか、楽しみです！（Cathy）

●祝！完結。毎回、犯人の予想をしながらハラハラドキドキ読み進めていました。「えーそう来るの！？」と、かなりの確率で私の想像のはるか上空を飛び越えていく結末は、いつも本当に楽しませていただきました。八雲や晴香の行末に期待をしつつ、完結巻の最後の1ページまで楽しみたいと思います。ありがとうございました。（つきのうさぎ）

たくさんのコメントをお寄せいただき、ありがとうございました。

神永 学（かみなが まなぶ）
1974年山梨県生まれ。2004年『心霊探偵八雲　赤い瞳は知っている』でプロデビュー。同作から始まる「心霊探偵八雲」シリーズが、若者を中心に圧倒的な支持を集める。他著作に「怪盗探偵山猫」「天命探偵」「確率捜査官　御子柴岳人」「浮雲心霊奇譚」「革命のリベリオン」などのシリーズ作品や、『コンダクター』『イノセントブルー　記憶の旅人』『悪魔と呼ばれた男』『ガラスの城壁』などがある。

神永学オフィシャルサイト　https://www.kaminagamanabu.com/

カバーイラスト　加藤アカツキ
ブックデザイン　原田郁麻

心霊探偵八雲《しんれいたんていやくも》　COMPLETE FILES《コンプリートファイル》

2020年 6 月25日　初版発行

著者／神永《かみなが》 学《まなぶ》
発行者／青柳昌行
発行／株式会社KADOKAWA
〒102-8177　東京都千代田区富士見2-13-3
電話　0570-002-301（ナビダイヤル）

印刷・製本／大日本印刷株式会社

ISBN 978-4-04-109412-9　C0095

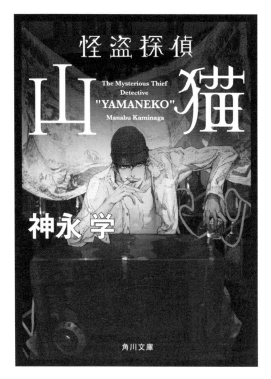

確率捜査官
御子柴岳人
密室のゲーム
神永 学
角川文庫

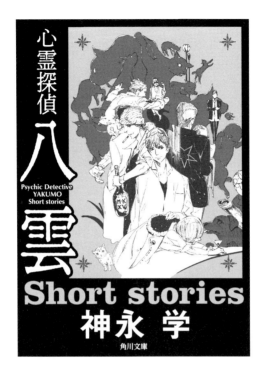